다만 나로 살 뿐

2

원제 스님의 정면승부 세계 일주 **2**

다만 나로 살 뿐

원제 지음

수오서재

차례

4

고요함 가운데 움직임이 있고, 움직임 가운데 고요함이 있다

여행을 마치며

여행은 계속되고

오후 두 시의 옥상정원

세계 일주를 시작하기에 앞서 연습 삼아 가본 곳이 한국에서는 제주도, 외국으로는 일본이었습니다. 제주도에서는 여행 장비를 테스트해볼 목적으로 스쿠터를 빌려 해안도로를 달리며 일주를 했습니다. 야외에 텐트를 치고 잠을 자보기도 하고 새로 산 카메라로 제주도의 풍경을 찍어보기도 했습니다. 일본은 처음 가보았는데, 서퍼로서 카우치서핑을 경험해보기 위한 목적도 있었습니다. 카우치서핑을 다수 경험해본 친구의 조언으로는, 가족과 함께 지내는 형태의 카우치서핑이 가장 좋다고 했습니다. 그래서 만나게 된 가족이 바로 도쿄에 살던 유지와 도모카 부부 그리고 딸 노아였습니다.

유지는 인터넷 벤처기업의 CEO였고, 회사에서 아내인 도모카를 만나 결혼했습니다. 외국에서 처음 경험한 카우치서핑이었는데, 도

모카가 손수 튀김덮밥과 볶음밥, 미소 수프를 만들어주어 황송할 지경이었습니다. 저녁 식사를 마친 뒤 우리는 제가 직접 한국에서 가져온 녹차를 내려 마시며 많은 대화를 나누었습니다. 그중 한국과 일본의 대중문화에 대한 이야기가 가장 많았습니다. 유지와 도모카는 일본의 영화와 음악이 한국에서 어떠한 방식으로 받아들여지고 있는지에 대한 이야기를 귀 기울여 들어주었습니다. 그러다 대화는 자연스럽게 일본 애니메이션 이야기로 흘러갔고, 그중 결코 빼놓을 수 없는 일본 애니메이션의 거장 미야자키 하야오도 언급되었습니다. 일본을 찾을 때 반드시 들러보기로 결심했던 곳 역시 바로 지브리 뮤지엄이었습니다.

미타카역 가까이 있던 지브리 뮤지엄은 그야말로 사람들로 인산인해였습니다. 아이들을 데리고 온 부부들, 단체로 온 일본의 어린이들, 데이트 나온 젊은 연인들, 서양에서 온 젊은이들로 뮤지엄 전체가 발 디딜 틈 없이 북적였습니다. 입장만으로 30분 넘게 기다려야 했고, 이미 안에 들어가 있는 사람들의 행렬을 그대로 따라가느라 발걸음을 더디게 움직여야 했습니다. 그렇다고 해서 그 기다림의 시간이 지루했던 것은 아닙니다. 제가 있는 그곳이 바로 지브리 뮤지엄이었기 때문입니다.

미야자키 하야오의 작품을 좋아하는 사람에게는 애니메이션에 나오는 캐릭터들로 이루어진 다양한 전시물이 하나하나 모두 생생한 볼거리입니다. 뮤지엄 도처에서 "스고이"라는 감탄사가 연달아 쏟아졌습니다. 간혹 "Oh my god"이라는 영어 감탄사도 툭툭 튀어나왔습니다. 그러나 아쉽게도 지브리 뮤지엄 안에서 실내 촬영은 금지되어 있었습니다. 다만 야외 옥상 정원에서는 촬영이 가능했습니다. 그리고 그곳에는 뮤지엄에서 제가 가장 만나보고 싶었던 라퓨타 로봇이 있었습니다.

저에게 있어서 〈천공의 성 라퓨타〉는 한여름 오후 두 시에 바라보는 학교 운동장을 떠올리게 합니다. 날씨는 이를 데 없이 화창하고, 공기는 무덥던 그 어느 한낮이었습니다. 새하얗고 두터운 뭉게구름이 하늘을 가득 메우고 있었습니다. 저는 저 뭉게구름들 깊은 안쪽에 라퓨타가 있을 것이라고 상상했습니다. 그곳에 평화롭고 안락한 라퓨타 성이 있을 것만 같았습니다. 하지만 당시에 저는 그저 고등학생일 뿐이었고, 도대체 내가 지금 왜 이곳에 있는 것일까라는 종잡을 수 없는 의문에 사로잡혀 있었습니다. 마치 세상에서 5센티 정도 떠 있는 듯한 분리감을 느끼며 우울증이 심하던 때였습니다.

밝은 한낮이지만 마음은 우울하기만 했습니다. 〈천공의 성 라퓨타〉를 보면 번개와 비바람을 몰고 다니는 검은 폭풍 구름의 깊은 한가운데에 라퓨타가 있습니다. 라퓨타는 새들이 지저귀며 날아다니고, 정원의 풀과 꽃들이 바람에 가볍게 흔들리는, 세상에서 가장 평화로운 낙원이었습니다. 무슨 이유인지 모르겠으나, 저는 그토록 평화로운 땅에서 추방당했다는 느낌으로 하루하루를 견디며 살아가고 있었습니다. 그 견딤이 힘겨울 때에는 자해를 하기도 했습니다. 이토록 이질감이 분명히 느껴지는 현실의 땅에서 살아야만 한다는 것이 무슨 죄과를 치러내야 하는 것처럼 힘겹던 고등학교 2학년 시절이었습니다. '이 현실은 내가 있을 곳이 아니다'라는 생각에 하루하루를 살아내는 것이 괴로웠고 자살하는 상상을 수도 없이 했습니다.

누군가에게는 애니메이션에 나오는 한낱 로봇 조형물일 뿐일 수도 있겠습니다. 하지만 저에게 이 정원의 로봇은 하나의 살아 있는 거대한 인격체로 다가왔습니다. 로봇과의 조우가 곧장 과거의 그 어지러운 감정과 기억들을 고스란히 떠오르게 했고, 가슴이 저릿해왔습니다. 잠시 숨이 멈춘 듯 가슴이 먹먹해졌습니다. 그랬습니다. 현실과의 분리감 때문에 저에겐 그토록 힘겹고 괴롭던 때가 있었습니다. 로봇은 그렇게 힘겨운 시기에 제가 가야 할 삶의 방향을 무심히 가르쳐주던 어떤 거대한 상징과도 같았습니다. 제가 가야 할 평화롭고 안락한 땅이 있다고, 그곳을 찾아 나서야 한다고, 로봇은 그 자리에서 움직이지 않고 저를 기다리고 있겠다고 약속한 것처럼 느껴졌습니다.

옥상 정원에 올라 로봇을 보니 만감이 교차했습니다. 이미 서로 많은 말을 나눈 것만 같은 느낌이었습니다. 로봇은 마치 지나온 힘겨운 시간들을 말없이 지켜봐 준 파수꾼처럼 그곳에 고요히 서 있었습니다. 로봇은 저를 침묵으로 지켜보았고, 저 역시 로봇을 묵묵히 바라보았습니다. 오후 두 시라는 시간은 같았으나 분리감이라는 느낌은 달랐습니다. 절에 들어와서인지, 아니면 시간이 흘러서인지 모르겠으나 분리감으로 인한 고통은 한결 사라진 뒤였습니다. 그래도 앞으로 가야 할 길이 멀었습니다.

로봇의 침묵이 소리 없는 응원처럼 느껴지던, 그런 오후 두 시의 옥상 정원이었습니다.

교토 유학승, 법장 스님

도쿄를 떠나 천년 고도인 교토에 도착한 시간은 새벽 6시 무렵이었습니다. 도쿄에서 신칸센을 타면 두 시간 반 만에 곧장 교토로 올 수도 있었지만, 심야버스를 이용한 것은 자금 상황 때문이었습니다. 2012년 봄 당시에 신칸센 열차표는 20만 원 정도로 매우 비쌌습니다. 반면 밤새 일곱 시간을 달려 교토에 도착하는 심야버스는 8만 원 수준이었습니다. 심야버스를 이용하면 하루치 숙박비를 절약할 수 있기에 저는 버스에 몸을 실었습니다.

새벽 무렵 교토역에 첫발을 내디뎠지만 그다지 설레는 기분이 아니었습니다. 밤새 버스를 타고 온 뒤라 몸은 피곤했고, 아직 잠에서 깨어나지 않아 정신은 흐릿했으며, 이른 새벽이라 비교적 한산한 역사 모습에 다소 적응이 되질 않았습니다. 사실 교토에서 카우치서핑을 하려 했으나 일본 제일의 관광도시인 탓인지 호스트 구하기가 어려웠습니다. 그래도 갈 곳은 있었습니다. 해인사에서 같이 행자 생활을 하고, 같이 수계를 한 도반 법장 스님이 마침 교토에 머물고 있었던 것입니다. 법장 스님은 교토의 하나조노대학에서 석사 과정 중이었습니다.

교토에 도착하기 전, 미리 법장 스님에게 연락을 했습니다. 스님은 흔쾌히 본인이 머무는 집으로 오라고 말했습니다. 그래서 저는 엿새간 법장 스님의 처소에 머물게 되었습니다. 법장 스님이 머무는 집은 이전에도 교토에서 유학 생활을 하던 스님들이 지내던 처소였습니다. 법장 스님이 1층 방을 썼고, 2층의 손님방은 마침 비어 있었습니다. 교토에 머무는 동안 법장 스님은 현지 전문가답게 저의 여행 일정을 손수 짜주었습니다. 심야버스를 타고 온 피로감 탓에 첫날은 쉬었고, 둘째 날은 가모강을 중심으로 동쪽을 돌고, 셋째 날에는 가모강의 서편을 돌았습니다. 그러면서 법장 스님은 금각사, 은각사, 남선사 등 여러 절에 입장할 적에 유용하다며, 저에게 일본어와 한글 발음이 적힌 종이를 건네주었습니다.

"私たちは韓国のお坊さんですが, お坊さんも入場料が必要ですか?"

"와타시타치와 간코쿠노 오보상데스가, 오보상모 뉴조료가 히쓰요데스카?"

뜻은 "저희는 한국에서 온 스님인데, 스님도 입장료를 내야 하는가요?"였습니다.

한국의 경우 스님들은 입장료가 있는 절이라고 해도 무료로 들어갈 수 있습니다. 스님이 절에 자유롭게 들어가는 것은 당연한 일이기 때문입니다. 한국 스님뿐 아니라 일본이나 중국, 동남아시아 스님이어도 스님이기에 당연히 입장료는 없습니다. 하지만 일본은 달랐습니다. 일본에서는 사찰이 다분히 관광지로 인식되기에 어느 절은 반드시 입장료를 내야만 했습니다. 저는 일본어를 읽지도 말하지도 못하기에 그 문장을 통째로 외웠습니다. 이도 통하지 않을 때는 법장 스님이 적어준 일본어 문장을 보여주었습니다. 그러면 대부분의 경우 사찰을 무사통과했습니다.

그러던 어느 날 하루는 교토에 온 것을 환영한다며 법장 스님이 직접 식사를 마련해주었습니다. 몇몇 밑반찬에 달걀말이, 미소 수프를 곁들인 소박한 식단이었지만 그토록 신속하게 요리를 해내는 걸 보니 보통 실력이 아니었습니다. 알고 보니 법장 스님은 출가 전에 한 셰프 밑에서 팀원으로 일하던 요리사였습니다. 역시 전직 요리사는 다르다며 법장 스님이 차린 공양에 감탄했습니다. 하지만 식사 대접을 받기만 할 수가 없어서 저는 법장 스님에게 식재료를 사주기로 마음먹었습니다.

사실 법장 스님은 한국에서 일본으로 찾아오는 도반 스님들에게 식재료를 받아가며 근근이 밥을 해 먹고 있었습니다. 그런데 제가 불쑥 찾아가 민폐만 끼치는 것 같아 미안했던 것입니다. 저는 근처 마트로 가서 스님이 필요로 하는 식재료를 모두 사주기로 결정했습니다. 마트에 간 법장 스님은 다소 수줍어하며 기껏해야 3킬로쯤 될 법한 작은 쌀 포대 하나를 손가락으로 가리켰습니다. 품종이 좋은 쌀인데, 가격이 비싸서 지금까지 먹어보지 못했다는 것이었습니다. 이 말을 듣고 저는 그만 속으로 울컥했습니다. 그리고 쌀 포대를 곧장 장바구니에 담았습니다. 법장 스님은 정말 이 쌀 사주는 거냐며 여러 차례 물어왔습니다. 쌀인데, 더군다나 밥인데, 가격이 문제가 아니었습니다. 법장 스님은 드디어 이 쌀로 밥을 지어 먹을 수 있게 되었다며 미소를 띠었지만, 사실 저는 하마터면 눈물이 떨어질 뻔했습니다. 돈이 없어서 먹고 싶은 쌀을 사 먹지도 못한다는 것이 얼마나 안타까운 일인가요.

마트에서 사 온 식재료로 스님은 저에게 정말 그럴듯한 저녁 식사를 대접해주었습니다. 그리고 스님은 일본에서의 유학 생활에 대해 이야기해주었습니다. 스님이 일본 유학을 생각한 건 강원 2학년인 사집반 때부터였습니다. 유학을 위해 강원 생활 틈틈이 일본어 공부를 해두었습니다. 강원 졸업과 동시에 일본으로 유학을 가려고 했으나, 2011년 3월 동일본 대지진이 터지고야 말았습니다. 모두 유학을 만류했습니다. 그런데 지진보다도 스님에게 더 큰 걸림돌이 된 것은 자연재해의 여파로 한없이 치솟은 엔화였습니다. 당시는 환율이 역대 최고 수준인 100엔/1,600원을 가뿐히 넘나들던 때였습니다. 그렇게 법장 스님은 일본어 어학원 등록 비용과 비행기값을 제외하고 단돈 8만 엔을 들고 일본에 도착했습니다. 그 이후로 아주 열악하고도 힘겨운 유학 생활이 시작되었습니다.

생활비 8만 엔은 유학 시작 두 달 만에 동이 나버렸습니다. 전기세

숭전 스님, 원제, 법장 스님

를 내지 못해 2주 정도 납부가 밀렸을 때, 일주일 뒤 전기를 끊겠다는 통지서가 날아들었습니다. 법장 스님은 앞이 깜깜했습니다. 그렇다고 해서 한국에 있는 지인들에게 도움을 요청하고 싶지는 않았습니다. 유학원 근처에서 아르바이트를 구하려 했으나 일본어 실력이 부족한 탓에 그도 쉽지 않았습니다. 그러다 가까스로 구하게 된 아르바이트가 바로 편의점 도시락 공장에서 빈 용기에 반찬을 담는 일이었습니다. 밤 12시부터 새벽 5시까지 작업을 하고 집에 돌아와, 30분 정도 눈을 붙이고는 어학원으로 향했습니다. 몸은 이를 데 없이 피곤했으나 공부를 이어갈 수 있다는 생각에 견딜 수 있었다고 합니다. 그렇게 아르바이트로 생활비는 간신히 충당할 정도였으나 문제는 학비였습니다.

그렇게 힘겨울 때, 법장 스님은 횡단보도를 건너려다 우연히 한 한국 여성분을 만나게 되었다고 합니다. 그분은 자신을 불교 신자라고 소개하며 교토에서 식당을 운영하고 있는데 한국 스님을 만나 기쁜 마음에 식사를 대접하고 싶다고 말했습니다. 하지만 스님의 관심은 식당에서 하는 식사가 아닌, 일거리였습니다. 결국 스님은 승려로서의 체면을 다 던져버리고는 주말에 식당에서 설거지 일을 하고 싶다고 말했습니다. 공부하기 위해서 돈이 그토록 필요하던 시기였습니다. 그렇게 법장 스님은 주중에는 도시락 공장, 주말에는 식당 설거지를 하며 학비와 생활비를 조금씩 마련해나갔습니다.

이후로도 스님은 교토역 청소, 호텔 청소, 우체국 화물 상하차 작업 등 여러 일을 하며 학비를 마련해나갔습니다. 그러고는 교토 하나조노대학 석사 과정에 무사히 입학할 수 있었습니다. 뜻이 있는 곳에 길이 열린다 했던가요. 스님이 자존심을 버려가며 갖은 노력을 한 인연이었는지, 대학원에서 학비는 물론 생활비까지 보조받는 장학금을 받게 되었습니다. 대학 교무과에서 장학금 발표 소식을 전해 들은 그때, 스님은 그 자리에 털썩 주저앉아 한참을 흐느껴 울었습니다. 어려웠던 지난날이 한꺼번에 떠오르기도 하고, 마침내 그 노력을 보상받은 것 같은 감사함 때문이었습니다. 장학금 덕분에 스님은 석사 과정을 원만하게 마칠 수 있었습니다.

그리고 스님은 이후 대학 측의 권유로 곧이어 박사 과정에 들어갔습니다. 아마도 스님의 끈기와 노력 덕분일 것입니다. 박사 과정에 들어간 스님은 조계종단 장학금까지 받으며 공부를 원만하게 이어갈 수 있었고, 그 덕분에 박사 과정에 들어가 2년 반 만에 학위논문을 완성했습니다. 그렇게 8년여의 유학 생활을 마치고 법장 스님은 한국에 들어왔습니다. 그리고 스님이 그토록 꿈꾸던 해인사 승가대학의 교수가 되었습니다.

사실 저는 법장 스님이 처한 어려운 상황에 대해 듣고는 금전적으로 도움을 주고 싶었습니다. 하지만 저 역시 가난한 선원 수좌였습니다. 제가 해줄 수 있는 건 스님이 그토록 먹어보고 싶어 했던 쌀 한 포대와 몇몇 식료품 그리고 생활비 2만 엔이 전부였습니다. 변변찮은 제 수준에서는 그것이 최선이었습니다.

수행은 '간절 절切' 자 하나를 이어가는 것이 무엇보다 긴요하다는 말이 있습니다. 저는 단지 며칠을 스님과 같이 머물렀을 뿐이지만, 법장 스님의 힘겨운 유학 생활을 떠올려보면 생각나는 것이 바로 간절함이며 절실함이었습니다. 그리고 그것을 포기하지 않고 끈기 있게 이어간다면 결국 누군가는 알아보고, 어디로부턴가 도움은 찾아들게 되어 있습니다. 그 어떤 도움이 어떠한 방식으로 오게 될지 우리는 알 수 없습니다. 다만 우리가 할 수 있는 일을 알 뿐이고, 이를 행할 뿐입니다.

절실해질 것, 그리고 그 절실함을 결코 떠나지 않을 것.
법장 스님은 자신의 삶으로서 이 절실함을 증명했던 것입니다.

보수 공사 중입니다

간사이 지방을 여행하는 사람들 대부분은 고베를 마지막 도시로 해서 오사카로 돌아갑니다. 하지만 저는 간사이 지방 제일 서편에 자리한 도시 히메지까지 찾아갔습니다. 이유는 단순했습니다. 히메지성을 보기 위해서였습니다. 그리고 히메지성을 봐야만 하는 이유 또한 단순했습니다. 히메지성은 제가 좋아하는 게임 〈문명〉에 나오는 세계 불가사의 건물이기 때문입니다. 일본에서 제일 처음 유네스코 세계문화유산으로 등재된 히메지성은 한국에서 가장 가까운 곳에 있는 세계 불가사의 건물이었던 것입니다.

그 언젠가 저는 파란 하늘 아래 흐드러지게 핀 벚꽃들 사이로, 새하얀 몸을 드러내고 있는 히메지성의 모습을 본 적이 있습니다. 이 모습을 보고 저는 한동안 넋이 나갔었습니다. 과연 히메지성은 '천공天空의 백로白鷺'라는 별칭만큼 우아하고 고결한 자태를 보여주는 성이었습니다. 말 그대로 하늘을 향해 솟아오르는 한 마리 백로를 연상시키는 정갈한 아름다움이 있었습니다. 게다가 히메지성은 적군에게 단 한 번도 함락된 적 없는 난공불락의 성이기도 했습니다. 이러한 역사적 이력 때문에 〈문명〉 게임에서 히메지성을 완공하면 방어력에 상당한 어드밴티지가 주어졌습니다.

제가 히메지에 도착한 시간은 이미 어스름이 짙게 깔린 늦은 저녁이었습니다. 역 근처의 식당에서 간단하게 저녁 식사를 마치고 난 뒤 저는 카우치서핑 호스트였던 타라와 매튜의 레지던스로 향했습니다. 미국인 커플인 이 둘은 히메지의 한 초등학교에서 영어 선생님으로 지내고 있었습니다. 그런데 이상했습니다. 버스를 타고 가는데, 역 한참 앞쪽 히메지성이 있어야 할 곳에 웬 직육면체의 도시형 건물이 들어서 있었던 것입니다. 사물을 분간하기 힘들 정도로 어두컴컴한 저녁이어서 그것이 도대체 무슨 건물인지 파악할 수가 없었습니다. 약속 시간에 맞춰 저는 호스트의 레지던스에 도착했습니다. 오사카에서 미리 사두었던 치즈 케이크를 나누어 먹다가 저는 그들에게 그만 청천벽력과 같은 소식을 듣고야 말았습니다.

"스님, 지금은 히메지성이 지붕 기와 보수 공사 중이에요. 그래도 공사하는 현장을 구경할 수는 있을 거예요."

그제야 저는 버스를 타고 오면서 보았던 검은 직육면체 건물의 정체를 알게 되었습니다. 그것은 히메지성 보수를 위해 성 바깥에 지어놓은 가건물이었던 것입니다. 천수각의 지붕 기와를 교체하느라 2009년부터 보수 공사를 진행했고, 무려 5년에 걸쳐 공사를 지속했습니다. 무척이나 기대를 하고 찾아온 히메지였는데, 그야말로 낭패였습니다.

다음 날 아침, 저는 레지던스를 떠나 히메지성까지 걸어갔습니다. 30분도 채 가지 않아 보수 공사 중인 히메지성이 모습을 드러냈습니다. 제가 그토록 기대했던 아름다운 자태의 히메지성은 사라졌고, 눈앞에는 무심한 직육면체 가건물이 서 있을 뿐이었습니다. 그 육중한 가건물의 크기만큼이나 저의 실망감도 컸습니다. 그래도 기왕 멀리 히메지까지 온 것, 그냥 가건물의 겉모습만 구경하고 갈 수는 없는 노릇이었습니다. 히메지성과 그 옆에 있는 일본식 정원 고코엔에 입장하는 데 총 720엔을 지불했습니다. 그런데 황당했습니다. 보수 공사 중이라 천수각을 보지 못하는 것도 아쉬운데, 천수각 보수 현장을 관람하는 데 200엔을 더 내야만 했던 것입니다. 보수 현장을 관람하기 위해 돈을 더 내야 하는 상황이 납득되지 않아 저는 이래저래 불만이었습니다. 그러나 보수 중인 가건물 안에 들어서서 천천히 현장을 둘러보다 보니 불만은 점차 사라져갔고, 조금 더 시간이 흐른 뒤에는 아예 감탄까지 하고야 말았습니다.

보수 과정에 있던 천수각의 지붕은 '완벽'이라는 말이 어울릴 정도로 아주 말끔하고 흐트러짐 없이 정리되어 있었습니다. 그간 히메지성이 어떤 역사적 과정을 통해 건축되었고, 또 어떻게 증축되고 보수되었는지를 일목요연하게 설명해주는 안내도와 비디오 자료를 보고 난 뒤, 저의 생각은 점차 다른 쪽으로 바뀌어가고 있었습니다.

왜 저는 보수라는 것을 무관심하게 지나칠 수 있는 중간 과정이라

보수 과정 중인 히메지성 내부

고만 여겼을까요. 왜 보수를 거쳐 최종적으로 나타난 결과만이 상품이 된다고 여겼던 것일까요. 크게 뒤통수를 맞은 것만 같았습니다. 누구에게서 나온 아이디어인지 모르겠지만, 보수를 진행하는 과정마저도 관광이라는 상품으로 만들 수 있다는 시선의 전환에 저는 적잖이 충격을 받은 것입니다. 그리고 5년이라는 긴 시간을 투자하면서도 결코 서두르지 않는 인내, 완벽에 가까운 보수를 해낼 수 있다는 그들만의 자신감을 보는 듯했습니다.

저는 분명 히메지성을 보기 위해 히메지까지 갔습니다. 하지만 성의 보수 현장을 직접 견문하고 난 뒤의 느낌은 달랐습니다. 비록 눈으로 히메지성의 온전한 모습을 보지는 못했을지언정, 보수를 대하는 일본인들의 인내나 자신감을 본 것만 같았습니다.

긴 보수 공사 중인 히메지성을 보고 난 뒤에 부끄럼이 느껴졌습니다. 더불어 반성도 되었습니다. 결과를 중요시하고, 또 결과만을 생각해왔던 저의 모습을 돌이켜보게 되었기 때문입니다. 그러면서 삶이라는 것에 대해서 다시 한 번 생각하게 됩니다. 우리의 삶이란 것도 어찌 보면 긴 보수 공사 중에 있는 것이 아니던가요. 그리고 그 과정이야말로 삶이라는 거대한 흐름 자체가 아니었던가요. 그 어떤 결과가 나오고, 무슨 결실을 이루었다고 할지라도, 삶이라는 긴 여정은 결과가 아닌 과정입니다. 그 흐름에서 결과에 얽매이지 않고 과정을 잘 인내할 수 있을 것인가, 또 그 과정마저도 거리낌 없이 남에게 드러낼 수 있을 것인가에 대한 생각을, 다른 게 아닌 히메지성의 보수 공사를 통해서 돌이켜보게 된 것이었습니다.

2012년 봄, 저는 히메지성을 보지 못했습니다. 그러나 그 보수 현장에서 삶이라는 것을 어떻게 받아들일 것인가에 대한 시선의 전환을 한 번쯤은 똑똑히 본 듯했습니다.

2018년 봄, 다시 찾은 히메지성

3

본래 땅은 다시 딛고 일어나라고 있는 것입니다

불기자심

"당신은 행복하지 않지요?"

"네, 전 지금 행복하지 않아요."

쉬리는 제가 무언가 솔직한 이야기를 해주기를 원했습니다. 그래서 저는 단도직입적으로 물었습니다. 쉬리는 바로 자신이 행복하지 않음을 시인했습니다. 사람의 마음을 엿보는 것은 어려운 일이 아닙니다. 대화를 하고 얼굴을 살피고 눈빛의 흐름을 보고 사소해 보이는 행동 패턴을 잘 감지하면 됩니다. 마음 상태를 일러주는 신호들은 이미 몸을 통해 여러 방식으로 드러나는 법입니다.

쉬리는 미국의 자본주의와 문화 제국주의를 경멸했습니다. 세계는 미국이라는 나라 때문에 절망으로 치닫고 있다고 강력하게 비판했습니다. 그런데 참으로 아이러니했습니다. 그는 그가 그토록 싫어하는 미국의 유명한 대학에서 박사 학위를 받았고, 그가 경멸하는 자본주의 세상에서 은행 직원으로 일하고 있었으며, 이스탄불의 탁심 광장 근처의 고급 아파트 펜트하우스에서 살고 있었습니다. 베란다에서 마르마라해가 탁 트여 보이는 아주 전망 좋은 곳이었습니다. 그럼에도 쉬리의 집에서 지내기는 편치 않았습니다. 왜냐하면 아파트 전체에 담배 냄새가 짙게 배어 있었기 때문입니다. 그의 손에는 온종일 담배가 들려 있었습니다. 흔들리는 눈빛, 찡그린 표정, 불안한 말투. 누가 봐도 그는 행복해 보이지 않았습니다.

"그렇다면 당신이 경멸하는 미국식 자본주의와 제국주의에 맞서 싸우기 위해 따로 하는 것이 있나요?"

"아뇨, 따로 없어요. 뜻이 맞는 친구들을 만나 펍에서 맥주를 마시며 미국을 비난하지요."

어쩌면 그가 버드와이저를 마실지도 모른다는 생각이 들었습니다. 그렇게 친구들과 함께 담배 연기 자욱한 펍에서 미국을 욕하다가도 그는 다시 펜트하우스로 돌아와 잠을 잘 것입니다. 그리고 다음 날 아침이 되면 여지없이 은행으로 출근할 것입니다.

"그렇다면 제가 하나 묻고 싶은 게 있어요. 당신이 인생에서 가장 중요하게 생각하는 가치를 단 하나의 단어로 말해줄 수 있나요?"

그는 잠시 고민하는 듯싶더니 이윽고 대답했습니다.

"정의요. 구체적으로 세상의 정의, 미국의 정의요."

"모두 바깥의 정의군요. 그렇다면 당신의 정의를 이룰 생각은 없어요?"

"그게 무슨 말이지요?"

"당신이 미국식 자본주의를 경멸하니까, 자본주의의 상징이랄 수 있는 은행에서의 일을 그만둔다거나, 미국식 제국주의를 비판하기 위해 어떤 단체에 가입해 활동한다거나 하는 식의 일들을 해볼 생각이 없느냐고요. 이곳 이스탄불에도 분명히 당신과 비슷한 생각을 하는 사람들이 있을 거예요. 그러니 혼자 생각하는 것보다 여러 사람을 만나서 같이 의견을 교류하고 행동하는 것도 좋은 방법이 될 수 있어요."

"아뇨, 은행 일을 그만둘 생각은 없어요. 사람에게 돈은 필요하니까요. 그리고 미국에 대한 비판은 펍에서 하는 걸로 충분해요. 굳이 사람들을 만나고 싶지는 않아요."

쉬리는 이어 저에게 질문했습니다.

"그럼 스님에게 인생에서 가장 중요한 건 뭔가요?"

"행복요. 자유라고 해도 돼요. 저는 이 두 가지를 거의 동일 의미로 써요. 저는 저뿐만 아니라 모든 사람에게 행복이 가장 중요하다고 생각해요. 그런데 이 행복은 무슨 조건을 달성해서 얻는 행복이 아니에요. 조건 달성과 상관없는, 조건으로부터 벗어난 그런 행복이에요. 그래서 자유라고도 한다는 거예요. 불교에서는 이러한 상태를 깨달음이라고 부르기도 해요. 쉬리 당신은 행복이나 자유를 원하지 않나요?"

가장 중요한 가치로 정의를 말했던 쉬리입니다. 쉬리는 대답하기 전에 뜸을 들이며 무언가를 생각합니다. 하지만 그건 무언가를 생각하기 위해 시간을 두는 것이 아니었습니다. 제가 느끼기로 그것은 무언가를 숨기기 위해 뜸을 들이는 것이었습니다. 생각을 하기 위해서 들이는 시간과 숨기기 위해서 들이는 시간의 분위기와 밀도는 사뭇 다릅니다. 그렇게 엄격하게 다른 느낌의 시간이 흐른 뒤에, 쉬리는 대답했습니다.

"그래도 저에게는 세상의 정의가 우선이에요. 저의 행복보다도 세상의 정의예요."

세계 일주를 하면서 모두 좋은 만남만 있었던 것은 아닙니다. 제가 이해할 수 없는 이상한 만남도 여럿 있었습니다. 쉬리라는 사람과의 만남도 솔직히 그중 하나였습니다. 쉬리와의 대화는 편하지 않았습니다. 왜냐하면 그와 대화를 나누는 내내 저는 그가 자신의 솔직한 마음을 숨기고 있다는 느낌을 받았기 때문입니다. 그것은 마치 쉬리라는 사람을 겉으로 내세운, 제가 모르는 다른 사람과 대화를 하는 듯한 느낌이었습니다. 그래선지 대화는 계속해서 겉돌았습니다. 쉬리는 자신을 보호하기 위해 조심하는 것만 같았습니다.

'무너지기를 두려워하고 있구나….'

쉬리는 무너지지 않기 위해 갖은 애를 쓰고, 자신을 방어하기 위해 더욱 높은 벽을 쌓는 중이었습니다. 오랫동안 쌓아온 벽이라, 그것은 허물어지기 어려워 보였습니다. 하지만 저와 쉬리는 만난 지 고작 이틀밖에 되지 않은 사이입니다. 옷깃만 스쳐도 인연이라고 하지만, 그 인연 중에서도 아주 가벼운 인연인 셈입니다. 저는 더 이상의 말은 하지 않았습니다. 대신 저는 세계 일주를 하면서 다른 친구들에게 그랬던 대로 성철 스님의 '불기자심不欺自心' 명함판을 쉬리에게 건네주었습니다. '자신의 마음을 속이지 말라'는 성철 스님의 이 가르침은 출가 당시 저의 좌우명이었습니다. 어쩌면 지금 쉬리에게 가장 긴요한 가르침이 될 수도 있다고 생각했습니다. 오랜 시간 쉬리는 자신의 마음을 대면하지 않고 속이며 살아왔다는 느낌 때문이었습니다.

"오, 좋은 말인데요?"

쉬리는 명함판을 받아들고는 이렇게 한마디 했습니다. 그러고는 자신이 집에 모셔둔 부처님 손 위에 올려두었습니다. 그렇게 '불기자심'은 쉬리의 방에 즐비한 그의 수집품 중 하나가 되었습니다.

다른 사람이 나를 속이고, 세상이 나를 속이는 것은 그 모든 속임 중 사소한 것에 불과합니다. 이러한 속임은 밝혀내고 입증할 수 있지만 밝힐 수도 입증할 수도 없는 거대한 속임이 있습니다. 그건 바로 내가 나를 속이는 겁니다.

내가 나를 속이는 것은 그 어떤 다른 사람이나 세상도 밝혀줄 수 없는 거대한 속임입니다. 오직 나만이 나 스스로의 속임을 밝혀낼 수 있기 때문입니다. 그리고 이 속임을 밝혀내는 여러 과정을 우리는 보통 수행이라고 부릅니다. 이 수행을 통해서 그간 내가 나에게 해왔던 속임수가 한 꺼풀씩 벗겨지게 됩니다. 그렇기에 이 수행에는 용기가 필요합니다. 스스로 인정하고 벗겨지는 데에 필요한 용기입니다. 세상에서의 용기는 바깥 대상이나 세상과 싸워서 이기는 용기입니다. 나를 지키기 위해서 필요한 용기입니다. 그러나 수행에서의 용기는 나를 놓아버리는 용기입니다. 저는 이것을 진정한 용기라 보고 있습니다.

이 진정한 용기로 수행해 나를 자연스럽게 놓아주고 나를 지켜내기를 포기한다면, 결코 바깥 대상과 싸울 일이 없습니다. 싸움이 없기에 승패 또한 없습니다. 그러할 때 비로소 정의가 이미 완성되어 있음을 알게 되고, 행복이 내 눈앞에 곧장 펼쳐져 있음을 확인하게 됩니다.

내가 나 자신을 속이지 않는 것은 이 정의와 행복을 구현하기 위한 첫걸음입니다.

셀축의 꼬맹이들

이스탄불을 떠나 에페수스 유적의 흔적을 살펴보기 위해 셀축이라는 도시에 도착했습니다. 셀축에 도착한 늦은 오후, 저는 숙소 근처에 있는 언덕에 올랐습니다. 그렇게 해가 지기를 기다리며 도시의 풍광을 바라보고 있는데, 문득 아래에서 무슨 소리가 들려왔습니다. 이 근처에 살고 있는 듯 보이는 꼬맹이들이 저를 향해 뛰어오는 것이었습니다. 이국적인 복장을 하고 다니는 저에게 보이는 관심에 익숙해져, 저는 이 꼬맹이들을 대수롭지 않게 생각했습니다.

모두 일곱 명의 꼬맹이들이 모였습니다. 꼬맹이들이 무어라 말을 했지만 터키 말이니 제가 알아들을 턱이 없었습니다. 행동하는 걸 보아하니 아디다스 티셔츠를 입은 꼬맹이가 대장이었습니다. 그런데 난데없이 이 꼬맹이가 바지를 내리며 자신의 꼬추를 보여주었습니다. 그러자 주변의 다른 꼬맹이들도 히히히 웃으며 바지를 내리고는 꼬추를 보여주었습니다. 뭐 하자는 거지. 꼬추 보는 것에 별 관심도 없거니와, 저를 환대하는 방식이라고 해도 좀 어이가 없어서 저는 계속해서 해가 떨어지는 풍광을 바라보며 사진을 찍었습니다. 그런 뒤 대장 꼬맹이가 저에게 서툰 영어로 이야기합니다.

"한 명당 1리라씩, 총 7리라를 줘요."

어이가 없어서 웃음이 났습니다. 이 말을 듣자 문득 호스텔 스태프에게 들은 경고가 떠올랐습니다. 밤에 셀축 골목을 걸어 다닐 때 조심하라는 것이었습니다. 꼬맹이들이 행패를 부린다는 경고였습니다. 그러나 상대는 여전히 꼬맹이들이었고 덩치 큰 제가 무서워할 이유가 없었습니다. 꼬추를 보여준 대가인지 뭔지 괜한 일에 7리라를 줄 수는 없는 노릇이었습니다. 저는 꼬맹이들을 무시하고 그냥 언덕길을 걸어갔습니다.

하지만 분위기가 심상치 않게 변해갔습니다. 제가 돈을 주지 않을 거라는 게 확실해지자 대장 꼬맹이가 돌을 집어 든 것이었습니다. 대장을 따라서 나머지 꼬맹이들도 손에 돌을 쥐었습니다. 그리고 대장은 저 보란 듯이 그 돌멩이를 땅바닥에 패대기칩니다. 나머지 꼬맹이들도 따라 했습니다. 저는 놀랐습니다. 비록 꼬맹이들이어도 꽤나 위협적인 행동이었던 것입니다.

그런데 그중 한 꼬맹이가 제 옆으로 슬쩍 다가오더니 제 가방의 지퍼를 열었습니다. 제가 제지하자 꼬맹이 하나가 저를 향해 돌을 던졌습니다. 다른 꼬맹이는 제가 방심한 틈을 타서 카메라 끈을 잡아당겼습니다. 하지만 제가 막아서자 일단 뒤로 물러섰습니다. 순간 상황이 심각함을 감지했습니다. 꼬맹이들은 다시 돌을 들었습니다. 모두 돌을 던질 준비를 마친 상태였습니다. 대장의 지시만 기다리고 있는 눈치였습니다.

사실 이 긴장되는 상황을 단 한 번에 끝낼 수도 있었습니다. 일곱 명일지언정 꼬맹이들은 여전히 꼬맹이들입니다. 단 한 명이면 됩니다. 제일 덩치 크고 위협적으로 나오는 대장 꼬맹이를 잡아서 무력을 사용해 제압하면 그만입니다. 저는 키도 크고 제법 힘도 센 편입니다. 제가 그렇게 한 놈만 잡아서 혼내면 나머지 꼬맹이들은 지레 겁을 먹고 도망갈 것이었습니다. 하지만 이 머나먼 이국에서 저는 객이었고, 객으로서 문제를 일으키면 안 될 상황이었습니다. 대장을 잡아서 제압하는 것이야 어려운 일은 아니었지만, 말도 통하지 않는 이런 변방의 도시에서 어떤 식으로든 문제가 불거지면 저만 불편해지는 상황이 되어버립니다. 그러나 상황은 이미 불편해질 대로 불편해져 있었습니다. 모두 손에 돌덩이를 들고 저를 노려보며 대장의 지시를 기다리고 있었습니다. 그야말로 일촉즉발의 순간이었습니다. 저는 결단을 내려야만 했고, 바로 실행해야만 했습니다. 시간이 없었습니다.

결국 제 선택은 삼십육계 줄행랑이었습니다. 저는 힘도 세지만, 달리기도 엄청나게 잘합니다. 물론 20년도 지난 일이지만, 대전에서 열린 육상 경기에서 금메달을 딴 실력이었습니다. 저는 거침없이 달려나가던 이전의 기억을 떠올리며 언덕 아래로 사력을 다해 뛰어 내려갔습니다. 거룩해야 할 수행자가 꽁무니 빠지도록 도망가고 있자니 모양은 빠졌지만 그래도 방법이 없었습니다. 저는 그렇게 일곱 명의 꼬맹이보다 빠르게 달려 내려갔습니다. 제가 도망을 치자, 뒤에서 돌덩이들이 날아들었습니다. 돌덩이 한두 개는 제 가방을 쳤고, 도망치다 목 뒤로 발랑 넘어가 버린 삿갓을 슬쩍 지나치기도 했습니다. 예상외로 동네 꼬맹이들은 빨리 달렸고, 돌덩이도 제법 잘 던졌습니다. 그렇다고 제가 멈춰 서서 꼬맹이들과 싸울 수는 없는 노릇이었습니다. 저는 정말 필사적으로 달렸습니다. 언덕을 한달음에 내려갔습니다. 세계 일주를 하며 그렇게 빨리 달린 적은 처음이자 마지막이었습니다. 그렇게 달리다 마을에 들어선 지 얼마 되지 않아 20대 중반쯤 되어 보이는 마을 친구들 세 명을 만났습니다. 이 친구들이 얼마나 반가웠는지 모릅니다. 저는 재빨리 이 친구들 등 뒤로 숨었습니다. 그리고 저를 따라오는 꼬맹이들을 가리키며 말했습니다.

"쟤들이 나한테 돌 던져! 쟤들 혼내줘!"

일곱 명의 꼬맹이들은 마을 골목길까지 저를 쫓아왔지만, 친구들 등 뒤에 숨은 저를 보고 순간 멈칫했습니다. 꼬맹이들이 손에 쥔 돌을 보고 친구들은 재빨리 상황을 파악했습니다. 친구 하나가 꼬맹이들을 향해서 버럭 소리치며 으름장을 놓았습니다. 꼬맹이들은 순식간에 뿔뿔이 흩어졌습니다. 역시! 동네 꼬맹이들이 제일로 무서워하는 건 동네 형들이었습니다. 저도 그랬습니다. 꼬맹이 시절 동네 형들이 제일로 무서웠습니다. 그런데 지금 이 순간 저를 지켜준 이 동네 형들이 어찌나 잘생기고 늠름해 보이던지요. 어쩌면 하나같이 다

셀축의 듬직한 동네 형들

들 미남이었던 것입니다. 꼬맹이들을 쫓아준 친구들에게 감사하다고 말했습니다. 동네 형 하나가 말했습니다.

"쟤들 여기서 말썽 피우는 애들이에요. 그러니까 당신이 이해 좀 해줘요."

암요, 암요, 이해하다마다요. 저를 이렇게 보호해준 멋진 친구들이니 저는 무조건 예쓰, 예쓰, 했습니다. 그러고 난 뒤 친구들에게 염치없게도 부탁 하나만 더 하게 되었습니다.

"근데 형들아, 내 숙소가 저 골목 지나서 사거리 가까운 덴데, 나 거기까지 좀 데려다주면 안 될까? 저 골목 지나서 아직 꼬맹이들 있을 거 같애."

동양에서 찾아온 근엄한 수행자가 체면상 할 말은 좀 아닌 듯했지만, 그래도 꼬맹이들이 무서운 건 또 무서운 것이었습니다. 남들은 세계 일주를 하며 강도를 만났다거나, 교통사고로 죽을 뻔했다는 등등의 위험한 순간을 떠올리지만 저에게는 셀축에서 꼬맹이들과의 만남이 가장 무서운 일이었습니다. 아마 겪어보지 못한 사람은 이 공포를 모를 겁니다. 이건 제가 특별히 겁이 많아서 그런 게 아닙니다. 다시는 셀축에 가고 싶지 않을 정도로 정말로 무서운 꼬맹이들이었던 겁니다.

정말이라니까요.

그 누가, 저 어미를

예루살렘은 유대교와 기독교, 이슬람교라는 세 종교의 중요 성지입니다. 종교학을 전공한 바 있고 또 여러 이웃 종교의 성지라는 점에서 저에게 예루살렘은 당연히 궁금한 도시였습니다. 그래서 아무런 망설임 없이 이스탄불에서 예루살렘으로 향했던 것입니다. 흑백으로 된 복장을 하고 안식일 저녁에 통곡의 벽에 모여 기도하는 유대인들, 예수님의 석묘가 모셔져 있는 성분묘 교회, 이슬람 최후의 선지자인 마호메트가 승천했다는 황금돔 사원 등 각 종교의 중요한 상징적 의미가 어우러져 있는 곳이 예루살렘이었습니다. 그러나 중요한 종교적 상징물이 아니었음에도 유난히 제 관심을 끈 것이 있었습니다. 그것은 바로 야드 바셈Yad Vashem이었습니다.

야드 바셈은 홀로코스트 기념관입니다. 이 기념관을 찾은 이유는 카우치서핑 호스트인 니르의 추천 때문이었습니다. 영화나 다큐멘터리를 통해서 홀로코스트에 관한 재연과 기록을 여러 차례 본 적이 있었기에 저 또한 자연스레 야드 바셈이 궁금했습니다. 그렇게 저는 트램을 타고 예루살렘 서편 헤르츨산 능선에 위치한 야드 바셈을 찾아갔습니다. 야드 바셈은 예루살렘에서 통곡의 벽 다음으로 많은 관광객이 찾는 곳이라고 들었지만, 토요일 오전의 야드 바셈은 비교적 한산했습니다. 처음에는 그저 단순한 호기심으로 찾은 곳이었습니다. 하지만 두 시간가량 기념관을 둘러본 뒤엔 전시관에 들어서기 전에 가졌던 가벼운 호기심이 전혀 다른 형태의 감정으로 바뀌었음을 알게 되었습니다. 그것은 슬픔이었습니다. 아주 강렬한 슬픔이 온몸으로 느껴졌습니다.

우리가 알고 있는 홀로코스트는 제2차 세계대전 당시, 나치 세력이 유대인 600만 명을 죽인 전대미문의 대학살 사건입니다. 역사관에 들어서기 전까지만 해도 '600만 대학살'이라는 기록은 저에게 그다지 큰 감흥 없는 서술이었습니다. 그러나 제가 기념관에서 본 것은 그러한 산술적인 기록이 아니었습니다. 그 당시 생존했던 수많은 사람의 생생한 흔적들이었습니다. 그들이 죽기 직전 마지막으로 입었던 옷, 지갑 안의 가족사진, 오래된 일기장, 소녀가 가지고 놀던 인형, 처형당하기 직전의 표정 그리고 죽어서 시체가 된 모습들이 홀로코스트 역사관에 담담하게 그러나 인상 깊게 새겨져 있었습니다.

제가 역사관에서 본 것은 그 한 사람 한 사람의 삶과 죽음, 고통에 관한 생생한 증거들이었습니다. 유대인이라는 이유로 수많은 사람이 죽어 나가던 시대에도 나치에 저항했던 유대인들의 모습을 보면서 저는 그들의 심정을 십분 이해할 수 있을 것 같았습니다. 비이성과 광기가 팽배한 전장에서 어떻게든 살아남기 위해 무슨 일이든 하겠다는 사람으로서의 본능을 느꼈던 것입니다.

그런 홀로코스트 역사관에서 절대로 잊지 못할 장소가 있었습니다. 바로 역사관 제일 마지막 부분에 있던 이름의 전당The hall of names이라는 방입니다. 방 내부 벽에는 희생당한 유대인들의 명단이 책으로 정리되어 보관되고 있었습니다. 그러나 제 시선을 앗아간 것은 바로 사진들이었습니다. 둥그런 돔 형태로 만들어진 방의 높다란 천장까지 남녀노소 희생자의 사진들이 온 벽을 빼곡히 메우고 있었던 것입니다. 온몸에 전율이 느껴졌습니다. 네모난 프레임에 박제된 수많은 사람의 생생한 모습들이 저를 깊은 슬픔의 감정으로 압도해 버린 것이었습니다.

시오니즘의 완성이라는 이스라엘 건국은 사실 팔레스타인 지역에서 역사·정치·외교·경제·종교적으로 복합적 의미를 담고 있는 중대한 사건입니다. 지난 수십 년간 팔레스타인에서 일어난 분쟁은 단순한 몇 가지 사항을 근거로 명확하게 정의하거나 평가할 만한 것들이 아니라고 생각하고 있습니다. 그럼에도 대부분의 사람들은 아무래도 지금에 있어 열위에 처한 팔레스타인 쪽 입장에 더 많은 지지를 보내는 것 같습니다. 천 년 동안 머물던 터전을 어느 순간 몰려든 유대인들에게 내어주고 변방으로 밀려나야만 했던 팔레스타인 사람들에게 아무래도 심정적으로 동조하는 것입니다. 게다가 난데없이 굴러들어온 격인 이스라엘이 미국이라는 초강대국과 미디어의 힘을 빌

이름의 전당 © David Shankbone

려 매번 상황을 리드하는 데에 대한 반발심도 적잖이 있었을 것입니다. 저 역시 이러한 힘의 불균형 때문에라도 열악한 상황에 놓인 팔레스타인 쪽에 더 많은 지지를 보냈습니다. 그러나 야드 바셈을 둘러보고 난 뒤 이런 생각에 큰 변화가 일어났습니다. 그것은 이역만리 타지에 있는 저 같은 외지인이, 그 어떤 자료와 기록, 영상만을 접하고 누군가의 편을 들고 또 누군가에게 지지를 보낼 수는 없다는 판단이었습니다. 저는 결국 그 모든 판단을 유보했습니다. 저는 철저히 외부인임을 자각한 것입니다.

야드 바셈을 나오면서 문득 영화 〈마더〉가 떠올랐습니다. 영화에서 엄마는 살인을 저지른 모자란 아들을 보호하기 위해 또 다른 살인을 저지릅니다. 살인은 인륜지사에서 가장 악한 행동이고 실정법상으로도 최고의 중범죄입니다. 그러나 〈마더〉를 보면서 우리는 손쉽게 그 엄마를 비난하고 미워할 수만은 없습니다. 그건 엄마라는 존재가 지니는 중의적인 역할과 의미 때문입니다. 한 영화평론가의 말을 빌리자면, 어머니는 윤리이고 어미는 본능입니다. 아이를 키우면서 교육시키고 인격을 갖추게 하는 데 있어서 엄마는 윤리 차원의 어머니가 되지만, 시시비비를 떠나 자식을 보호하고 위험에 처한 아이를 구해내는 본능 차원에서 엄마는 어미입니다. 엄마라는 존재는 그렇게 어머니이기도 하려니와 상황에 따라서 어미가 될 수도 있습니다. 이 둘을 명확히 갈라놓고 엄마를 규정할 수 없으며, 둘 중 하나만 선택할 수 있는 것도 아니기에 엄마란 복합적인 존재입니다. 그렇기에 사람들은 영화를 보면서 부족한 아들을 어떻게든 지키겠다며 살인까지 저지른 엄마를 무작정 비난할 수 없습니다. 저 엄마가 바로 어미이기 때문입니다. 그러나 관광버스 안에서 자신의 고통을 잊고자 정신줄 놓고 춤추는 엄마의 모습을 보면 그녀는 여전히 어머니입니다. 그 어느 하나만을 결정할 수 없다는 점에서, 그 어느 하나가 절대적으로 옳고 당연하다고 말할 수도 없다는 사실 때문에 영화를 보는 관객의 심정도 관광버스 안에서 막춤을 출 수밖에 없었던 엄마처럼 복잡해지는 것입니다.

이스라엘 건국이나 팔레스타인 분쟁은 사실상 합리적인 협상이나 과정을 통해서 이루어진 결과들이 아닙니다. 중대한 역사적 사건들은 외려 비상식적인 동기나 철저한 이기주의에 근거하여 발생한 것이 많습니다. 역사가 만들어낸 이런 폐단들을 어떻게든 바로잡고 제대로 지켜가려는 노력에서 도덕이며 윤리라는 원칙이 생겼다 해도 과언은 아닙니다. 유대인들에 대한 맹목적인 혐오감에서 발생한 홀로코스트나 천 년간 팔레스타인 사람들이 살던 땅에 이스라엘을 건국하고 영토를 차지하여 생긴 분쟁도 사실 이러한 사례에 속한다고 할 수 있습니다.

온갖 수모와 학살을 당한 유대인들이 어떻게든 이를 모면하고자 자신들이 지낼 수 있는 이스라엘이라는 나라를 세운 것은 어찌 보면 종교적 사명보다는 인간의 생존 본능에 가까울 것입니다. 우리는 국가를 마더랜드Motherland라고 부르기도 합니다. 국가란 단순히 형식적인 차원에서의 영토만을 의미하는 게 아니라 국민에게 근원적인 고향이자 안전한 삶을 위한 테두리이기 때문입니다. 그렇기에 조국이란 어미와 같은 것입니다. 야드 바셈에 가서 제가 본 것은 전 세계에 뿔뿔이 흩어져 있던 유대인들이 방랑과 핍박에서 벗어나 어미로서의 땅을 가져야겠다는 처절한 열망이었습니다. 건국 과정이 마냥 정상적이고 합리적이지 않다는 걸 알면서도 그들을 손쉽게 손가락질할 수만은 없는 까닭은 생존을 향한 그들의 본능을 야드 바셈에서 보고 느꼈기 때문입니다. 생존의 본능은 그 무엇보다 앞섭니다. 그 어떤 고결한 윤리나 합리적인 이성보다 앞서는 게 바로 생존의 본능이기에, 저는 팔레스타인으로 들어온 이 유대인들을 마냥 비난할 수는 없다고 생각했습니다. 현재는 물론 미래에도 팔레스타인 분쟁에 대한 명쾌한 해결 방안은 나오지 않을 것입니다. 아마도 이러한 상황에서 어떻게든 큰 분란을 만들지 않고 서로의 존재와 영역을 인정해주고 공존하는 것이 유대인과 팔레스타인인들에게 유일하게 남은 과제인지도 모르겠습니다.

야드 바셈을 보고 저의 생각은 많이 바뀌었습니다. 그 누군가의 손을 당연하다는 듯 들어주고 또 누군가에게 손쉽게 돌을 던질 수 있는 게 아니라는 사실을 다시금 절감했습니다. 그 누가 자기 자식을 해치려 하는 사람을 죽여버린 어미에게 돌을 던질 수 있겠습니까. 그 누가 저 어미를 미워할 수 있으며, 그 누가 생존의 본능을 윤리와 도덕으로 명쾌하게 재단할 수 있겠습니까. 손을 들어주지도, 그렇다고 돌을 들지도 못할 만큼, 이러지도 저러지도 못하게 하는 여러 모순된 인연들이 우리의 눈앞이라는 삶에 마치 어려운 숙제를 주듯 무심하게 놓여져 있는 것처럼 보이기만 합니다.

이스라엘에서 만난 숭산 스님

'혹시 이스라엘에 있는 유대인 중에서도 선禪 수행을 하는 사람들이 있지 않을까?'

카우치서핑으로 유대인 친구 집에 머물며 유대교에 대한 조사를 하다, 문득 이런 생각이 들었습니다. 그렇게 구글에서 검색을 하다가 마침내 찾아낸 곳이 바로 관음선원이었습니다. 관음선원의 영어 명칭은 'Kwan Um School of Zen'인데, 이는 한국의 대표적인 선승이셨던 숭산 스님의 원력과 지도하에 설립된 국제적인 선禪 센터였습니다.

과거 숭산 스님께서는 미국 포교라는 원력을 세우시곤 미국인들에게 직접 선 수행을 가르치셨습니다. 하지만 스님께서 몸담고 계셨던 조계종의 문화적 가풍과 수행 방식으로는 합리적이고 평등한 사고를 기반으로 하는 미국인에게 선을 가르치기 어렵다고 판단하셨습니다. 이에 따라 관음선종觀音禪宗이라는 전혀 다른 형식을 가진 새로운 종단을 창시했습니다. 관음선종에서는 스님과 재가 불자라는 차이에 따른 차별이 없었고, 좌선 위주로 수행하는 한국에서의 수행법과 많은 차이가 있었습니다. 숭산 스님께 깨달음을 인가받은 상당수 제자들도 대부분 세속에서의 삶을 꾸려가는 일반인들이었습니다. 한국에서의 수행승이 출가승인 데 반해 관음선종의 선사나 수행자는 직업을 갖고, 결혼을 하고, 아이도 키우는 평범한 사람들이었습니다.

또한 관음선종에는 한국에서는 결코 흔치 않은 여성 선사들이 절반 가까이 있었습니다. 현재 관음선종을 대표하는 분이 바로 성향 선사인데, 바버라 로즈라는 이름의 그녀는 선사로 활동하기 이전에 평범한 간호사였습니다. 그러나 선을 지도하는 법사이자 선사로 활동하던 때에도 그녀는 여전히 호스피스로 일하는 일반인으로서의 삶을 살았습니다. 이는 한국에서 선사로서의 지위를 저버리고, 미국에 와 세탁기 수리공, 배관공으로 일하며 미국인들에게 불교와 선 수행을 전파한 숭산 스님의 삶과 족적을 같이합니다. 각자의 직장에서 일하는 사람이되 불교를 가르치는 선사이기도 하고, 깨달음을 얻은 스승이되 평범한 삶을 살아가는 일반인일 수 있음을 숭산 스님과 성향 선사가 당신들의 삶으로 입증해준 것입니다.

유럽에 수십여 곳의 관음선종 지부가 있기는 하지만 유럽에 머물 당시에 저는 관음선종의 존재를 채 생각해보질 못했습니다. 그런데 센터의 위치가 표시된 사진을 보니 서유럽에는 센터가 적고, 동유럽에 집중적으로 분포되어 있었습니다. 숭산 스님의 외국인 제자 중에 동유럽 출신이 많았다는 것을 생각해보면 충분히 납득할 만한 일입니다. 제자들이 숭산 스님께 선 수행을 배우고 깨달음을 인가받은 다음, 자신들의 고향으로 돌아가 선 수행을 가르치고 있는 것입니다. 행여 다음에 다시 유럽에 들를 일이 있거든 좀 더 관심을 가지고 선 센터를 찾아봐야겠다는 생각이 들었습니다.

저는 텔아비브에 있는 관음선종 센터에 미리 이메일로 연락을 했습니다. 센터의 대표인 알렉산더가 답신을 해주었는데, 매주 목요일 저녁마다 센터 회원들이 모여서 정기적으로 선 수행을 하고 있다고 했습니다. 목요일 오후, 텔아비브의 버스터미널에서 저는 알렉산더를 만났습니다. 간단한 인사를 마친 뒤 알렉산더는 저를 선원으로 안내했습니다. 그런데 선원은 다름 아닌 알렉산더의 집이었습니다.

예전에는 관음선종 센터 공간이 따로 있었는데, 아무래도 유대교며 다른 종교적 성향이 강한 이스라엘에서 선 수행 모임이 활성화되기는 힘들었다고 합니다. 센터의 임대 비용을 감당하기 힘들어지자 지금은 알렉산더의 집에 따로 선원 공간을 마련해 목요일마다 이곳에 모여 수행을 하고 있는 것이었습니다. 알렉산더가 선 수행을 시작한 지는 5년 정도로, 사실상 그리 오랜 기간은 아니었습니다. 보통 다른 관음선원의 대표들은 수행한 지 10년 이상 되었고, 몇몇 센터 대표가 20년 이상의 수행 경력을 가지고 있는 것에 비한다면 오랜 시간은 아닙니다. 하지만 수행 기간이 곧 수행의 깊이를 뜻하는 것은 아닙니다. 충분히 준비하고 수행을 온전히 받아들인다면 수행 기간은 그다지 중요한 요소가 아닙니다. 알렉산더의 고요하고도 온화한 눈빛에서는 이미 수행자로서의 남다른 깊이가 엿보였습니다. 알렉산더는 센터에서 수행을 하다 지금의 아내인 발렌티나를 만났습니다. 선 수행 도반이 이제는 부부가 된 것이었습니다.

작은 방에 마련된 선원은 말끔하게 정리되어 있었습니다. 불상이 선원 앞쪽 가운데에 모셔져 있고 양옆으로 예불과 정진 시에 사용하는 좌복 여섯 개가 가지런히 놓여 있었습니다. 이날은 제가 참석해 좌복이 하나 더 늘었습니다. 선원 한쪽 벽면에는 한국 불교 선사들의 모습을 담은 사진 액자가 걸려 있었습니다. 근대 선불교의 중흥조라고 할 수 있는 경허 선사와 그의 상수제자였던 만공 선사, 숭산 스님에게 인가를 해주신 고봉 스님이셨습니다. 그리고 다른 쪽 벽면에는 관음선종을 창시한 숭산 스님의 사진이 걸려 있었습니다. 사진 안에서 숭산 스님은 주장자에 비스듬히 기대어 편안한 표정으로 웃고 계셨습니다. 이미 수차례 보아왔던 숭산 스님의 사진입니다. 결코 잊을 수 없는 사진이기도 했습니다. 왜냐하면 숭산 스님의 이 모습을 보고 저는 출가를 결심했기 때문이었습니다.

제가 본격적으로 불교를 접하게 된 것은 종교학을 전공으로 선택한 대학교 2학년 때부터였습니다. 그때가 제 인생에서 가장 혼란스러운 시기였습니다. 그런 와중에 저는 〈불교의 이해〉 수업을 듣게 되었습니다. 당시 강의를 듣기는 했지만 저에게 불교는 거대한 불가해의 가르침으로 다가왔습니다. 특히나 공空 사상을 접하며 '도대체 저

알렉산더 집에 마련된 관음선종 선원 내부

것이 뭘까' 하는 의구심에 사로잡혀버렸습니다. 당시 혼란스럽고 괴로운 일들로 힘겹게 살아가던 차라 더욱더 그랬는지도 모릅니다. 한 학기 동안 수업을 듣기는 했지만, 정작 불교에 대해 머리에 남는 내용은 없었습니다. 도대체 부처님이 도달한 열반이 무엇이었는지, 그리고 저 공은 어떻게 해야 깨달을 수 있는지에 대한 의심만 남았습니다. 이 의심이 해소될 리 없는 시절이었기에 마음은 한없이 복잡해져만 갔습니다.

공부를 제대로 하지 않은 탓에 기말고사도 엉망이었습니다. 그래서 저는 제 인생에 처음이자 마지막으로 백지 답안지를 제출했습니다. 불교에 대해 제대로 아는 게 없기도 했지만, 어찌 보면 백지 시험지를 내면서부터 불교를 다시 한 번 제대로 공부해보고 싶다는 강한 열망을 가졌는지도 모릅니다. 결국 〈불교의 이해〉 과목은 D 학점을 받고야 말았습니다. 생각해보면 참 아이러니한 일입니다. 나중에 스님이 될 사람이 불교를 전혀 이해하지 못했고, 그나마 낙제를 간신히 면한 D 학점을 받았으니 말입니다. 하지만 어찌 보면 나름대로 타당한 일인지도 모릅니다. 만일 제가 불교를 어렴풋이 이해했다면, 저는 출가를 하지 않았을 것이고 수행의 길을 걷지 않았을 것입니다. 저는 불교를 이해하지 못했습니다. 그렇기에 곧장 출가를 했고, 몸소 수행을 하면서 진리를 체험하고자 했습니다. 이 '모름'이 저를 이끌었던 것입니다. 도대체 진리라는 게 뭘까, 나는 왜 이토록 괴롭기만 한 것일까, 이런 의심을 품고 독하게 수행했습니다.

숭산 스님은 인생의 혼란기에 저에게 의문과 부러움을 동시에 안

겨주신 분이었습니다. 그 언젠가 저는 숭산 스님이 저술하셨다던《선의 나침반》을 읽었습니다. 책을 읽으며 불교의 교리나 역사적 흐름에 대한 내용들은 나름대로 이해했습니다. 하지만 책의 제일 마지막에 제시되어 있는 조주무자趙州無字를 시작으로 한 열 개의 선 공안에 대한 숭산 스님의 설명이 도무지 이해되질 않았습니다. 숭산 스님은 그 모든 공안에 대해 이리 대답해도 30방, 저리 대답해도 30방을 맞는다고 말씀하셨습니다. 도대체 뭘까. 이 선禪이라는 게 도대체 뭘까. 저는 이해가 되질 않아서 이 공안들을 붙들고 끙끙댔는데, 자유자재로 공안을 다루는 숭산 스님의 모습은 무척이나 자유롭고 편안해 보였습니다. 누군가의 모습을 보고 무척이나 부럽다고 느낀 적은 그때가 어찌 보면 처음이자 마지막이었습니다. 주장자에 비스듬히 기대고는 편안한 얼굴로 웃고 계신 숭산 스님의 사진을 보면서 저는 지독한 부러움을 느꼈습니다. 저도 숭산 스님처럼 편안해지고 싶었습니다. 이 선 공안이라는 것을 타파해서 깨달음을 얻게 된다면, 이토록 불안하기 짝이 없는 마음에서 벗어나 숭산 스님처럼 자유롭게 살아갈 수 있으리란 강한 확신이 생겨났습니다.

그렇게 대학교에서 마지막 학기를 마침과 동시에 저는 해인사로 출가를 했습니다. 해인사에서 행자 생활을 하느라 대학교 졸업식에는 참석하지 않았습니다. 출가하고 한 달 동안 밥을 짓는 공양주로 소임을 보며 일을 하다, 퇴설당 행자로 차출되었습니다. 퇴설당은 방장(方丈 : 해인사와 같은 총림의 최고 어른) 스님이 머무시는 처소였습니다. 그렇기에 퇴설당 행자로 차출이 된다는 것은 곧 방장 스님을 모시며 잔일을 행하는 행자가 된다는 뜻이었습니다. 당시의 방장 스님은 저의 은사이신 법전 스님이었습니다. 시자 스님의 안내를 받아 저는 방장실에 들어가 처음으로 법전 스님께 인사를 드렸습니다. 스님께서는 간단하게 저의 나이와 출신 등을 물으셨고, 저는 짧게 대답했습니다. 그리고 저에게 마지막 질문을 하셨습니다.

"그래, 너는 왜 출가했어?"

"네, 언젠가 숭산 스님이 쓰셨다던 《선의 나침반》이라는 책을 보았는데, 거기서 숭산 스님이 주장자에 기대어 편안히 계신 모습을 보고 부러웠습니다. 숭산 스님이 너무 자유롭고 편안해 보여서요. 저도 수행을 잘하면 마음이 편안해질까 싶어서, 그래서 출가했습니다."

나중에 시자 스님께서 따로 말씀하셨지만, 절집에서 제일 말단 격인 어린 행자가 종단의 제일 큰스님 앞에서 한마디도 더듬지 않고 말하는 모습이 한편으로 당돌하면서도 무척 인상적이었다고 하셨습니다. 성격 여부는 둘째 치더라도 사실은 사실이었습니다. 저는 숭산 스님이 무척이나 부러웠던 것입니다. 비록 직접 만나 뵌 적은 없지만, 숭산 스님은 그렇게 저에게 출가의 결정적인 자극과 동인을 주신 분이었습니다. 한국에서 이역만리 떨어진 이곳 이스라엘에서 다시 숭산 스님의 모습을 뵙게 되니, 무척이나 가슴이 뭉클해졌습니다.

저녁 7시가 가까워지면서 하나둘씩 사람들이 모여들기 시작했습니다. 그들은 모두 한국에서 찾아온 스님인 저에게 반가움을 표현해 주었습니다. 자신들에 대해 간단히 소개한 다음 모두 선원에 마련된 각자의 법복을 입었습니다. 평상시에는 일반인으로 살지만, 예불이나 수행 시간에는 엄격한 불제자인 것입니다. 불제자로서 불교 의식과 수행을 하기 위해 법복을 입는 것이었습니다. 저 역시 저녁 예불과 정진에 참여하기 위해 가사를 수했습니다. 세계 여행을 할 적에 법당에 들어갈 때를 제외하곤 가사를 수하는 일이 없었는데 참으로 오랜만이었습니다.

예불은 관음선원의 법식대로 진행되었습니다. 불단에 촛불을 켜고 알렉산더가 예불 시작을 알리는 종을 울렸습니다. 종 울림이 끝난 뒤에 한국에서 하던 그대로 예불이 진행되었습니다. 영어나 히브리어로 뜻을 번역해 새로 만든 예불이 아니라, 한국에서 발음하는 그대로의 예불이었습니다. 모인 사람들은 모두 유대인들이었기에 발

알렉산더와 함께

음이 약간 어색했지만 그런대로 한국에서의 예불과 비슷했습니다. 예불을 마친 뒤 모두 자리에 앉아 좌선을 시작했습니다. 알렉산더의 죽비에 맞추어 입선했습니다. 30여 분간 고요한 침묵이 흘렀습니다. 한국에서는 매일 열 시간씩 하던 일상의 삶과 같은 좌선 수행이었지만, 세계 일주를 시작한 후에는 참으로 오랜만에 하는 선원에서의 좌선이었습니다. 그렇게 저는 오랜만에 깊은 침묵으로 들어갔습니다.

30분이 지난 뒤 알렉산더가 방선 죽비를 쳤습니다. 이미 오랜 기간 익숙하게 해왔던 듯, 사람들은 말없이 법복을 벗고 선방에서 나왔습니다. 대부분의 사람들은 저녁에 약속이 잡혀 있어 자리를 떠났습니다. 그들과 짧은 작별 인사를 나누었습니다. 예루살렘에서 카우치서핑 중이었지만 이날 하루는 텔아비브의 선원에서 자고 가겠다고 말해놓은 터였습니다. 이후 저는 알렉산더, 발렌티나와 함께 저녁을 먹으며 대화를 나누었습니다. 알렉산더가 말했습니다.

"사실 저는 한국에 가보질 못했어요. 기회가 되면 한국에 꼭 가보고 싶어요. 한국에 가서 숭산 스님이나 고봉 스님이 정진하신 절에서 수행을 해보고 싶은 거예요. 마침 내년이 숭산 스님 입적 20주기가 돼요. 그래서 우리 관음선종 제자들은 한국에서 이전보다 규모가 더 큰 행사를 준비하고 있어요. 아직 확정된 것은 아니지만, 내년에 발렌티나와 함께 꼭 한국에 갈 기회를 만들려고 노력하고 있어요."

대화를 마치고 나니 시간은 10시가 넘었습니다. 컴퓨터 프로그래머인 알렉산더는 내일 일정을 위해 일찍 잠자리에 들었습니다. 그렇게 저는 알렉산더의 집에서 전혀 예상치 못한 카우치서핑을 하게 되었습니다. 다행히도 거실 소파는 제 키를 감당할 정도로 컸습니다. 그러나 그날 밤 저는 곧장 잠에 들지 못했습니다. 꽤 오랜 시간 동안 천장을 바라보았습니다. 창밖에서 스며든 빛 때문인지 천장이 유난히 밝아 보였습니다. 저는 누워서 고요함으로 천장을 응시했습니다. 그리고 그 고요함으로 밑도 깊게 들어갔습니다. 무척이나 남다른 경험이고 기억이었습니다. 물론 제가 있는 곳은 남의 평범한 집이었고, 제가 누운 곳은 소파 위였건만, 그래도 저에게는 이 공간이 그 어떤 곳보다도 각별하게 느껴졌습니다. 저에게는 수행하는 공간, 출가 후 제 삶의 전부를 의미했던 공간, 곧 선원이었기 때문입니다.

사구 위에 올라서니 기분이 좋았습니다.

한번 밑에까지 달려나가고 싶어졌습니다.

그래서 샌들을 벗고 전력을 다해

헤헤헤 웃으며 뛰어 내려갔습니다.

블랙홀 다합

세계 일주를 하는 배낭여행자들에게는 3대 블랙홀이 있습니다. 물건뿐 아니라 빛조차 빠져나올 수 없을 만큼 중력이 강한 천체처럼, 여행자들이 한번 들어서면 절대로 빠져나오지 못하는 블랙홀 세 곳이 있다는 것입니다. 그것이 바로 바로 파키스탄의 훈자, 태국의 방콕 카오산 로드, 이집트의 다합입니다. 일정이 맞지 않아 세계 일주 중에 파키스탄 훈자에는 가보지 못했고, 태국의 카오산 로드는 그 번잡스러움 때문에 오랫동안 머물고 싶지 않았습니다. 그러나 이집트의 다합은 달랐습니다. 요르단을 떠나 이스라엘 국경을 거쳐서 제가 이집트 다합으로 들어온 날은 2013년 11월 29일이었습니다. 그리고 블랙홀과도 같았던 다합을 빠져나온 것은 2014년 1월 4일이었습니다. 다합에 머무는 사이, 크리스마스를 보내려고 잠깐 런던에 다녀온 열흘을 빼더라도 무려 한 달 가까이 저는 다합에 머물렀던 것입니다. 다합은 그렇게 세계 일주 중 단일 장소로는 가장 오랜 기간 머문 곳이었습니다.

배낭여행자들에게 블랙홀이 되려면 몇 가지 조건이 잘 갖추어져 있어야 합니다. 가장 중요한 것이 바로 저렴한 물가입니다. 이집트의 물가가 높은 편은 아니지만 다합은 배낭여행자들의 평균 여행 경비를 기준으로 봤을 때에도 낮은 축에 들어갑니다. 우선 방값이 저렴합니다. 만일 혼자 머무르고 싶다면 10달러에서 20달러 정도에 그럭저럭 지낼 만한 방을 구할 수 있습니다. 발품을 판다면 몇몇 게스트하우스의 도미토리도 4달러 정도에 구할 수 있습니다. 실제로 제가 머문 한인 게스트하우스의 도미토리는 침대 하나당 5달러였습니다. 여기에 더해 식비도 저렴해야 합니다. 다합 해변에는 세계 각지에서 몰려드는 여행자들을 위해 다양한 메뉴를 갖춘 식당이 즐비했습니다. 그런데 메뉴판을 보면 비싼 가격에 모두 화들짝 놀라고야 맙니다. 엉성한 마르게리타 피자 한 판이 15달러, 이집트의 주된 식사 메뉴인 코샤리나 중동의 대표적인 식단 팔라펠 같은 것도 10~15달러 정도 내외였습니다. 해산물이 조금 들어간 파스타 같은 경우에는 20달러에 육박했습니다. 그러나 저와 같이 식당에 갔던 한국 친구들은 메뉴판을 받아들고는 소년 웨이터를 다시 불렀습니다.

"이거 말고, 다른 메뉴판 가져와요. 우리 한국인이에요."

소년 웨이터는 곧 다른 메뉴판을 가져왔습니다. 다합 해변에 자리 잡은 식당에는 보통 두 개의 메뉴판이 존재합니다. 하나는 외국 여행자들을 위한 값비싼 메뉴판이고, 다른 하나는 현지인들과 수완 좋은 배낭여행자들을 위한 저렴한 메뉴판이었습니다. 비싼 메뉴판에 적힌 가격은 저렴한 메뉴판보다 대략 세 배 정도 비쌌습니다. 메뉴는 같았으나 가격은 천지 차이였던 것입니다. 실제로 덴마크, 영국 등 유럽에서 온 백인 여행자들은 비싼 메뉴판을 보고 그대로 음식을 주문하는 경우가 많았습니다. 하지만 알뜰하고 정보력이 좋은 한국 여행자들은 이런 메뉴판 놀음에 속아 나지 않았습니다. 몇 차례 식당을 오갔더니 나중에는 한국 여행자들임을 아는 웨이터가 아예 처음부터 현지인 메뉴판을 가져왔습니다. 짧은 기간 휴양을 즐기기 위한 목적으로 이곳에 찾아온 유럽 여행자들과 달리 다합에 장기간 머무는 한국 배낭여행자들에겐 이런 종류의 인종차별이 존재했던 것입니다. 그러나 우리 한국인들은 이러한 인종차별을 언제나 환영했습니다.

블랙홀의 두 번째 조건은 수려한 자연 풍광입니다. 다합은 메마른 사막의 한가운데에 있음에도 코발트빛의 홍해 바다를 접한 멋진 해안에 자리했습니다. 매일 아침 홍해 바다 저 너머로 사우디아라비아 반도 쪽에서 해가 뜨고, 매일 저녁 시나이산의 황량한 산맥 너머로 붉은 해가 떨어졌습니다. 성경에서 모세가 바다를 가른 기적을 일으킨 곳이 바로 이 홍해였고, 모세가 하나님에게 십계명을 받아든 곳이 시나이산이었기에, 기독교인들에게 이곳은 중요한 성지였습니다. 홍해 바다 건너로 보이는 사우디아라비아의 황토빛 대륙은 다합에서 대략 20킬로 정도 떨어져 있습니다. 바닷길만 열린다면, 그리고 마음만 먹는다면 충분히 걸어갈 수 있는 거리처럼 느껴졌습니다. 시

다합 해변의 한가로운 한때

내의 여러 여행사에서는 새벽 시나이산에서 일출을 보기 위한 투어 프로그램을 신청할 수 있습니다. 제가 머문 12월과 1월은 가장 추운 겨울이었지만, 겨울의 새벽 추위를 이겨내고 끝내 일출을 보고 온 한국인이 제법 있었습니다. 다합은 이처럼 코발트빛 푸른 바다와 황량함이 느껴지는 누런 사막, 파란 하늘, 흰 구름, 붉은 태양과 함께 아름다운 노을, 메마른 바람이 어우러져 기묘한 매력을 녹여내는 천혜의 도시였습니다.

블랙홀이 가져야 하는 세 번째 조건은 바로 액티비티입니다. 방콕의 카오산 로드가 저렴한 마사지로 유명하고, 파키스탄의 훈자가 다양한 트레킹 코스로 유명하다면, 이집트의 다합은 널리 알려진 바대로 스쿠버다이빙의 성지였습니다. 스쿠버다이빙으로 유명한 장소가 전 세계적으로 몇 있는데 다합은 그중에서도 가장 멋들어진 포인트가 집중적으로 몰려 있는 곳이었습니다. 프리다이버들에게 유명한 130미터 깊이의 블루홀과 수중에서 에어커튼을 체험할 수 있는 캐니언, 다양한 바닷속 구경거리를 볼 수 있는 아일랜드 등 다합 가까운 곳에 다채로운 다이빙 포인트가 빼곡했습니다. 만일 어드밴스드 스쿠버다이빙 자격증을 갖고 있다면 펀 다이빙Fun Diving을 할 수도 있는데, 다합 주변에 있는 십수 개의 다이빙 포인트를 채 20달러가 되지 않는 비용으로 즐길 수 있었습니다.

꼭 다이빙을 하지 않아도 됩니다. 스노클링 장비를 빌려 바로 앞 바다에 들어가도 화려한 물속 세계를 경험할 수 있습니다. 사실 저는 수영을 하지 못했습니다. 수영을 배워본 적이 없기 때문입니다. 하지만 홍해는 다른 바다들에 비해 20퍼센트 정도 높은 염도를 자랑하는 곳이었습니다. 바다에 첨벙 뛰어들어도 곧잘 몸이 떴습니다. 만일 여기에 다이빙슈트까지 입으면 몸이 바닷물에 더 잘 뜨게 됩니다. 평상시 겁이 없던 저는 시퍼레서 그 바닥이 보이지조차 않는 깊은 바다에 뛰어들어 스노클링을 즐겼습니다. 바닥이 수심 5미터 정도 되는 얕은 곳에서는 무작정 밑으로 헤엄쳐 내려가 바닥을 손으로 찍고 나오는 연습을 수차례 하기도 했습니다. 물론 수영을 배우지 않아서 포즈는 엉성했지만 스노클링은 즐거웠습니다. 그렇게 스노클링을 하다가 어디선가 몰려든 은빛 치어들 수만 마리에 휩싸인 적도 있습니다. 바닷속이 온통 은빛으로 아름답게 빛났습니다. 손을

공기 방울이 보글보글 솟아오르는 다이빙 포인트, 에어커튼

뻗으면 손끝으로 치어들의 매끄러운 몸놀림이 느껴졌습니다. 인생에 잊지 못할 순간 중 하나가 되었습니다.

스노클링을 하지 않을 때에는 숙소 거실에 모여 친구들과 이야기를 나누거나 같이 영화를 보기도 했습니다. 한국인 숙소의 최대 장점은 바로 밥솥이었습니다. 만행을 다니며 가장 힘든 것이 먹는 문제였는데, 대부분의 경우 저는 피자나 빵 따위를 먹으며 말 그대로 목숨을 '연명'하는 수준으로 끼니를 때웠습니다. 쌀밥을 먹고 싶었지만 중동에선 밥을 파는 곳을 잘 찾을 수가 없었습니다. 그래서 쌀밥을 파는 곳을 보면 금전적으로 무리를 해서라도 무조건 밥을 사 먹었습니다. 언제 다시 밥을 먹을 수 있을지 모르기에, 기회가 생기면 배 터지게 밥을 먹어두는 습관이 들어버렸습니다.

그런데 이곳엔 전기밥솥이 있었습니다. 비록 이집트에서 재배하는 쌀이 베트남 쌀과 비슷한 날림쌀이라고 해도, 전기밥솥으로 밥을 하면 나름 찰기를 띤 밥이 되었습니다. 그토록 고팠던 쌀이었기에 숙소에서 판매하는 고추장에다 달걀프라이와 채소를 대충 집어넣어 비벼 먹으면 며칠을 먹어도 절대로 입에 물리지 않았습니다. 한국인은 역시 밥심으로 사는 것이었습니다. 그렇게 밥을 먹으며 기력을 보충하고 충분히 휴식을 취하니 고갈되어가던 체력이 살아나는 듯했습니다. 밥은 이토록 소중한 것이었습니다. 밥을 잘 먹을 수 있게 되자 어서 세계 일주를 마치고 한국에 돌아가고 싶다는 생각이 사라지고야 말았습니다. 한국인 친구들과 모여 된장국을 끓여 먹는 날에는 더 이상 바랄 바도 없었습니다.

그렇게 좋은 날로 가득한 다합이었습니다. 저렴한 물가과 밥값, 코발트빛 홍해를 낀 수려한 자연환경, 어느 때고 저렴하게 즐길 수 있는 여러 액티비티들, 매일같이 먹을 수 있는 쌀밥, 숙소에서 만난 다정했던 한국 친구들…. 정말 오랜만에 누린 안락한 휴식이었습니다. 블랙홀로 유명한 다합이었지만, 제가 기억하는 다합은 은빛으로 반짝이며 빛나는 평화로움의 날들이었습니다.

스쿠버다이빙과 블루홀

솔직히 말하자면 반드시 스쿠버다이빙을 해야겠다는 생각은 없었습니다. 수영도 하질 못하니까요. 그러나 많은 세계일주 여행자들이 스쿠버다이빙에 도전하고 자격증까지 따오는 것을 보아왔습니다. 자격증을 가진 친구들은 수영 실력이 없어도 상관없다는 이야기를 해주었습니다. '그렇다면 나라고 못 할 게 뭐람. 한번 해봐야지' 하는 단순한 생각이었습니다. 이런 이유로 저는 스쿠버다이버의 성지랄 수 있는 다합으로 들어가게 된 것입니다.

미리 조사한 대로 한국인들이 머물며 자격증을 딴다는 한인 게스트하우스에 이메일로 연락을 했습니다. '에디쌤'이라 불리는 강사분께서 연락을 받으셨습니다. 스쿠버다이빙을 배우기 위해 11월 29일에 도착한다는 내용을 전하며 간단한 인사만 나누었습니다. 요르단과 이스라엘 국경을 육로로 통과한 뒤 우여곡절 끝에 다합에 도착했습니다. 그런데 스쿠버다이버 강사이자 게스트하우스 사장님인 에디쌤은 저를 보고는 무척이나 놀란 표정이었습니다. 제가 스님인 이유 때문이었습니다. 스쿠버다이빙을 배우러 다합에 스님이 찾아온 경우는 처음이기도 했습니다. 방 안내를 받고 이런저런 인사를 나눈 뒤에 에디쌤이 물어보았습니다.

"혹시 저녁 식사 안 하셨으면 신라면 하나 끓여드릴까요?"

귀하디 귀한 라면을 사양할 이유가 전혀 없었습니다. 세계 일주를 하는 사람에게 라면은 몸에 활기를 불어넣어 주는 보약과도 같습니다. 에디쌤은 라면을 직접 끓여주면서 당신이 먹는 김치도 작은 접시에 담아주었습니다. 게다가 숙소에서 지은 쌀밥도 한 공기 준비해주었습니다. 완벽한 식사였습니다. 제가 라면을 먹는 사이 에디쌤은 제 곁에서 저에 관해 물어왔습니다. 저는 해인사 출신의 스님이라는 것과 2006년 가을에 예비 승려가 되었다는 것, 그리고 작년 9월부터 세계 일주를 시작했다는 기본적인 사실을 말했습니다.

"그럼 스님도 해인 강원 나오셨어요?"

"아뇨, 선원 나왔는데요."

질문이 범상치 않았습니다. 강원講院이란 절집에서 막 사미계를 받은 예비 승려들이 구족계를 받아 정식 비구가 되기 전까지 거쳐야 하는 기본 교육기관 중의 하나입니다. 저 같은 경우는 처음부터 수행 정진을 목표로 하였기에 기본 선원 과정을 수료했습니다. 강원을 알고 있다는 것은 이미 절집에 대해 많은 것을 알고 있다는 뜻이었습니다.

"그럼 스님, 포천에 있는 법왕사에서도 지내신 적 있으세요?"

질문이 범상치 않은 수준을 이미 넘어서 버렸습니다. 포천의 법왕사는 저의 은사 스님께서 창건하신 도량 중의 하나였습니다. 강원을 언급한 것도 그렇지만, 저희 문중의 사찰까지 알고 있는 것을 보면, 에디쌤은 이미 절집의 사정을 속속들이 꿰고 있는 것이었습니다.

에디쌤은 사실 해인사에서 승려 생활을 한 적이 있었습니다. 따져보니 저보다 10년 정도 선배 스님이었습니다. 그래선지 저보다 10년 정도 절집 생활이 앞선 사형 스님들을 잘 알고 있었습니다. 그러다 그만 절집과의 인연이 다해서, 다시 바깥세상으로 나오게 되었고, 그 뒤로 세계를 여행하다 이곳 다합까지 오게 되었습니다. 그러고는 이곳에서 스쿠버다이빙의 매력에 빠져 강사까지 하게 된 것입니다. 그렇게 다이버 강사를 하면서 알게 된 한 여인과 결혼도 하고, 인연 따라서 이곳 다합에서 한국인 게스트하우스도 운영 중이었습니다. 묘한 인연이었습니다.

제가 다합에 들어온 이틀 뒤 한국인 친구 두 명이 이곳에 올 예정이었습니다. 저는 그 친구들과 함께 다이빙 교육에 들어가기로 했습니다. 일반적으로 스쿠버다이빙을 즐기는 수준일 때 필요한 자격증은 오픈 워터Open Water와 어드밴스드 어드벤처Advanced Adventure 정도입니다. 다이빙 포인트에 따라서 어드밴스드까지 요구하는 경우가 많기 때문에 많은 여행자가 이 자격증까지 따곤 합니다. 물론 이후로도 레스큐Rescue, 마스터Master 같은 자격증이 있지만 다이빙을 엄청나게 좋아한다든지 혹은 다이버 강사로 활동할 생각이 아니라면 다이빙을 즐기기에는 어드밴스드만으로도 충분합니다. 오픈 워터를 따는 데에 사흘이 소요되고, 어드밴스드는 여기에 이틀이 더 추가됩니다. 총 닷새의 교육 과정을 거치고 시험만 통과하면 세계 거의 모든 포인트에서 다이빙을 즐길 수 있는 자격이 주어지는 것입니다.

한국에서 온 용훈, 영훈 형제와 함께 교육이 시작되었습니다. 에디쌤이 강조한, 스쿠버다이빙에서 제일로 중요한 개념은 바로 중성 부력입니다. 중성 부력은 물속에서 부력과 중력의 힘이 동일해 뜨지도 가라앉지도 않는 상태를 말합니다. 부력 조절 장치인 BCD와 호흡, 수중에서의 자세, 이 세 가지를 통해서 중성 부력을 맞추는 것이 스쿠버다이빙의 처음이자 끝이라 해도 과언이 아니었습니다. 처음에는 이 중성 부력을 맞추기 어려워 밑바닥으로 내리꽂히거나 수면 위로 솟아오르는 일이 반복됩니다. 저 역시 그렇게 물속에서 하강과 상승을 반복하다가, 어느 정도 경험이 쌓이자 감을 잡을 수 있었습니다. 그러다 나중에는 수중에서 미세한 호흡 조절만으로도 제자리에 가만히 떠 있을 수 있었습니다.

하지만 제자리에 가만히 떠 있는 것이 스쿠버다이빙 중성 부력 훈련의 목적은 아닙니다. 호흡을 이용하면서, 자세를 바꿔가면서, 능수능란하게 바닷속을 유영하기 위해 이 기본 훈련을 하는 것입니다. 호흡과 자세를 이용하며, 어떤 곳에서든 어떤 움직임 속에서든 중성 상태를 유지하는 것이 중성 부력 훈련의 최종 목적인 것입니다. 중성이 잘 유지될수록 심리적인 안정을 찾을 수 있기에 몸을 더 자유롭게 가눌 수 있습니다. 그럴수록 몸에 힘을 덜게 되고, 호흡이 안정되면서 산소 소비량도 줄어들게 됩니다. 힘이 빠질수록 오히려 여유를 얻게 되는 것입니다. 스쿠버다이빙이 수행과 참 비슷하다는 생각이 들었습니다. 힘을 덜수록 오히려 힘이 생기는 것이 바로 수행이기 때문입니다.

어드밴스드 코스를 무사히 마친 저는 한국 친구들과 함께 다합 주변의 다양한 포인트에서 다이빙했습니다. 평상시에는 스노클링을 즐겼지만, 장비를 착용하고 바다 깊이 들어갈수록 스노클링으로는 자세히 볼 수 없는 깊은 바닷속의 멋진 풍경들을 경험할 수 있었습니다. 지구 표면의 70퍼센트는 바다입니다. 그러나 우리 인간은 그간 30퍼센트에 해당하는 육지의 모습만 보며 감탄하고 살아왔습니다. 70퍼센트나 되는 이 광활한 바닷속 모습을 아직 제대로 밝혀내지 못했다는 사실을 새삼스럽게 실감했습니다. 밑도 끝도 없는 광활한 심해건만 우리는 심해에 관해 아는 정보가 극히 드뭅니다. 우리는 흔히 우주를 미지와 미궁의 공간으로 생각합니다. 하지만 심해야말로 진정한 미지와 미궁의 공간입니다. 지금껏 우주에 나간 사람의 숫자보다도 심해에 들어간 사람의 수가 적습니다. 인류는 우주선을 태양계 끝까지 보내기도 했고, 그 끝에서 지구의 사진을 촬영하는 것까지 성공했습니다. 하지만 태양계 기준에서도 이토록 작은 지구의 바다 제일 밑바닥에 대한 정보조차 제대로 가지고 있지 못합니다. 광활한 우주에 대해서는 어느 정도 알지만, 바다 밑 심해에 대해서는 오히려 잘 알지 못한다는 사실이 묘한 아이러니처럼 다가왔습니다. 그렇게 우리는 우리의 발밑 세상을 전혀 모르는 것입니다.

다합의 포인트 중 가장 인상 깊었던 곳은 바로 블루홀입니다. 블루홀의 입구는 여타의 다른 파란 바다와는 달리 검푸른 색깔입니다. 다른 포인트들과 달리 심해로 곧장 연결되어 수직으로 떨어지는 곳이기에 검푸른 색을 띠는 것입니다. 일반적으로 사람들은 이 검푸른 색깔을 보면 지레 겁을 먹게 됩니다. 그 검푸른 바다 밑에 무엇이 있는지 알 수 없는 데서 오는 무지의 공포입니다. 그러나 용기가 넘치는 사람도 있기 마련입니다. 이 검푸른 심해를 향해 여러 사람들이 산소통 없는 프리다이빙으로 뛰어든 경우가 많았습니다. 그러나 그만 일이 잘못되어 죽음을 맞이한 사람들도 더러 있습니다. 블루홀

중성 부력으로 만든 물속에서의 좌선 자세

바닷속에서 운명을 다한 이들을 위한 비석

입구 근처의 석벽에는 이렇게 바닷속에서 유명을 달리한 사람들의 비석이 촘촘하게 세워져 있었습니다.

블루홀은 그 깊고도 푸른 어둠으로 사람들에게 근원 모를 공포감을 불러일으켰습니다. 깊고 어두운 바다는 그 자체가 공포입니다. 저 검푸른 바다 아래에 무엇이 있을지, 그 아래가 어떤 모양일지 알 수 없기 때문입니다. 하지만 이상했습니다. 그 새까만 어둠이, 도무지 알 수 없는 미지가 되려 저에게는 엄청난 매력이었습니다. 분명 저 깊은 곳으로 빠져들어 간다면 제가 끌고 다니는 이 육체는 죽음을 맞이하게 될 것이었습니다. 그러나 그 죽음이 끝이 아닐 것이라는 생각이 드는 것입니다. 미지나 불가해, 혹 죽음이란 알 수도 없고 이해할 수도 없는 것이기에 그만큼 그 근원에 대한 묘한 끌림이 있기도 합니다. 무릇 '모름'이 끌리는 것이지, '앎'은 매력이 없습니다. 지난번 네팔에서 트레킹 하며 저는 극한의 추위가 몰아치는 마차푸차레의 정상에서 죽는 것도 나쁘지 않겠다는 상상을 했습니다. 그러나 이번에는 심해였습니다. 한 줄기 빛조차 들지 않는 저 심해의 밑바닥에서 무지無知와 함께 삶을 정리한다 해도 나름대로 괜찮겠다는 상상이 스멀스멀 올라오는 것이었습니다.

지구상에서 가장 높은 31.5 퍼센트 염도로 유명한 사해.

많은 사람들이 그러하듯, 저 역시도

신문을 들고 즐겁게 사해로 들어갔습니다. 그리고

신문 읽는 척을 합니다. 물론 히브리어에 까막눈입니다.

크리스마스、
그리고 마지막 일몰

다합은 묘한 풍경을 담고 있었습니다. 동편의 홍해는 코발트색의 바다로 푸른빛이었지만 서편의 사막은 메마른 황토빛이었습니다. 한낮엔 여름처럼 더웠다가, 밤에는 늦가을 같은 선선한 날씨가 반복되었습니다. 지난해 새해는 라오스에서 맞이했지만 이번에는 이집트일 듯싶었습니다.

그러나 아쉬웠습니다. 세계 일주를 계획하면서 한 가지 바람이 있었는데, 그것은 바로 서양의 기독교 국가에서 크리스마스를 맞이하는 것이었습니다. 일반적인 기준으로 보면 라오스는 불교 국가이고, 이집트는 이슬람 국가입니다. 지난해 크리스마스는 라오스의 방비엥에서 한여름의 크리스마스를 보냈습니다. 거리에서 간간이 크리스마스 장식과 산타 의상을 볼 수 있었지만 낮에는 여전히 30도를 훌쩍 넘는 무더위가 한창이었습니다. 더위가 다소 꺾이는 저녁 즈음이 되어서야 몇몇 서양 여행자가 반팔 티셔츠에 빨간 산타 모자를 머리에 쓰고 거리를 돌아다녔습니다. 그러나 그들의 손에는 선물 꾸러미가 아닌 맥주병이 들려 있었습니다. 기후로나 분위기로나 그렇게 아쉬운 크리스마스였습니다.

한국에서 지내면 동안거 기간이기에 외국에서 크리스마스를 맞이할 수가 없습니다. 어쩌면 이번 세계 일주가 저에게는 마지막 기회일지도 모른다는 생각이 들었습니다. 별 기대 없이 인터넷에 접속해서 유럽으로 가는 항공권을 알아보았습니다. 그러다 저는 그만 깜짝 놀라고야 말았습니다. 다합 근처에 샤름엘셰이크 공항이 있었는데, 그곳이 유럽의 저가 항공사 비행기들이 취항하는 공항 중 하나였던 것입니다. 이집트에서 곧장 런던이나 밀라노 같은 유럽 도시로 저렴한 가격에 들어갈 수 있었습니다. 그런데 밀라노…. 가방을 도난당한 뼈아픈 경험을 치른 밀라노는 우선적으로 걸러냈습니다. 기왕이면 유럽의 북쪽으로 가서 좀 더 추운 겨울을 맞이해보고 싶었습니다. 결국, 런던이었습니다.

런던은 지난 유럽 여행의 관문이었던 도시이고 샤름엘셰이크 공항에서 저가 항공사가 갈 수 있는 가장 북단의 도시였습니다. 거리를 측정해보니, 샤름엘셰이크 공항에서 런던까지 직선으로 3,844킬로 떨어져 있었습니다. 항공권 구매 사이트에서 검색한 결과 이코노미 클래스의 왕복 비행기 가격이 총 18만 원이었습니다. 런던으로 가는 비행기가 6만 원, 다시 샤름엘셰이크 공항으로 돌아오는 비행기가

12만 원이었습니다. 근 4,000킬로의 거리에다가 다섯 시간 반의 비행치고는 터무니없이 싼 가격이었습니다. 18만 원이라는 왕복 항공요금이 그렇게 반가울 수 없었습니다. 그리하여 저는 2013년 12월 21일부터 31일까지 총 열흘간 영국 런던에 머물 일정으로 비행기표를 끊었습니다.

한 해의 막바지에 도착한 런던의 날씨는 겨울이라기보다는 늦가을이었습니다. 쨍한 추운 날씨를 기대했건만 12월 말의 런던 날씨는 그저 흐림이었습니다. 제가 런던에 머물던 열흘 중 사흘 정도 파란 하늘을 보았는데, 그것도 그나마 아침뿐이었습니다. 오후가 되면 어디선가 구름이 잔뜩 몰려들었고 곧잘 비가 쏟아졌습니다. 당시 런던의 최저 기온은 영상 3도였고 최고 기온은 11도 정도였습니다. 2012년도에는 화이트 크리스마스를 맞이했다는 소문을 들어서 혹시나 하는 기대를 가져보았지만, 2013년에는 결국 레이니 크리스마스였습니다. 크리스마스 당일, 가랑비를 맞으며 트래펄가 광장을 걸었습니다. 하늘에는 짙은 회색 구름이 가득했습니다.

경비 절약을 위해 런던에 머문 열흘 모두 카우치서핑을 했습니다. 물가가 저렴한 이집트에서 지내다 보니 값비싼 런던에서는 긴축 재정이 필수였습니다. 열흘간 카우치서핑 호스트 집에서 지내며 숙박비와 식비 모두 절감할 수 있었습니다. 기껏해야 런던 시내에서 사람들을 만나 밥을 사 먹거나 커피를 마시는 데 돈을 썼을 뿐입니다.

카우치서핑 호스트는 세 명이었습니다. 신실한 크리스천이었던 리처드와 런던에서 치과의사를 하고 있는 브라질 출신 친구 이탈로,

영화감독을 하고 있는 루마니아 출신의 에드워드. 이 중에서 가장 기억에 남는 사람은 바로 리처드였습니다. 사실 크리스마스 기간에 맞춰 유럽으로 온 데에는 교회에 가보려는 목적도 있었습니다. 스님인 제가 한국에서 성탄절에 교회를 찾아가 예배를 드릴 일은 금생엔 아마 없을 것입니다. 하지만 외국 여행을 하고 있는 지금은 기독교 문화권에서의 성탄절 예배를 체험해볼 수 있을 것 같았습니다. 딴에는 영화에서 본 것처럼 온갖 화음으로 가득한 찬송가를 경쾌하게 부르는 교회를 가보고도 싶었지만, 런던에서 그런 분위기의 교회를 찾지는 못할 듯싶었습니다. 이런 제가 기독교인인 리처드 집에 머문 이유는 그가 제시한 카우치서핑의 특별한 조건 때문이었습니다. 서퍼는 반드시 주말을 포함해 그의 집에 머물러야만 하고, 일요일에는 그와 함께 교회에 가서 오후 예배에 참석해야 한다는 조건이 있었습니다. 교회에 가서 성탄절 예배에 한번 참석해보고 싶다는 저의 목적과 호스트의 조건이 꼭 맞아떨어졌습니다.

사실 저는 어렸을 때 교회에 다닌 적이 있었습니다. 하지만 교회를 다닌 것은 신앙심에서라기보다는 따분함 때문이었습니다. 일요일 날 거의 모든 친구가 교회에 모여 놀았습니다. 교회는 시골 아이들의 집합 장소였습니다. 교회에 가지 않으면 할머니와 함께 〈전국 노래자랑〉을 봐야만 했는데, 그 따분한 시간을 저는 견디지 못했습니다. 차라리 교회에 가는 게 나았습니다. 찬송가도 곧잘 따라 부르고, 시키는 대로 성경도 읽었습니다. 그러면 오후 시간에는 친구들과 학교 운동장에서 축구를 할 수 있었습니다. 중고등학교 시절에는 공부를 핑계로 교회를 멀리했습니다. 그러다 대학생이 되어 간혹 점심을 사주는 예쁜 여선배님한테 코가 꿰여서 그만 성경 읽기 모임에 규칙적으로 나갔습니다. 교회 행사에도 꾸준히 참석했지만 저는 끝내 크리스천이 되지는 못했습니다. 믿음을 강조하는 기독교보다 의문을 해소하는 불교에 더 강한 끌림이 있었습니다. 그래도 대학에서 종교학을 전공하며 많은 크리스천과 다양한 형태로 교류한 덕분인지, 기독교는 여전히 저에게 친숙한 종교였습니다.

리처드의 집에는 서퍼들을 위한 방이 하나 따로 마련되어 있었습니다. 그 방에는 2층 침대가 세 개 놓여 있어 총 여섯 명이 한방에서 지낼 수 있었습니다. 제가 갔을 때는 다섯 명이 도미토리 형식의 침대를 나눠 쓰고 있었지만, 금방 여섯 명 모두 차버렸습니다. 다들 저와 같은 형편의 가난한 배낭여행자들이었고, 물가가 비싼 런던에서 숙소비를 절감하기 위해 리처드의 집에 찾아든 것이었습니다. 리처드는 특별한 문제가 없는 이상 모든 서퍼들을 받아주었습니다. 그들이 일요일 오후 교회 예배에 참석하겠다는 약속만 지키겠다면 말입니다. 그런데 동양에서 온 웬 스님 하나가 방 안으로 들어서자 도미토리에서 쉬고 있던 친구들이 모두 관심을 보이기 시작했습니다. 저에게 폭풍같이 질문을 쏟아냈습니다. 그들은 저의 세계 일주에 관심이 많았고, 삿갓이며 두루마기 같은 불교식 복장에도 궁금한 점이 많았습니다. 그러다 결국 질문은 불교의 교리로 향했습니다. 그러나 저는 선을 그었습니다.

"저도 여러분들과 마찬가지로 이곳에 리처드의 카우치서핑 서퍼로 왔어요. 그런데 리처드의 설명대로라면 이 집은 몇몇 기독교인들이 세를 나누어 같이 지내는 곳이에요. 이곳은 평범한 집이 아니에요. 기독교 정신을 키워나가고 복음을 널리 펼치겠다는 원력을 가진 '기독교인들의 집'이라는 거예요. 이분들을 존중하는 차원에서 저는 기독교 정신이 가득한 이 집에서 불교를 이야기하는 것은 바람직하지 않다고 생각해요. 제가 만일 당신들을 이 방이 아닌 다른 여행 장소나 숙소에서 만났다면, 불교나 수행에 관해 이야기해줄 수도 있었을 거예요. 하지만 여기는 아니에요. 이것은 리처드에 대한 에티켓의 문제예요. 그러니 제가 이곳에서 불교에 관해 아무런 설명을 하지 않는다고 해도 이해해줬으면 좋겠어요."

방 안에 있는 친구들 모두 저의 입장이며 생각을 수긍해주었습니다.

성탄절 예배를 드리기 위해 리처드와 제가 간 곳은 런던의 엘리펀트 앤드 캐슬이라는 시내 중심가에 위치한 '메트로폴리탄 태버내클' 교회였습니다. 저는 오전부터 예배에 참여했습니다. 그곳에서 저를 만난 대부분의 영국인들은 삿갓을 쓰고 두루마기를 입은 저의 독특한 외양을 보고 놀라워했습니다. 오전 예배를 마치고 오후 예배에 다시 참석하기 전에 점심 식사를 해야 했습니다. 리처드가 물어왔습니다.

"스님, 그러면 혹시 한국인분들과 한국 음식을 먹으면서 점심 식사를 할 생각이 있으세요? 이 교회에도 한국인 크리스천들이 있는데 매번 오전 예배가 끝나고 같이 점심 식사를 하고 있어요. 제가 말하면 아마 스님도 식사에 같이 참여할 수 있을 거예요."

다합에서 가짜 김치볶음밥을 먹으며 실망했던 저는 당시에 김치만 봐도 입에 침이 고이던 시절이었습니다. 당연히 리처드의 제안을 받아들였습니다. 그렇게 해서 리처드는 저를 한국인들이 모여 식사하는 장소에 데려다주었습니다. 그곳에서 식사를 하고 있던 한국인들은 저를 보자마자 모두 깜짝 놀랐습니다. 한 분이 리처드에게 물었습니다.

"리처드, 이분이 뭐 하는 분인지 알고 여기 교회에 데려온 거예요?"

"그럼요, 잘 알지요. 이분은 한국 스님이에요. 근데, 뭐 문제라도 있나요?"

저는 한국인들의 식사 모임에 참석해서 같이 점심을 먹으며 대화를 나누었습니다. 그러다 한 분이 저에게 혹시 교회에 다녀본 적이 있는지 물어보았습니다. 저는 초등학교 때까지 교회에 다니고, 대학교 때 주기적으로 성경 공부 모임에 참석했다고 대답했습니다. 거의 모든 대답을 짧게 끝내려고 했습니다. 말이 많은 제가 그처럼 말을 아낀 데에는 이유가 있었습니다. 기독교인들의 믿음이 가득한 이 교회에서 스님의 모습을 너무 드러내지 말자는 다짐 때문이었습니다. 그런데 이런 제 다짐을 아는지 모르는지, 한국분들은 저에게 지극한 배려를 해주고 예배에 참석해보고 싶다는 저의 뜻을 적극적으로 도와주려 했습니다. 어쩌면 그분들에게는 제가 '길 잃은 양'처럼 보일 수도 있겠다고 생각했습니다.

'길을 잃어 그만 절로 가버린 어린 양'을 예수님 계신 바른길로 인도하겠다는 그분들의 사명감을 저는 온몸으로 느꼈습니다. 예배가 시작되기 전부터 예수님의 무한한 사랑과 감사에 대해 눈물을 글썽이며 열변을 토하는 분도 계셨고, 예배가 시작되기에 앞서 말씀에 나올 구절을 한국어 성경에서 복사해 가져다주는 분도 계셨습니다. 교회 내에서 비교적 젊은 청년인 충만 씨는 저를 위해 설교 내용을 즉석에서 통역해주었습니다. 영어를 잘 이해하지 못하는 외국인들을 위해 교회에선 통역기를 따로 구비해두고 있었던 것입니다. 사실 오전 예배 때 목사님의 말씀을 잘 알아듣지 못했기에, 한번 제대로 내용을 들어보고 싶었습니다. 그래서 저는 충만 씨의 권유에 따라 통역기를 썼습니다. 통역 장치가 들어가 있는 이어폰을 끼고 오후 예배에 참석했습니다. 충만 씨는 통역가들이 모인 작은 방에서 목사님의 영어 설교를 한국어로 동시통역해주었습니다. 그날 목사님의 설교 주제는 《사무엘하》 편에 나오는 압살롬에 관한 이야기였습니다. 통역을 해준 충만 씨의 따듯한 배려와 노력 덕분에 저는 오전 예배보다 훨씬 나은 오후 예배 시간을 가질 수 있었습니다.

그러나 이렇게 기독교에 익숙하지 않은 사람들을 위한 배려와 노력은 단지 충만 씨 개인의 성품에서 나오는 게 아니었습니다. 예배당 제일 앞에는 청각장애인들을 위한 자리가 마련되어 있었습니다. 그곳에 대략 스무 명 정도 되는 교인이 앉아 있었습니다. 설교를 들을 수 없는 그들을 위해 연단 가장 앞쪽에 대형 TV가 설치되어 있었고, 스크린에는 목사님의 설교 내용이 실시간으로 타이핑되어 올라오고 있었습니다. 게다가 수화를 할 줄 아는 두 사람이 일정 시간마다 번갈아 가며 설교 내용을 사람들에게 수화로 전달하고 있었습니다. 찬송가를 부를 시간이 되어 모든 사람들이 일어나 노래를 부를 때, 저는 청각장애인들의 노래에 감동을 받고야 말았습니다. 그들은 입으로 노래를 부르지 않았습니다. 정말로 열심히 손을 움직여가며 그들의 노래를 몸짓으로 들려주었습니다.

교회에서의 예배는 무척이나 인상 깊었습니다. 약자를 위한 배려와 열정은 한 개인이 아닌 전체 구성원의 노력처럼 보였습니다. 듣지 못하는 약자를 위해 많은 이들이 헌신적으로 봉사하고 있었고, 영국식 영어와 생소한 단어에 익숙하지 않은 저 같은 외국인들을 위해 동시통역기를 마련해둔 점만 보더라도 소외된 이가 없도록 배려하는 노력이 돋보였습니다. 사실 교회에서 평생 사역을 하며 신실한 크리스천으로 살아온 리처드의 삶 역시 감동이었습니다. 그는 약한 자에게 봉사하는 삶을 자신의 인생 목표로 설정했습니다. 평소에 그는 영국으로 일자리를 구하러 온 외국인들에게 비자와 취업 문제를 상담해주는 일을 하고 있었습니다. 그리고 주말에는 교회에 오는 아이들을 집까지 태워다주는 기사 역할을 담당했습니다. 게다가 그는 자신의 집에 직접 2층 침대를 마련해놓고 가난한 배낭여행자들을 위해 잠자리를 제공하고 아침 식사까지 챙겨주었습니다.

사실 리처드는 천성적으로 연약한 마음을 가지고 태어난 사람이었습니다. 견고하지 못해서 자주 흔들리고, 남들에게 곧잘 상처도 받는 연약한 마음을 가졌음을 저는 처음부터 느꼈습니다. 하지만 그는 이런 연약한 마음을 그대로 수용하면서, 다른 이에게 봉사하는

비행기 안에서 본 2013년의 마지막 일몰

삶을 살기로 결정한 사람이었습니다. 이 결정에는 그의 종교적 믿음이 견고하게 자리 잡고 있었습니다. 비록 저와는 다른 종교인일지언정 저는 리처드의 삶에 경외감을 느꼈습니다. 그는 믿음의 힘으로 그 모든 난관을 이겨내 가고 있었던 것입니다. 믿음의 힘이란 이토록 위대한 것이었습니다. 카우치서핑을 마치고 그의 집을 떠나기 전, 저는 리처드와 깊은 포옹을 나누었습니다. 리처드는 저를 있는 힘껏 끌어안았고, 저는 일생에서 가장 오랫동안 그를 끌어안았습니다.

12월 31일, 런던을 떠나 이집트로 돌아가는 길에 저는 일몰을 보았습니다. 그것은 2013년의 마지막 일몰이었습니다. 저는 그렇게 한

해의 끝을 장식하는 일몰을 비행기 안에서 맞이했던 것입니다. 어디 고요하고 멋진 곳에서 일몰을 보아도 좋을 법했지만, 비행기 안에서 본 일몰이 어찌 보면 저에게 더 어울리기도 했습니다. 저는 세계 일주를 하는 여행자였기 때문입니다. 2013년이 그렇게 끝을 맺으려 하고 있었습니다. 1년 동안 만난 수많은 사람, 여행하며 겪어야만 했던 여러 사건, 즐거운 기억, 아름다운 순간, 잊지 못할 슬픔, 특별한 깨달음, 그 모두가 저 해와 함께 화려하고도 아쉬운 퇴장을 보여주고 있었던 것입니다. 그렇게 2013년은 잊지 못할 모습으로 고요하면서도 천천히 저물어갔습니다.

긴축 재정을 실시합니다

이집트 카이로에서 비행기를 타고 케냐의 나이로비로 들어서니 그제야 본격적으로 아프리카에 들어온 느낌이 들었습니다. 나이로비에서 사흘 정도 머물다 저는 다시 버스를 타고 탄자니아의 아루샤로 들어왔습니다. 아루샤에서 세렝게티 사파리 투어를 하기 위해서였습니다. 이 머나먼 아프리카 대륙에까지 왔으니 광활한 초원에서 살아가고 있는 동물들을 반드시 보고 가야만 했습니다.

나이로비를 출발한 버스가 임팔라 호텔에 도착하자 호객꾼들이 돌진해왔습니다. 한 호객꾼이 저에게 어디에 머물 것인지를 물어왔습니다. 백패커스 호스텔에 머물 예정이라고 답하니, 마침 자신이 백패커스에서 나왔다며 자신을 따라오면 무료로 백패커스까지 태워다 주겠다고 말했습니다. 뜬금없는 호의에 의심이 들기는 했지만, 백패커스가 새겨진 티셔츠를 입은 데다 호스텔 전단지까지 보여주니, 그냥 믿기로 합니다. 결국 저는 이 친구를 따라 백패커스로 향했습니다. 호스텔에 도착한 뒤 친구는 그제야 자신이 가지고 있던 명함 하나를 주었습니다. 명함에는 '선셋 아프리카'라는 여행사 이름이 적혀 있었습니다. 사실 아루샤에서는 '선셋 사파리'라는 여행사가 인지도가 높은데, 이를 조금 바꿔서 '선셋 아프리카'라고 지은 것이었습니다. 친구가 말했습니다.

"사실 여기는 우리 형이 하고 있는 여행사예요. 여행사에 찾아가서 제가 이곳 호스텔까지 데려다줬다고 말하면 형이 할인도 잘 해줄 거예요."

딱히 아는 여행사가 없을뿐더러, 호스텔까지 차를 얻어탔으니 내일 여행사 사무실에 들르기로 약속을 했습니다. 그렇게 저는 호스텔에 체크인을 마치고 방으로 들어갔습니다. 그러고는 복대에 있는 달러를 확인하려고 봉투 안에서 돈을 꺼냈습니다. 아프리카에서 유통되는 달러를 지난번 크리스마스를 보낸 런던에서 미리 인출해두었던 것입니다. 저는 총 2,000달러를 두 개의 봉투에 나누어서 보관하고 있었습니다. 100달러짜리 10장 봉투와 50달러짜리 20장 봉투 이렇게 총 두 개였습니다. 그런데 봉투를 손에 쥘 때부터 느낌이 이상했습니다. 봉투가… 얇게 느껴졌습니다.

예감이 맞았습니다. 각 봉투에서 100달러 4장과 50달러 10장이 사라졌습니다. 2,000달러 중 900달러가 사라진 것입니다. 한국 돈으로 환산하면 100만 원도 넘는 돈입니다. 돈을 잃어버렸다는 사실을 알아차렸을 때 무척 놀랐습니다. 하지만 이미 두 번이나 도난을 경험해서인지, 그 놀람이 오래가진 않았습니다. 시간이 지나며 서서히 놀람은 의문으로 바뀌어갔습니다. 돈을 훔치려고 마음먹었다면 모두 훔칠 일이지 왜 각 봉투에서 절반씩만 가져간 것일까. 흔적을 남기지 않으려는 의도가 강했습니다. 또한 돈을 정확히 세어 절반씩 가져간 것을 보면, 봉투 안에 돈이 얼마씩 있는지 확인할 시간적 여유가 있었다는 뜻입니다. 제 돈을 가져간 사람은 우발적으로 훔친 게 아니었습니다. 충분한 시간을 가지고 돈을 빼가기로 결정한 것이었습니다. 일반 도둑이 아니었습니다. 결론은… 가깝게 지낸 사람이었습니다.

순간, 머릿속으로 한 사람이 떠올랐습니다. 믿을 만한 사람이라고 생각해서 저는 돈 봉투를 가방 깊은 곳에 숨겨놓지 않고 방의 테이블 위에 올려놓았습니다. 돈 봉투를 옷가지로만 살며시 덮어놓았던 것입니다. 며칠을 같이 지내긴 했지만, 생각해보면 잘 알지 못하는 사람이었습니다. 소심하고 수줍음을 많이 타는 사람이라고만 생각했지, 그동안 어떤 삶을 살아왔는지는 몰랐습니다. 이렇게 되기까지 제가 이해하지 못할 배경들이 있었을 거라고 막연한 짐작만 할 뿐입니다. 하지만 저는 그 사람에게서 이미 멀리 떠나온 상황이었습니다. 돈을 잃었다는 데서 오는 상실감이나 억울함보다는 세상에는 정말로 다양한 종류의 사람이 있다는 의아함이 느껴졌습니다. 그러나 상황은 명확했습니다. 돈은 이미 그쪽으로 가버렸습니다. 이 사실을 바꿀 수는 없었습니다. 그렇다면 이제는 제가 해야 할 일만 확실하게

세렝게티 입구

남아 있었습니다. 바로 긴축 재정이었습니다.

최우선적으로 탈락한 것이 바로 킬리만자로 트레킹이었습니다. 공원 입장료며 시설 이용비, 포터 및 가이드 비용을 합치면 최소 150만 원 정도가 드는 트레킹이어서 저는 고민을 하고 있었습니다. 하지만 이번 도난 사건으로 말끔하게 정리가 되었습니다. 킬리만자로 트레킹은 포기합니다. 포기하자 편해진 면도 있었습니다. 사실 티베트의 카일라스 순례를 할 당시 고생했던 고산병이 떠올랐습니다. 5,000미터 이상의 고산에서 고산병을 치른 기억을 떠올리니, 사실 킬리만자로의 최고봉 높이인 5,895미터까지 걸어 올라가는 것이 여간 부담스러운 게 아니었습니다. 물론 이번 트레킹이 자의가 아닌, 상황에 의해 포기하게 된 것이었지만, 이젠 고산병으로 고생할 일은 없다는 생각에 다분히 홀가분한 느낌이었습니다.

다음으로 아낄 수 있는 것은 세렝게티 사파리 투어였습니다. 다음 날 저는 '선셋 아프리카' 여행사로 찾아갔습니다. 저를 호스텔까지 태워준 친구의 형이라는 사장이 저를 반갑게 맞이해주었습니다. 사장은 저에게 가장 일반적인 3박 4일 투어를 권유했습니다. 하지만 저는 미리 조사를 해두었습니다. 3박 4일 일정 중, 첫날은 워밍업에 가까웠습니다. 아직 세렝게티 국립공원 안으로 들어가기 전이라 마냐라 호수 근처에서 머물며 흔한 동물들을 구경하는 것이 첫날 일정의 전부였습니다. 다음 날부터 응고롱고로를 포함하여 세렝게티 국립공원 안에서 본격적인 사파리 투어가 진행됩니다. 그래서 저는 사전 조사한 바대로 3박 4일이 아닌 2박 3일 일정을 요청했습니다. 워밍업은 그만두고 곧장 본격적인 사파리 투어로 들어가길 원한 것입니다. 제 말을 듣자 사장은 자못 놀라는 눈치였습니다.

"2박 3일 일정이 가능하다는 건 어떻게 알았지요? 아, 미리 조사를 한 거군요. 그래요, 좋습니다. 마침 오늘 아침에 투어를 시작한 팀에 한국인 세 명이 포함되어 있어요. 내일 아침에 마냐라 호수에서 이 팀하고 합류하면 되겠네요."

총 4일 투어에서 3일로 바뀌니 가격도 하루치가 절감되었습니다. 그다음 투어 비용 협상으로 들어갔습니다. 사장은 저에게 특별한 케이스라며 일당 165달러의 투어 비용을 제시했습니다. 동생의 추천으로 왔으니 특별히 할인해준 가격이라고 강조했습니다. 하지만 저는

세렝게티에서의 일몰

'정보의 원제'였습니다. 이미 정보 조사를 마친 뒤였습니다. 여행사마다 투어 비용이 달랐지만, 제가 만난 한국 친구들에게 듣기론 150달러까지는 무난하게 협상할 수 있다고 했습니다. 실제 응고롱고로에서 만난 베테랑 한국 배낭여행자 친구들의 경우엔, 아예 처음부터 호수 일정을 제외하고 2박 3일 일정에 400달러로 계약을 맺었다고 했습니다. 참 독한 친구들이었습니다.

"근데 165달러면 너무 비싼데요, 사장님? 나 딴 여행사 갈래요~! 내 한국 친구들은 모두 일당 150달러에 투어를 했거든요."

제가 여행사를 나서려 하자 물론 사장은 서둘러 일어서며 저를 붙잡아 세웠습니다. 당연히 예상한 바였고, 제가 기대한 바였습니다.

"어허~ 스님, 왜 이러시나…. 사람 말을 끝까지 들으셔야지요. 동양에서 오신 스님이니만큼 제가 여기서 한 번 더 특별한 할인을 해드리지요. 네, 좋습니다. 그 친구들과 마찬가지로 150달러에 해드릴게요. 그럼 됐지요?"

분위기로 보아서는 10달러 정도는 더 깎을 수 있을 것 같았습니다. 하지만 여기서 멈추었습니다. 이런 적당한 수준의 합의면 만족했습니다. 더 욕심을 부리다가는 오히려 그 욕심 때문에 힘들어질 수도 있는 것입니다. 사파리 투어에 450달러면 적당합니다.

"그런데 일당 150달러에 해주는 대신에 조건이 있습니다. 사실 좀 전에 덴마크 친구 둘이 찾아와서 스님과 마찬가지로 오늘 떠난 사파리 팀과 내일 마냐라 호수에서 합류하기로 했어요. 근데 그 친구들 모두 일당 180달러에 계약을 했어요. 그 친구들에게 절대로 150달러에 계약했다고 말하면 안 돼요. 아, 그리고 마냐라 호수에서 만날 한국 친구들에게도 저희의 계약은 비밀입니다. 그 친구들도 180달러에 계약했거든요. 이 약속만 지켜주신다면 제가 기꺼이 150달러에 해드리겠습니다."

물론 저는 세상에서 가장 음흉한 미소를 지으면서 고개를 끄덕였습니다. 사파리 비용을 아낄 수 있다면야 이런 비밀 계약 같은 건 얼마든지 할 용의가 있었습니다. 900달러를 잃어버린 타격은 분명 있었습니다. 하지만 저는 적응이 빨랐습니다. 사람은 어떻게든 상황에 적응하고 살아남게 되어 있고 저는 어떻게든 긴축 재정을 실행해야만 했습니다.

그러나 사장은 두 가지 진실을 간과했습니다. '세상에 영원한 비밀은 없다'는 것과 '원제는 입이 싸다'는 것이었습니다. 호수에서 만난 친구들은 저에게 얼마에 투어 계약을 했는지 물어왔습니다. 저는 사장과의 비밀 계약을 순수하게 잊어버리고 엉겁결에 150달러라고 말해주었습니다. 제 대답을 들은 한국 친구들은 억울하다며 나중에 여행사로 돌아가 사장에게 따져야겠다고 언성을 높였습니다. 실제로 사파리 투어를 마치고 여행사로 돌아갔을 때 한국 친구들은 왜 저 스님보다 비싼 가격에 투어 신청을 받았냐며, 사장에게 항의했습니다. 순간 사장은 놀란 눈으로 저를 쳐다보았습니다. 우리들의 비밀 계약은 어찌 된 거냐며 묻는 듯한 표정이었습니다. 이에 저는 사장에게 세상에서 가장 음흉한 윙크로 대답을 날려주었습니다. 그리고 여행사 사무실에서 쏜살같이 도망쳤습니다.

모시의 카페

탄자니아 모시에서 한 길거리 카페에 들어갔을 때의 일입니다. 제가 카페 안으로 들어서자 조용히 커피를 마시던 사람들의 시선이 일제히 저에게 쏠렸습니다. 그것은 마치 저와 같은 복장을 하고 커피를 마시러 이 길거리 카페에 들어온 사람은 처음 봤다는 듯한 표정이었습니다. 그런데 세계 일주를 오래 하다 보니 이런 종류의 시선에 이젠 익숙해져 있었습니다. 주전자로 끓인 130원짜리 커피를 한 잔 마시며 마치 커피 사진을 찍는 척, 그들이 저를 빤히 바라보는 모습을 사진에 담습니다. 그들에게는 제가 신기해 보였겠지만, 저에게는 사람들의 그런 시선이 흥미롭기도 합니다.

다행입니다. 저의 뻔뻔 레벨이 높아서요.

길거리 카페 안의 사람들과 끓여 마시는 커피

하쿠나마타타, 잔지바르

킬리만자로의 전초 도시인 모시에서 잔지바르까지 프로펠러 비행기를 탔습니다. 버스와 페리를 타고 잔지바르로 들어갈 수도 있지만 만 하루 가까이 걸리는 시간도 그렇고, 버스 비용과 섬으로 들어가는 페리 비용, 숙소비에 여행의 피로도까지 계산하면 100달러가 조금 넘는 비행기를 타는 것이 훨씬 나았습니다. 모시에서 출발한 비행기는 저녁 7시쯤 잔지바르 공항에 도착했습니다. 짐을 찾고 게이트를 나오니 택시 기사들이 우르르 저를 향해 달려들었습니다. 스톤타운 시내까지 10달러의 공식 운임비가 있다며 정체 모를 가격표까지 보여주었습니다.

하지만 저는 이미 정보 조사를 마친 뒤였습니다. 구글맵으로 조사를 해보니 공항에서 시내까지 4킬로 남짓한 거리였습니다. 공항을 나와 200미터쯤 걸어나가면 시내까지 운행하는 승합차를 단돈 400원에 탈 수 있었습니다. 제가 승합차를 타겠다고 하자 택시 기사들은 승합차 운행이 끝났다고 말을 합니다. 여행객들을 향한 거짓말에 익숙해지기도 했지만, 너무 천연덕스러운 그 말에 그만 웃음이 나왔습니다. 그만큼 돈을 벌겠다는 열정이 강해 보였던 것입니다. 제가 별다른 반응 없이 공항 밖으로 걸어나가자 한 택시 기사가 결국 5달러를 제시합니다. 약간 고민하다가 짐도 무겁고 피곤하기도 해서 결국 택시를 탔습니다. 택시를 타고 공항을 벗어나 시내로 향하는 길, 도로를 쌩쌩 달리는 승합차들이 보였습니다. 택시 기사의 얼굴은 한창 즐거워 보였습니다.

탄자니아의 자치령인 잔지바르는 기독교가 큰 영향력을 행사하는 중부 아프리카에서 유일하게 이슬람 종교와 전통을 지켜나가고 있는 섬이었습니다. 이것은 무슬림이 가장 많은 나라인 인도네시아에서 발리가 유일하게 힌두교의 전통과 문화를 지켜나가는 것과 흡사했습니다. 모두 섬이라는 특수한 지리적 조건 덕분에 가능한 일이었습니다. 실제로 스톤타운 골목길을 거닐다 보면 과거 향신료, 상아, 노예무역을 해오며 영예를 누려왔던 무슬림들의 후예를 볼 수 있었습니다. 하지만 해상무역의 전성기 시대는 옛 기억과 함께 아득하게 지나갔습니다. 지금 거리에는 남루한 흰색 석조 건물들이 오랜 기억들을 대변하듯 서 있을 뿐이었습니다. 그 옛 건물들 앞에서 무슬림 복장을 한 후예들이 의자에 앉아 담배를 피우거나 담소를 나누며 자리를 지키고 있었습니다. 그들은 관광객들을 대상으로 현지인들이 그린 마사이족 전통 그림이나 아프리카 수공예품을 팔고 있었습니다.

애초에 아랍의 무역상들은 아라비아반도와 인도, 아프리카 사이에서 무역을 하기 위한 전초기지로 잔지바르에 정착했습니다. 그렇기에 잔지바르에는 단지 이슬람의 흔적만 있는 것이 아닙니다. 인도와도 오랫동안 향신료를 교역하며 지낸 역사 때문인지, 사람이나 거리에서 언뜻언뜻 인도의 풍경이 느껴졌습니다. 미로처럼 복잡한 골목을 거닐다 보면, 어디에선가 인도의 향내가 풍겨왔고, 거리의 모습이 마치 인도의 여느 도시 골목처럼 보이기도 했습니다. 잔지바르는 외세의 침탈 과정을 겪으며 포르투갈과 영국의 식민지가 되기도 했습니다. 그런 과정에서 유럽 문화의 영향을 받아 섬 곳곳에서 교회 양식의 건물도 볼 수 있었습니다. 과거 식민지 시대의 치열한 쟁탈전을 상징적으로 보여주는 듯한 포탑 몇 개가 성벽 근처에서 흘러가는 시간과 함께 녹슬어가고 있었습니다. 여기에다 아프리카 본토에서 들어온 사람들 덕에 잔지바르에는 아프리카 대륙의 모습 또한 자연스레 뒤섞여 있었습니다. 잔지바르는 이렇습니다. 이슬람과 인도의 힌두, 유럽의 기독교, 아프리카의 종교와 문화가 동시에 묘하게 뒤섞여 무척이나 특이한 분위기를 자아내는 곳이었습니다. 잔지바르는 그렇게 정체를 규정할 수 없는 묘한 매력이 느껴지는 섬이었습니다.

모든 도시는 말로는 표현하기 힘든 그곳만의 독특한 분위기와 성격을 띠고 있는데, 제가 열흘 넘게 머물며 느껴본 잔지바르의 특징은 바로 여유였습니다. 저는 이 한가로움이 무척이나 좋았습니다. 저

는 숙소의 도미토리에서 눈이 떠지는 대로 일어나 야외 테이블에 앉아서 숙소에서 제공하는 간단한 아침 식사를 먹었습니다. 진하기는 하지만 향이 느껴지지 않는 이슬람 특유의 맛없는 커피에 설탕을 넣어 마시고, 텁텁한 맨 빵에 딸기잼을 발라 먹었습니다. 그렇게 아침 식사를 대충 때우고는 어지럽게 뻗어 있는 스톤타운의 골목을 다니며 구경을 하다가 현지인들과 만나 이야기를 나누었습니다. 그리고 항구와 모래사장 주변을 거닐다가 오후의 볕이 강해지면 아예 바닷물 속으로 들어가기도 했습니다. 물놀이를 마친 뒤에는 다시 숙소로 돌아와 오수를 취했습니다. 에어컨 없이 오로지 팬만 돌아가는 방이었지만, 그늘에서 불어오는 바람은 시원했습니다. 낮잠에서 깨어나 해가 떨어지기 시작할 즈음 저는 야시장이 열리는 포로다니 가든으로 향했습니다. 일몰 때엔 스톤타운에 있는 많은 여행객이 포로다니 가든으로 몰려들어 황금빛으로 물드는 바다를 구경했습니다. 잔지바르가 풍기는 여유로움이 극에 달하는지, 해가 바다 밑으로 떨어지는 모습이 고요하고도 평화로웠습니다. 해가 바다 밑으로 사라지는 그 1분 1초가 무척이나 정밀했습니다.

저녁이 되면 포로다니 가든에서 야시장이 열립니다. 가장 많이 팔리는 것은 아무래도 먹거리인데, 섬이니만큼 갖가지 해산물 요리를 팔고 있었습니다. 그런데 그중에서도 사람들의 눈길을 끄는 것은 바로 해산물 꼬치구이였습니다. 테이블 위에 초벌한 다양한 종류의 해산물 꼬치들을 늘어놓고 그 자리에서 다시 불에 구워 판매하는 것이었습니다. 하지만 해산물 꼬치는 결코 저렴한 먹거리가 아니었습

니다. 대부분의 꼬치가 5,000원 정도였지만 비싼 것은 만 원을 훌쩍 넘어갔습니다. 그런데 제가 잔지바르를 여행할 때는 비수기인 1월 말이었습니다. 테이블 가득 이미 조리된 해산물들을 수북하게 쌓아놓고 장사를 시작했지만, 시장이 파하는 10시 무렵까지도 거의 대부분의 꼬치가 팔리지 않은 채 남아 있었습니다. 상인들은 남은 꼬치들을 하나하나 다시 정성스럽게 포장해 박스에 담았습니다. 그리고 다음 날 저녁에 다시 이 꼬치들을 정성스럽게 테이블 위에 늘어놓았습니다.

언제 초벌한 꼬치냐고 물어보면 오늘 아침에 한 것이라고 말합니다. 그러나 그 어느 여행객도 이 말을 믿지 않았습니다. 그래도 꼬치를 먹은 여행자 중에 복통을 앓은 사람이 없던 걸 보면 음식이 상하지 않도록 보관하는 특별한 방법이라도 있나 봅니다. 이러한 실태를 알고 있는 저를 비롯한 많은 한국인 친구들이 고른 저녁 식사는 결국 잔지바르 피자였습니다. 말은 피자지만 실제 내용물을 보면 우리나라의 부침개에 가까웠습니다. 즉석에서 만드는 피자 재료들은 당일에 소비되는 것이었기에 당연히 신선했습니다. 해산물 꼬치가 만 원 정도로 비싼 데 비해 피자는 고작 2,000원밖에 하지 않았습니다. 매일 저녁이 잔지바르 피자였습니다. 세 번째 도난을 당한 뒤라 긴축 재정을 유지해야만 했습니다.

포로다니 가든에서 제일의 볼거리는 단연코 소년들의 다이빙입니다. 햇살이 약해지는 오후 5시 즈음, 무슨 약속이라도 한 듯 잔지바르의 소년들이 부둣가로 모여듭니다. 매일 오후 아이들은 각자 다이빙 포즈를 보여주며 바다로 입수합니다. 다소 엉성한 다이빙을 보여주는 아이들도 있었지만, 대부분의 아이들은 서로 갈고닦은 실력을 뽐내려는 듯 멋진 다이빙 모습을 보여주었습니다. 소년들에게 다이빙은 매일 하는 놀이였고, 동시에 그들만의 치열한 경연이었으며, 관광객들에게는 흥미로운 볼거리였습니다. 순서대로 다이빙을 기다리다 자기 차례가 되면 소년들은 바다를 향해 마치 날아가듯 뛰어듭니다. 입수 후에 바닷물에서 나오면서도 그렇게 즐거운 모습들입니다. 그러나 바다에서 나온 뒤 소년들은 다시 상기된 표정으로 변합니다. 다이빙은 아직 끝나지 않았기 때문입니다. 물에서 나온 소년들은 다시 다이빙하기 위해 줄을 섭니다. 줄 서 있으면서도 다른 친구들이 보여주는 다이빙 포즈를 세심하게 관찰합니다.

잔지바르 하면 이 소년들의 다이빙이 제일 먼저 떠오릅니다. 아이들은 그 어떤 걱정이나 고민도 없이 오로지 멋진 포즈를 보여주기 위해 바다를 향해 거침없이 뛰어듭니다. 그 누가 늦은 오후의 부드러운 미풍을 가로지르며 제일 멋진 다이빙을 보여줄 것인가. 소년들에게는 이것 하나만 중요했습니다. 이렇다 할 만한 산업 기반이 없어 대부분의 수입을 관광업에 기댈 수밖에 없다는 현실적 상황이나, 잔지바르 사람들의 하루 평균 수입이 채 1달러도 되지 않는다는 산술적인 계산이나, 저 꼬치구이가 과연 먹기에 괜찮은 음식인가에 대한 의심이나, 저 관광객에게 절반 가격인 5달러를 택시 요금으로 제시해볼까 하는 고민도 없이, 소년들은 자유로운 모습으로 바다를 향해

소년의 다이빙

뛰어들었습니다. 그 모습을 보면서 생각했습니다. 저 소년들이야말로 지금 이 순간을 완전하게 누리고 있구나….

오랜 시간이 흘렀음에도 잔지바르는 각별한 기억으로 남습니다. 그리고 그 각별한 기억의 배경에는 잔지바르 특유의 여유가 있었다는 것을 압니다. 이 여유는 잔지바르에 머물며 가장 많이 들었던 말, '하쿠나 마타타Hakuna Matata'에서 기원한 것이 아닐까 합니다. 스와힐리어 '하쿠나 마타타'는 영어로 표현하자면 'No Problem'입니다. 잔지바르를 다니며 저는 수도 없이 이 말을 들어왔습니다. 가장 많이 쓰는 표현이 곧 그들의 삶입니다.

사실상 고정된 문제란 없습니다. 문제란 문제시할 때에만 문제가 되는 법입니다. 잘못된 것으로 보이는 그 어떤 문제도 문제시하지 않는다면 단지 상황이 됩니다. 그리고 상황은 고정된 것이 아니라 흘러가는 것입니다. 문제로 고착되지 않고 상황으로 흘러갈 수만 있다면, 여유는 자연스럽게 스며 나오는 것입니다. 그리고 이 여유가 사람들의 성정을 만듭니다. 그래선지 모릅니다. 잔지바르 사람들은 언제나 그렇게 느긋했습니다. 그리고 이토록 여유를 누릴 줄 아는 사람들이 모여 사는 섬이라면, 그 섬마저도 한껏 여유로운 풍광을 보여주는 것이 어찌 보면 당연한 일입니다. 이것이 제가 잔지바르를 '여유'라는 단어로 기억하는 이유입니다.

선택과 책임

"그건 제가 아는 마사이족의 모습이 아니었어요."

탄자니아 잔지바르섬의 한 카페에서 만난 여행자에게 들은 말입니다. 이 여행자가 알고 있는 마사이족은 광활한 아프리카 초원에서 사자를 창으로 잡는 용맹한 전사 부족입니다. 여행책이나 다큐멘터리가 마사이족을 이러한 방식으로 묘사했기 때문입니다. 그런데 이 친구가 실제로 만난 마사이족은 관광객들에게 기념품이나 파는 장사꾼이었습니다. 게다가 신형 아이폰까지 대수롭지 않게 쓰고 있어서 이래저래 실망한 눈치였습니다.

탄자니아 아루샤에서 출발해 2박 3일 동안 세렝게티 사파리 투어를 할 적에 제가 만난 마사이족의 모습도 대략 비슷했습니다. 이 마사이족 사람들은 여행자들의 숙소 근처에 자리를 펴고 아프리카 전통 장신구나 사진, 그림들을 팔면서 생계를 유지했습니다. 아마도 저에게 불평을 토로한 친구는 자신이 책이나 다큐멘터리에서 보고 알아왔던 대로 사자를 창으로 잡는 마사이족의 용맹함을 직접 확인하고 싶었는지도 모릅니다. 그러나 현실에서 만난 마사이족은 사자 사냥꾼은커녕, 그저 장사꾼이었습니다. 기껏 아프리카까지 와서 확인한 것이 생존이 아닌 생계여서, 약간의 배신감마저 느껴지는 말투였습니다.

마사이족은 지금도 여전히 붉은색 전통 의상을 입고 세렝게티 초원에서 흙으로 지은 움막에 살고 있습니다. 그들이 간혹 초원에 나가 사냥하기도 할 테지만, 현재 많은 부족민은 염소나 소를 목축하며 살아가고 있습니다. 초원에서 살아가는 마사이족이라고 해도, 그들 역시 국가의 보호와 통제를 받는 국민이 되었기 때문입니다. 국립공원으로 지정된 세렝게티 초원에서 임의대로 동물들을 사냥할 수 있는 시기는 이제 아마 없을 것입니다. 초원에 사는 모든 동물이 국가적인 차원에서 사파리 관광 사업을 유지하는 귀한 자원이 되어버렸기 때문입니다. 이제는 창과 방패를 들고 자신이 직접 사냥한 사자와 사진을 찍는 용맹한 마사이족을 만날 가능성은 희박할 것입니다.

그렇기에 지금의 현실을 고려해보면 마사이족에겐 생존형 사냥보다는 생계형 관광 수입이 훨씬 중요합니다. 탄자니아와 케냐의 초원 근처 도시에는 마사이족 전통 마을 체험 투어가 있습니다. 지프를 타고 두어 시간 정도 달려 외지에 있는 마사이족 마을에 도착하면, 부족민들은 여행객들을 환영한다며 빙글빙글 돌면서 춤을 추고 노래도 부릅니다. 그중 고등교육을 받은 한 마사이족 친구가 능통한 영어로 초원에서 그들의 삶을 소개합니다. 여행객들에게 자신들이 사는, 흙으로 지은 움막집을 보여주고, 전통 방식으로 나무를 비벼 어렵사리 모닥불을 피우는 모습도 재연해줍니다. 그러고는 직접 잡은 염소 고기를 모닥불로 구워 야생의 요리를 대접해줍니다. 그렇게 부족 마을 체험을 마치고 여행객들이 돌아가면 그들은 가스레인지에 음식을 데우고, 라이터로 말보로 담배를 태웁니다. 바이크를 타고 외출했다 돌아온 마사이족 친구는 도시에서 가져온 피자나 치킨을 부족 사람들과 서로 나누어 먹기도 합니다. 그러다 저녁이 되면 몇몇 마사이족 친구들이 모여서 아이폰으로 영화를 시청합니다.

한때 〈차마고도〉 다큐멘터리로 유명세를 탔던 염정鹽井 마을 티베트 옌징을 직접 가본 사람을 만났습니다. 다큐멘터리에서는 마을 여인들이 직접 나무 물통을 메고 하루에도 수십 번씩 염정 아래로 내려가 무거운 소금물을 소금밭으로 길어 올리는 것으로 묘사됩니다. 다큐멘터리가 끝나갈 즈음에는 평생토록 고된 일을 해야만 하는 운명에 여인들의 애환 섞인 노래가 사무치게 울려 퍼집니다. 하지만 그분이 직접 가본 염정에서는 여인들이 물통을 지고 소금물을 길어 올리는 모습을 볼 수 없었습니다. 염정 안쪽에 전기 펌프가 설치되어 있어서 파이프로 소금물을 끌어올린다는 것이었습니다. 알고 보니 다큐멘터리 촬영 당시에만 이 펌프를 치우고 전통 방식으로 물을 길어 오는 모습을 재연했던 것입니다. 사실관계만 따지자면 다큐멘터리 촬영팀이 시청자들을 속인 것이라고 할 수도 있습니다.

그런데 생각해보면 꼭 그런 것만도 아닙니다. 어찌 보면 속임을 당하고 싶어 했던 것은 오히려 시청자 아니었을까요. 시청자는 나무통을 짊어지고 소금물을 길어 올리는 여인의 고된 삶을 지켜보며 안타까워하기를 원하지, 전기 펌프가 내뿜는 요란한 소리를 듣길 원하지 않습니다. 밭에서 햇볕에 말라 결정을 이룬 소금을 원시적인 방법으로 채취하는 모습을 보며 대자연으로부터 위안을 얻길 원하지, 현대 문명의 기기를 활용하며 일사불란하게 일이 처리되는 모습을 원하지 않습니다. 제작자 입장에서의 '약간의 왜곡'과 시청자 관점에서 '그 왜곡을 사실로 믿고 싶음'이란 욕망의 메커니즘이 나름대로 합당한 거래를 거쳐 나온 것이 어찌 보면 다큐멘터리가 아니던가요.

사진이나 다큐멘터리 같은 기록이라고 해서 명확한 사실만을 말하는 것은 아닐 것입니다. 마사이족의 사자 사냥이나 옌징 여인들의 노동은 상황에 따른 '선택적인 사실'이지, 그렇다고 마냥 거짓이라고 매도할 수는 없습니다. 하지만 그 기록을 대하는 우리의 입장은 다릅니다. 그것을 완전한 진실로 고착시키려 하는 것이 바로 우리의 욕망입니다. "그것은 제가 아는 마사이족의 모습이 아니었어요"라는 말은 선택된 사실을 완전한 진실로 받아들이고 싶어 하는 우리의 욕망인 것입니다. 객관적 사실과 주관적 욕망 사이에는 이러한 간극이 있습니다. 그런데 이 욕망이라는 게 무엇인가요. 내가 아는 바대로, 내가 책이나 다큐멘터리에서 보아왔던 대로, 그 사람들이 시대에 무관하게 그렇게 똑같은 모습으로 살아주기를 바라는 욕심이 아니던가요. 이 욕심을 저는 '여행자의 오만'이라고 부르기도 합니다.

그 여행자는 마사이족을 보며 약간의 배신감마저 느낀다고 했습니다. 하지만 엄격하게 보자면 배신한 것은 그 친구의 기억이나 그 기억을 향한 욕망이지, 마사이족 현재의 삶이 아닙니다. 비록 책이나 다큐멘터리에서 마사이족과 옌징 여인들의 삶을 특정한 방식으로 묘사했다손 치더라도 그들이 우리의 기억에 맞추기 위해 여전히 똑같은 모습으로 살아야 할 이유는 없습니다. 마사이족이 창을 버리고 아이폰을 쥐어도 아무런 문제가 없는 것이고, 옌징의 여인이 나무 물통 대신 전기 펌프를 써도 문제가 되는 것은 아닙니다. 문제가 되는 것은 우리의 기억과 앎에 대한 집착뿐이지요.

제가 세계 여행을 하면서 느낀 것은 그들에게는 그들의 삶이 있고, 또 그 삶에 대한 다양한 선택권이 있다는 것입니다. 누군가는 전통 방식대로 살아가겠지만, 모두가 그 전통을 유지하면서 살 필요는 없습니다. 현대 문명의 편리함과 풍요를 그들 또한 누릴 자유가 있습니다. 그런데 우리들의 기억을 빌미 삼아 이 선택권을 인정하지 않는다면, 그것은 단연코 '여행자들의 오만'이 되는 것입니다. 스스로의 기억과 앎에 대한 집착을 알아보지 못하고, 그 허물을 상대방에게 전가하는 오만 말입니다.

여행을 하는 목적 중 하나는 새로운 삶의 방식을 경험하고 깨닫는 데 있다고 할 수 있습니다. 자신이 고수하고 있는 삶의 방식과 철학을 재고해볼 기회를 바로 여행을 통해 얻을 수 있기 때문입니다. 그렇기에 여행은 내가 가진 앎의 '재확인'이 아닌 '성찰'의 미덕을 지녔습니다. 여행은 변화를 위해서 떠나는 것이지, 안정을 확인하기 위해서 하는 것이 아닙니다. 하지만 어떤 여행자들은 변화와 성찰을 근본으로 하는 여행에서 안정과 확인만 갈망합니다. 내가 믿는 바대로 세상이 존재하기를 원하고, 또 내가 알고 있는 바대로 사람들이 살기를 원하는 것입니다. 그러나 여행이 풍요로워질 수 있는 것은 의도치 않은 오류와 변화 덕분이지, 알고 있던 사실의 재확인 때문이 아닙니다.

마사이족에게도 삶을 선택할 수 있는 자유와 권리가 있습니다. 설사 그들이 수공예품을 팔며 생계를 유지한다 하더라도, 그것은 그들이 선택한 삶이며 또한 자유의 모습입니다. 그 자유와 선택을 나의 편견으로 가로막고 재단할 수는 없는 것입니다.

저는 선택과 책임, 이 두 가지를 말할 뿐입니다. 세상의 그 모든 일이나 상황에 정해진 정답은 없습니다. 단지 선택이 있을 뿐입니다. 그리고 이 선택은 언제나 그래왔듯 자유입니다. 하지만 이 자유가 끝은 아닙니다. 이 자유로운 선택 뒤에는 언제나 책임이 뒤따르게 되어 있기 때문입니다. 그렇기에 선택과 책임, 이 두 가지뿐인 것입니다. 만일 마사이족에 대해 그렇게 편견을 갖기로 본인 스스로 선택을 했다면, 그 선택에 따른 불쾌감이나 배신감은 스스로 감당해야만 합니다. 어쩔 수 없습니다. 선택은 나로부터 시작되었고, 그 책임 또한 나에게로 결과를 맺기 때문입니다.

그 모든 일들은 나로부터 시작됨을 명백히 알고, 또한 이러한 온갖 인연을 알맞게 받아들이며 나로서 살아갈 수 있다면, 그것이 바로 지혜로운 삶일 것입니다. 지혜는 삶의 필수 요소입니다. 그러나 이 지혜가 특정한 방식으로 정해진 생각은 아닐 것입니다. 그 모든 생각들이 자유롭게 펼쳐질 수 있도록 허용해주는 것이 지혜의 미덕이고, 자신의 선택과 책임을 분명하게 알게 해주는 것이 지혜의 역할일 것입니다.

승복이라는 보호구

저는 보츠와나의 마운이라는 도시에서 나미비아에 들어가기 위해 버스를 탔습니다. 버스를 타고 가다 나미비아 국경 근처의 큰 삼거리에서 내려야 했습니다. 그곳에서 히치하이킹을 해야만 나미비아 국경 가까이에 있는 찰스힐이라는 작은 도시로 갈 수 있기 때문입니다. 인터넷 정보와 구글맵에만 의지해 삼거리에 내렸기에 걱정이 앞섰습니다. 그런데 다행히도 저와 같이 나미비아 수도 빈트후크로 향하는 현지인 친구가 하나 있었습니다. 저는 그 친구와 함께 서쪽으로 뻗은 길을 따라 걸었습니다.

짐 세 개를 짊어지고 땡볕의 도로를 걸어가려니 힘들었습니다. 사실 전날 오카방고 델타에서 잠을 자다가 모기장 밖으로 잠시 발이 빠져나가는 바람에 다리가 모기 물린 자국으로 엉망진창이었습니다. 아침에 일어나 세어보니 대략 80방 정도였습니다. 습지의 모기는 정말로 독했습니다. 모기 물린 곳이 너무 가려워서 길을 걷다가도 중간에 멈추고는 다리를 긁어야만 했습니다. 가려움증을 완화하는 연고를 발라보았지만 별 효과는 없었습니다. 그렇게 길 위에 잠시 서 있으려니 도로 위에 작은 색종이 나부랭이 같은 것들이 잔뜩 떨어져 있는 게 보였습니다. 그러나 그것은 색종이가 아니었습니다. 나비의 시체들이었습니다. 수없이 많은 나비 시체가 도로 위에 널브러져 있었던 것입니다. 멀리서 얼핏 보면 꼭 누군가가 검은 아스팔트 도로 위에 꽃잎을 흩뿌린 것처럼 말입니다.

그렇게 길을 걷다 현지인 친구가 큰 트럭 하나를 세웠습니다. 운전사와 빈트후크까지 타고 가기로 협상을 하고 우리는 트럭에 올라탔습니다. 알고 보니 트럭 기사들도 이 삼거리에서 종종 사람들을 태워 국경을 지나간다고 합니다. 빈 차로 가는 것보다 사람을 태워서 저녁 식사비나 간식비라도 버는 것이 트럭 운전사에게도 득이었습니다. 트럭 정면과 운전석 앞 유리에는 도로와 마찬가지로 나비 시체가 오밀조밀 엉겨 붙어 있었습니다. 비록 시체일지언정 화려한 나비 장식을 한 트럭처럼 보였습니다. 나비 트럭은 서편을 향해 달렸고, 그렇게 우리는 트럭 안에서 석양을 맞이하게 되었습니다. 석양빛 때문에 어지러워서 그랬는지, 마치 꿈을 꾸는 듯 기묘한 느낌이었습니다. 트럭 앞 유리는 나비 시체로 지저분했습니다. 하지만 아프리카 대륙의 석양은 그 죽음의 흔적마저도 주황빛 예술 작품으로 만들어버렸습니다. 사바나라는 대자연과 트럭이라는 인공이 석양을 만나면 죽음의 흔적마저도 예술로 승화되는 곳이 아프리카였던 것입니다.

빈트후크까지 타고 갔던 트럭 안에서 맞이한 아프리카의 석양

우여곡절 끝에 국경을 통과한 트럭이 빈트후크에 도착한 것은 밤 11시 무렵이었습니다. 하지만 트럭이 내려준 곳은 제가 가려고 했던 카멜레온 호스텔과 한참 먼 한적한 거리였습니다. 마침 근처에 늦은 밤까지 영업하는 식당이 있었습니다. 저는 정보를 얻을 요량으로 그곳으로 가보았습니다. 손님 여러 명이 늦은 저녁 식사를 즐기고 있는 고급 식당이었습니다. 저는 식당 밖에서 창문을 통해 손님 중 한 사람에게 숙소로 가는 길을 물었습니다. 말끔해 보이는 중년 여성이었습니다.

"지금 시간엔 그 숙소 쪽으로 가기가 힘들 거예요. 여기는 택시도 잘 안 잡히는 곳이라서요. 그런데 조심해야 해요. 빈트후크의 밤거리는 위험하니까요. 택시도 아무 택시나 타면 안 돼요."

도대체 뭘 어쩌라는 건가. 저는 부인에게 이런 조언을 받고 난 뒤, 다시 거리 쪽으로 향했습니다. 그런데 식당에서 벗어난 지 얼마 되지 않아 흑인 소녀 하나가 저를 향해 다가왔습니다. 소녀에게서 강한 술 냄새가 훅 끼쳐왔습니다. 소녀가 말했습니다.

"내가 택시 타는 곳을 알려줄게요. 나를 따라와요."

아무런 정보가 없던 터라 저는 무작정 소녀를 따라나섰습니다. 그러자 식당 안에서 갑자기 다급한 소리가 들려왔습니다.

"안 돼요! 걔 따라가면 안 돼요!"

부인은 식사를 하다 말고 식당 밖으로 뛰쳐나왔습니다. 아무래도 제가 걱정이 되었던지 저를 계속 주시하다, 흑인 소녀가 다가와 말을 거는 모습을 보고 소리친 것이었습니다. 부인은 소녀에게 딴 곳으로 가라고 호통을 쳤습니다. 소녀는 눈치를 살피다 결국 골목 어두운 곳으로 쑥 들어가 버렸습니다.

"재 따라갔으면 골목으로 들어가 강도를 당했을 거예요. 말했잖아요. 빈트후크는 위험한 곳이라고요."

이후 부인은 저를 식당 안으로 데려갔습니다. 그러곤 식당 매니저에게 저를 숙소까지 태워다 달라는 부탁을 했습니다. 이제 막 나미비아로 들어왔기에 나미비아 달러가 없었지만, 부인이 이미 매니저에게 차비까지 지불한 뒤였습니다. 강도를 막아주어서 무엇보다 감사했지만, 차비까지 챙겨주시니 저로선 몸 둘 바를 모를 지경이었습니다. 부인이 이야기했습니다.

"전 당신이 누군지 알아요. 복장으로 보건대 당신은 동양에서 온 수행자예요. 예전에 다큐멘터리에서 동양의 수행자가 당신처럼 입고 다니는 걸 봤어요. 그래서 당신은 이곳 상황을 몰랐던 거예요."

저는 부인에게 거듭 감사 인사를 드리고는 매니저의 차에 올라탔습니다.

부인의 배려 덕분에 저는 자정 가까운 늦은 시간에나마 호스텔에 도착할 수 있었습니다. 간단하게 체크인을 하고 도미토리로 들어갔습니다. 모두 잠을 청하던 중이었고, 제 인기척에 깬 친구 하나가 작은 소리로 인사를 건넸습니다. 밤늦은 시간이라 짐 정리는 다음 날로 미뤘습니다. 가방에서 조심스럽게 타월과 비누를 꺼냈습니다. 문도 조심히 열어가며 샤워를 마친 다음 곧장 침대에 누웠습니다. 국경을 넘는 데 하루가 걸렸으나, 무사히 이 하루를 마쳤다는 안도감에 잠자리가 무척이나 편안했습니다. 현지인 친구의 도움으로 국경을 별 어려움 없이 넘을 수 있었고, 한 부인의 관심 덕분에 강도를 피할 수도 있었습니다.

그러면서 저는 고집스럽게 승복을 입고 다닌 이유를 다시 떠올리게 되었습니다. 승복은 저의 정체성을 보여줍니다. 그러면서 저는 정체성을 상징하는 이 승복이 저를 보호해주리라는 확신을 가지고 있었습니다. 수행자만이 입는 이 고유한 옷이 저를 불편하고 어려운 상황에서 벗어나게끔 도와주리라 믿었던 것입니다. 그리고 오늘 밤 그 기대와 믿음이 저에게 현실로 나타났습니다. 물론 세계 일주를 시작한 지 1년을 훌쩍 넘긴 그 기간 동안 승복은 알게 모르게 저를 지켜줘 왔을 것입니다. 분명히 그럴 것입니다. 그래서 저는 외국인 친구들에게 이 승복을 아머Armor라고 소개했습니다. 나쁜 상황에서 헤쳐 나오게 해주고, 혹 지독하게 나쁜 상황도 덜 나쁜 상황으로 변화시켜주는 기적의 아머라고 말했던 것입니다.

승복은 그렇게 세상에서 가장 가벼운 보호구였습니다.

인생 숙제

세계 일주를 할 때 저는 항상 염주를 가지고 다녔습니다. 걸어 다닐 때나, 휴식을 취할 때나 한 알 한 알 수행 겸, 놀이 겸, 습관 겸 염주를 굴려왔습니다. 그런데 문제가 있었습니다. 염주 알을 꿴 실이 간혹 끊어진다는 것이었습니다. 라오스 루앙프라방에서 맞아들인 염주 현요의 재질은 흑요석이었습니다. 단단한 구형의 돌을 염주로 만들기 위해 한가운데에 구멍을 뚫어놓았는데, 구멍을 뚫은 그곳이 날이 선 탓에 염주 실이 마모되어 가늘어지다 결국 끊어지고야 마는 것이었습니다. 대략 두 달에 한 번씩 줄이 끊어졌습니다. 요전번에도 소서스블레이의 붉은 사막을 거닐다 염주 실이 끊어져 붉은 모래 위로 염주 알이 후두둑 떨어졌습니다. 지난번 한국에 중간 정비차 다녀오며, 불교용품점에서 가장 두껍고 튼튼한 실을 5미터가량 사 왔는데, 염주 실이 끊어질 때마다 요긴하게 써먹고 있었습니다. 그런데 실로 염주를 다시 꿸 때마다 예전에 만났던 행자님의 말씀이 떠올랐습니다. 절집에서 제일 말단인 행자였지만, 저에게는 마치 스승처럼 느껴지는 그런 행자님이었습니다.

제가 스님이 된 지 얼마 지나지 않아, 마흔 가까이 된 어떤 분이 출가를 위해 수도암으로 찾아오셨습니다. 주지 스님이 손수 머리를 깎아주셨고, 그 뒤 그분은 행자가 되어 절에서 궂은일을 도맡아 하기 시작했습니다. 저는 비록 그분보다 열 살이나 적었지만 먼저 스님이 되었다는 이유로 그 행자님께 염불도 가르쳐주고 절에서의 예의도 일러주었습니다. 그러면서도 저는 행자님과 수행에 관한 이야기를 나눌 때가 좋았습니다. 비록 드러내지는 않았지만 행자님은 이미 오랜 기간 수행을 해온 사람이었습니다. 이 행자님이 그 언젠가 해준 이 말을 저는 아직까지 또렷하게 기억하고 있습니다.

"불교를 수십 년간 공부하고, 경전들의 가르침을 낱낱이 안다고 해도, 그 가르침이 하나로 회통會通되어 있지 않으면 그것들은 단지 흩어진 구슬들에 불과합니다. 구슬이 서 말이어도 꿰어야 보배란 말입니다."

수많은 경전을 배우며 익히고 오랫동안 수행을 한다 하더라도, 그것이 공空이든, 중도中道든, 연기緣起든, 일심一心이든, 유심唯心이든, 그 무엇 하나로 일관되게 꿰어 있어야 빛을 발한다는 것입니다. 경전마다 주제와 내용이 따로따로이고, 수행과 일상의 삶이 별개로 분리되어서 나타난다면, 그러한 수행의 삶과 경험은 마치 흩어진 구슬처럼 가치가 없다는 것이었습니다. 행자님은 수행의 삶이 무엇으로든 일목요연하게 귀결되어야 한다고 말했습니다.

그런데 이는 수행하는 사람뿐 아니라, 보통 사람의 삶에서도 마찬가지일 것입니다. 오랫동안 수많은 경험을 치르며 삶을 치열하게 살아왔으되, 그 삶을 일관되게 통찰할 수 있는 뚜렷한 안목이나 관점이 없다면, 어찌 보면 그러한 삶은 파편화된 경험과 분리된 기억으로 남을 가능성이 큽니다. 자신의 삶을 가치 있게 만들기 위해선 자기 삶의 뚜렷한 중심이나 안목을 마련하는 것이 그만큼 중요하다는 것입니다.

구슬이 서 말이어도 꿰어야만 보배가 되고, 삶의 경험들이 수천수만이어도 자기만의 안목으로 통찰할 수 있어야지만 비로소 멋진 삶입니다. 십수 년 전의 행자님은 그렇게 저에게 인생 숙제를 내주고는, 그 언젠가 흔적 없이 사라졌습니다.

사막에서도 다른 곳과 마찬가지로 해가 뜨고 집니다.

하지만 사막에서의 일몰은 다른 곳보다

더욱 아름다워 보이면서도 한편으론

더욱 쓸쓸하게 느껴지기도 합니다.

아무리 메마른 사막이어도 감정이나 느낌이

메마르지는 않는가 봅니다.

시선

소서스블레이 사막 투어 이틀째 되는 날, 저희 일행은 새벽 4시 반에 일어나야만 했습니다. 듄 45라는 거대한 사구에서 일출을 보려면 적어도 5시 무렵에는 숙소를 떠나야 했던 것입니다. 그렇게 새벽같이 일어나 어두운 사막길을 달려 듄 45에 도착했을 때, 동쪽의 검은 하늘은 새벽의 빛을 받아 점차 파랗게 밝아가던 중이었습니다. 일출을 보기 위해 몰려든 사람들은 마치 예정된 수순인 양 사구를 향해 걸어 올라가기 시작했습니다. 그러나 저는 곧장 사구로 올라가지 않았습니다. 아직 해가 뜨려면 20분 남짓한 시간이 남아 있었습니다. 그 사이 사진을 찍을 수 있는 좋은 장소를 물색했습니다. 마침 사구 중턱에는 이파리 없이 가지만 무성한 큰 나무 한 그루가 있었습니다. 저는 부지런히 서쪽으로 걸어갔습니다.

그렇게 어느 정도 나아간 뒤 사막의 한 지점에서 바라보니, 사구를 걸어 올라가는 사람들의 모습이나 나무의 형체가 음영으로 보였고, 동쪽에서 서서히 붉게 물들어가는 사막이나 푸른 하늘은 그럴 듯한 배경이 되어주었습니다. 제가 풍경 사진을 좋아해서 그런지, 자연보다 사람이 작게 나오는 사진을 선호합니다. 새벽이라 빛이 적은 탓에 ISO 강도를 800으로 높여 사진을 몇 컷 찍었습니다. 이후 숙소에 돌아와 사진을 확인해보니 의미를 특정하기는 어렵지만, 어떤 면으론 강렬한 인상을 선사해주는 사진이 나와 나름 흡족했습니다. 나중에 현직 사진작가로 활동하시는 분께 이 사진에 대한 호평을 듣게 되었습니다. 그러면서 어떻게 이런 사진을 찍을 생각을 하게 되었는지 질문을 받았습니다. 그때 저는 카메라의 위치에 대해 설명해드렸습니다.

고등학교 때부터 저는 영화를 무척이나 좋아했습니다. 〈키노〉나 〈스크린〉, 〈로드쇼〉 같은 영화잡지란 잡지는 모두 사 보았습니다. 그러나 공부에 집중해야 하는 학생인지라 시간이 부족한 탓에, 나름 좋은 영화들만 선별해서 보았습니다. 그렇게 영화를 좋아해서 즐겨 보기도 했지만, 나름의 방식으로 영화를 연구하기도 했습니다. 플롯이나 캐릭터가 물론 주요 관심사였으나, 그 밖에 제가 유난히 관심을 두었던 것은 바로 카메라 위치였습니다. 카메라를 놓는 위치며 카메라가 비추는 각도에 따라, 많은 것들이 달라 보인다는 사실을 알게 되면서부터였습니다.

그래선지 영화를 보는 동안에도 저는 자주 카메라 위치를 생각했습니다. 카메라의 탁월한 위치 선정에 감탄한 적도 있고, 카메라 위치가 흡족하지 않아 다소 아쉬움을 느낀 적도 많았습니다. 이 때문인지 모릅니다. 사진을 찍을 때 구도를 많이 고려하는 편이고, 사진의 가장 기본은 구도라 여기고 있습니다. 절에 들어와선 구도에 맞게끔 사진을 찍지 못하는 도반들에게 "도대체 구도자求道者가 구도構圖 감각이 없다"며 질타 겸 아재 농담을 던지기도 했습니다.

생각해보면 그렇습니다. 카메라의 위치에 따라서 인물과 풍경이 달라 보이듯이, 보는 이의 시선에 따라서 사람이나 세상은 전혀 다르게 다가올 수 있습니다. 고정된 모습은 없고, 정해진 의미 또한 없습니다. 다만 시선의 문제입니다. 그 시선에 따라서 사람의 색다른 모습이 드러날 수도 있고, 세상의 다른 의미가 나타나기도 하는 것입니다. 의미는 정해지지 않았다는 것, 답은 고정되어 있지 않다는 것은 참 좋은 겁니다. 이는 곧 우리가 놓는 시선에 따라 여러 의미와 답들이 생겨날 수 있다는 가능성을 보여주기 때문입니다. 가능성이란 그렇게 정해진 바 없이 열려 있는 것이고, 결정된 바 없이 살아 있습니다. 구도求道와 구도構圖는 엄격히 다른 말입니다. 그러나 가능성을 살려내려는 몸부림이라는 점에서 구도求道와 구도構圖가 다소 비슷한 의미로 다가오기도 합니다.

저는 이 사진을 좋아합니다. 사실상 이 사진을 찍은 저 자신도 사진의 의미를 정하지 못했고, 이 사진이 어울릴 만한 곳도 명확하게 찾지 못했습니다. 그런데 아이러니하게도 이 사진이 좋은 이유는 정

〈무제〉, 듄 45

하지 못하고 찾지 못했기 때문입니다. 정해진 바가 없기에 무슨 의미든 새겨질 수 있고, 찾지 못했기에 그 어디에든 들어갈 수 있습니다. 결정된 바가 없다는 사실이 도리어 여러 가능성으로 살아나는 창구가 되는 것입니다. 문득 무제無題라는 제목의 예술 작품이 몇몇 떠오릅니다. 무제는 좋은 제목이라는 생각이 들기도 합니다. 제목이 없다는 사실에서가 아니라, 무슨 제목이든 될 수 있다는 가능성에서 말입니다. 다만 그 시선이 중요할 뿐입니다.

소중해진다는 건 길들여진다는 것

나미비아 사막의 소서스블레이를 거닐다가 사막여우를 만났습니다. 관광객이 주는 음식을 받아먹으려고 하염없이 기다리는, 소심해 보이는 사막여우였습니다. 비록 제가 생각한 이미지 속의, 삶을 달관한 철학자 같은 사막여우는 아니었지만, 이런 인연으로라도 만날 수 있으니 반가웠습니다. 가방 안에서 빵을 꺼내 사막여우에게 던져주었습니다. 소심한 사막여우가 조심스레 다가와 빵을 주워 먹었습니다. 생텍쥐페리의 고전 《어린 왕자》에 등장하는 사막여우는 저에게 이런 명언을 남겨주었습니다.

"네 장미꽃이 그토록 소중한 것은 그 꽃과 네가 많은 시간을 함께 했기 때문이야."

어린 왕자는 한 송이 장미꽃을 정성 들여 가꾸었습니다. 장미꽃을 위해 물을 주고, 유리 덮개를 씌워주고, 바람막이를 해주고, 벌레도

잡아주었습니다. 장미꽃이 말하는 불평을 들어주고, 자랑하는 소리도 들어주고, 때로는 아무 말 않고 점잖게 있는 것까지도 지켜봐 주었습니다. 그렇게 어린 왕자와 장미꽃은 오랜 시간을 함께한 덕분에 서로를 길들이게 되었고, 또한 서로에게 길들여지게 되었습니다. 누군가가 소중해진다는 것은 서로가 길들여졌다는 뜻입니다. 그리고 이 길들임에는 반드시 시간이 필요합니다. 서로가 함께하게 된 그런 친밀한 경험의 시간 말입니다.

이러한 삶의 믿음 때문인지, 혹 제가 심적으로 메말랐기 때문인지 알 수 없어도, 저는 절집에서 흔히 하는 말처럼 '한 번이라도 만난 소중한 인연'이라는 말에 쉽게 공감하지 못합니다. 세상에는 옷깃만 스쳐도 인연이라는 말이 있는데, 옷깃이 스친다 해도 소중한 인연이라고 믿지는 않습니다. 저는 옷깃만 스친 인연보다 한 시간 대화를 나눈 인연이 더 소중하다고 믿고 있습니다. 한 번 만난 인연보다 스무 번 만난 인연이 더 소중하게 느껴지고, 하루를 같이 보낸 인연보다도 1년을 같이 지낸 인연이 더욱 소중합니다. 비록 가난한 마음일지언정 저에게도 소중한 인연이 몇 있습니다. 오랫동안 자주 만나며 여러 대화를 나누고, 그렇게 서로를 알아가는 데 많은 시간과 경험을 공유한, 소중한 인연들이 분명히 있다는 것입니다.

저에겐 그렇습니다. 그 어떤 사람이 소중한 건, 그 사람 자체가 처음부터 소중하기 때문이라든가, 소중하다고 믿고 싶기 때문이 아닙니다. 그 사람이 소중해지기 때문에 그래서 소중한 겁니다. 함께한 시간과 경험이란 이래서 중요한 것입니다. 그 언젠가 나태주 시인의 짧은 시 하나가 마음 안에 확 박혀 든 적이 있어 소개합니다.

풀꽃

자세히 보아야 예쁘다
오래 보아야 사랑스럽다
너도 그렇다

땅에서 넘어진 자, 땅을 딛고 일어나라

이제 나미비아 사막을 떠나 아프리카 최남단에 위치한 케이프타운으로 향했습니다. 케이프타운은 여러 명소를 가까이에 두고 있는 도시입니다. 무엇보다 도시 전체를 병풍처럼 감싸고 있는 테이블 마운틴이 유명하고, 반도 끝자락에는 바스코 다 가마가 인도로 가는 항로를 개척했다는 희망봉이 있습니다. 이 밖에 물개들을 바라보면서 피시앤드칩스를 먹을 수 있는 후트 베이, 펭귄 서식지를 구경할 수 있는 볼더스 비치, 도시 외곽에 산재한 여러 와인 농장 등 다른 곳에서는 흔하게 볼 수 없는 이색적인 구경거리가 가득한 도시였습니다. 아프리카 최남부라는 위치 덕에 지중해성 기후를 띠고 있기 때문인지 케이프타운은 마치 이탈리아의 여느 해안 도시에 온 듯한 느낌을 주었습니다.

케이프타운 곳곳에 있는 여러 볼거리들을 가장 효율적으로 구경하는 방법은 시티 투어 버스를 이용하는 것이었습니다. 이 밖에도 사설 여행사에서 운영하는 반도 투어를 신청해 도시 외곽을 도는 방법이 있었습니다. 세계 각국의 수도나 유명 관광지에서도 시티 투어 버스를 운영하지만, 케이프타운의 시티 투어 버스가 볼거리가 다양하고 가격도 저렴해서 유명합니다. 테이블 마운틴 케이블카 탑승장 입구를 포함하여, 수족관, 성당, 와인 농장, 식물원 등 많은 곳이 버스 투어 루트 안에 포함되어 있습니다. 게다가 오후 5시 이후로 운영되는 선셋 투어 버스는 케이프타운에서 가장 멋진 일몰을 구경할 수 있는 시그널 힐까지 사람들을 실어다 줍니다. 이 투어 버스의 가격이 이틀 동안 20달러 정도였으니 기실 최고의 가성비였습니다.

외국에서 만나면 단합을 잘하는 한국인의 특성에 따라 저는 숙소에서 만난 한국 친구들과 함께 시티 투어 버스를 이용했습니다. 회사 직장 동료라는 두 친구와 간호사 친구, 잠비아의 숙소에서 이미 만난 적 있는 홍철 군 그리고 저까지 이렇게 총 다섯 명이었습니다. 이 친구들과 캐널 보트를 타고, 식물원을 걷고, 와인 투어를 함께했습니다. 거기다 선셋 투어까지 함께하며 같이 일몰도 보았습니다. 이렇게 함께한 시간이 길어진 만큼 이 친구들과 이야기도 많이 나누게 되었습니다. 그중 유독 제가 귀 기울여 들은 것은 홍철 군의 이야기였습니다. 저와 마찬가지로 아프리카 배낭여행 중이었던 홍철 군은 대학 시절 들었던 교양 수업 이야기를 꺼냈습니다. 홍철 군은 그 교양 수업에서 B 학점을 받았다고 했습니다. 그런데 그것은 평범한 B

학점이 아니었습니다. 일부러 실패를 선택한 B 학점이었습니다.

"저에게는 이 교양 수업이 인생의 나침반과 같았어요. 그런데 아이러니한 게요, 저는 이 교양 수업의 이름조차 기억하지 못하고 있어요. 하지만 하나는 확실해요. 그 수업의 최종 학점이 B였다는 거예요. 제가 학교를 다닐 당시에 교양 수업 같은 경우에는 출석은 하되, 시험 성적이 좋지 않은 학생들이 B 학점을 받았어요. 사실상 최하 학점이었죠. 그런데 저는 그 수업에 출석도 잘했고, 나름대로 좋은 가르침도 얻었습니다. 제가 그간 생각하지 못했던 사고방식을 배우기도 했고, 삶에 대한 관점을 정리할 수 있었기에 저에게는 꽤 유익한 수업이었습니다. 그런데 이렇게 좋은 수업이었음에도 저는 이 수업의 시험 방식에 실망했습니다. 그것은 한 학기 수업 내용을 토대로 하는 단답형의 암기식 시험이었던 거예요.

시험을 2주 앞둔 상황에서 저는 선택을 해야만 했어요. 과연 수업 내용을 달달 외워서 좋은 성적을 받을 것인가, 아니면 남은 기간 동안 제가 원하는 책을 보면서 공부할 것인가. 그런데 당시 저는 이전에 전혀 보지 않았던 철학이나 종교에 관한 책들을 빠져들 듯 보며 그 내용을 흡수하던 때였어요. 사실 저는 20대 초반까지만 해도 세상일을 직접 몸으로 부딪혀 경험하고자 책이라는 것을 보지 않았습니다. 20대 중반이 될 때까지 무려 스무 가지 정도의 알바를 했어요. 호주에 머물 때는 하루에 네 시간씩만 자면서 열 시간 정도 일을 했어요. 집 청소, 카페 설거지, 전기 설비 등등 닥치는 대로 모두 했습니다. 그렇게 일을 하며 바쁘게 살아오다가 20대 중반이 되니 철학, 종교 서적이 눈에 들어왔어요. 그제야 다른 사람들의 삶과 철학이 저의 관심으로 들어온 것이었습니다. 그리고 그런 철학, 영성 책을 보면서 저는 세상의 수많은 철학가와 영성가의 삶과 철학을 만난 듯했습니다. 그런 인연이 이어졌는지, 당시에 들었던 교양 수업도 저에게 여러 지혜와 가르침을 주었습니다. 그래서 저에게는 무척이나 좋고 소중한 시간이었죠. 그런데 바로 그 시험 방식이 문제였던 거예요. 단답형의 암기식 시험 방식은 제가 보기에 수업이 가르쳐준 삶의 지혜와 거리가 멀어 보였거든요.

저는 고민했습니다. 시험 점수를 좋게 받을 것인가, 아니면 인생의 공부를 할 것인가. 물론 시험을 잘 봐서 성적을 좋게 얻으면 장학금도 유지할 수 있고, 나중에 취업할 때 도움이 될 것은 분명해 보였지요. 하지만 당시에 저는 온갖 인문 서적들을 탐닉하며 독서에 빠져 지내던 때였어요. 그래선지 당시 저에게 2주는 황금과도 같은 시간이었습니다. 결국 저는 결정을 했습니다. 다가올 취업에 도움이 되는 학점보다, 앞으로 남아 있는 제 삶 전체에 도움이 될 인문 서적을 읽는 데 투자하기로 결정한 겁니다. 그때엔 당장 코앞에 닥친 취업보다는, 제 인생 전체를 위해 살고 싶었거든요.

그 선택의 결과는 어찌 보면 당연했습니다. 시험 성적은 형편없이 나왔고, 장학금은 엄두도 내지 못할 지경이 되어버렸던 겁니다. 성적이 안 좋은 탓에 장학금도 날아가 버렸고, 당장에라도 다음 학기 등록금을 벌어야만 하는 상황이 되어버린 거예요. 하지만 이상했어요. 이상하게도 저는 자신감이 생겼어요. 누가 봐도 실패한 선택이고 학점이었지만, 이 경험은 저에게 소중했어요. 제가 상황에 끌려간 것이 아니라 상황을 선택했다는 데에서 오는 자신감이 생겼거든요. 비록 좋은 학점 따는 데는 실패했을지언정, 저는 그제야 제가 제 삶의 주체로 자리 잡은 듯한 느낌을 받은 겁니다. 그런데 이 주체로서의 자신감은 아이러니하게도 제가 스스로 선택한 실패 덕분이었습니다. 이 자발적인 실패는 정말 소중했습니다. 이 실패를 계기로 저는 앞으로 제 인생에서 겪게 될 수많은 선택의 순간에 좀 더 현명한 판단을 내릴 수 있으리라는 자신감을 얻었기 때문이에요. 그래서 저는 이 실패를 제 인생에 있어 가장 큰 수확이라 생각하고 있습니다."

세계 일주를 하면서 여러 사람을 만났지만, 홍철 군은 유독 남달랐습니다. 수많은 사람들의 이야기를 들어왔지만, 그토록 온 주의를 집중해 들은 경우는 홍철 군이 처음이자 마지막이었습니다. 홍철 군이 20대 시절 치러냈던 남다른 삶의 경험들이 재밌기도 했지만, 탁월한 언변 능력도 한몫했습니다. 하지만 저는 약간은 다른 이유로 홍철 군의 말을 유난히 인상 깊게 들었습니다.

'이 친구… 나와 무척 비슷하구나!'

홍철 군 스스로의 선택에 의해 성적 올리기에는 실패했지만, 반면 삶에서 성공했다는 이야기를 들으며, 〈불교의 이해〉 수업에서 D 학점을 받은 제 경험이 생각난 까닭입니다. 만일 제가 그때 백지 답안지를 내지 않았더라면, 내 인생의 철학을 처음부터 다시 시작해보리라는 결단을 내리지도 않았을 것이며, 한여름 내내 그렇게 도서관에 처박혀서 온갖 불경을 공부하는 시간을 보내지도 않았을 것이며, 경전들을 보면서 부처를 눈앞에서 대면하지도 못했을 것입니다. 돌이켜보면 제 인생 최악의 학점이었지만, 실상 제 인생 최고의 선택이었습니다. 지금껏 출가해서 수행자로 살아오는 데 그 결단의 시점을 마련해준 D 학점이었기 때문입니다.

젊은 나이에 하는 실패는 보배라는 생각을 자주 합니다. '젊어서 고생은 사서도 한다'라는 말이 괜히 나온 말은 아니라고 믿습니다. 홍철 군은 스스로의 선택에 의해 시험공부를 포기했고, 그러한 실패의 경험을 선택함으로써 도리어 삶의 주인이 되는 계기를 마련했습니다. 저는 시험에서 스스로 백지를 내고, 그때부터 불교 공부를 제대로 한번 해보리라는 결심을 했습니다. 그리고 그 결과 지금처럼 수행의 삶을 살아가고 있는 것입니다. 실패를 향한 선택 때문에, 삶 전체가 오히려 성공으로 슬며시 다가간 듯합니다. 아이러니하게 들릴 수도 있지만 실패야말로 어찌 보면 진정한 문입니다. 실패의 경험이야말로 제대로 살아갈 방향을 스스로 모색하게 해주기 때문입니다. 실패 그 자체는 문제가 되질 않습니다. 다만 그 실패를 어떤 방식으로 수용하느냐에 차이가 있을 뿐입니다.

홍철 군은 또 다른 실패의 경험을 이야기해주었습니다. 홍철 군이 고등학교 3학년이던 때, 수능 시험을 한 달 앞두고 홍철 군의 아버지가 암으로 돌아가셨습니다. 아마도 많은 사람들이 부모의 죽음을 절망과 비극으로만 받아들일 것입니다. 그러나 홍철 군은 역시 남달랐습니다. 아버지의 죽음을 자신을 성인으로 만들어주기 위한 선물이

홍철 군

라 말하고 있었습니다.

"사실 저는 아버지의 죽음을 통해서 죽음에 대해 훨씬 더 많은 고민을 하게 되었습니다. 그런데 이렇게 죽음을 돌이켜보다 보니, 오히려 삶에 적극적으로 임하면서 매사에 집중하고 치열해질 수 있었던 듯합니다. 그래서 저는 아버지에게 도리어 감사했습니다. 삶으로 돌아갈 수 있는 기회를 당신께서 직접 죽음으로 보여주신 것 같아서요."

홍철 군의 말을 듣고 저는 '제불보살십종대은諸佛菩薩十種大恩'이라는 것을 떠올렸습니다. 이는 '모든 부처 보살님의 열 가지 크신 은혜'인데, 그 주된 내용은 부처님의 용맹스럽게 수행하신 모습이나 한량없는 자비심, 가르침을 펴신 공덕 등을 찬탄하는 내용입니다. 그런데 그중 아홉 번째인 '시멸생선은示滅生善恩'이 저에게 깊은 의미로 다가왔습니다. 이는 부처님께서 당신 스스로 사람들에게 죽음을 보여주신 은혜였습니다.

죽음을 마땅히 슬퍼해야 하는 일처럼 받아들이는 것이 아무래도 일반의 상식이 될 것입니다. 하지만 깨달음을 성취하신 부처님께서 당신의 육신이 멸하는 것을 사람들에게 직접 보여주시며, 성인의 몸이라 하더라도 '성주괴공成住壞空' 한다는 진리를 뭇사람들에게 가르쳐주셨던 것입니다. 죽음은 끝이 아니고 성주괴공이라는 흐름의 일부이며, 열반도 이별이 아니라 무상의 진리를 보여주는 하나의 은혜였다는 것입니다. 죽음은 결코 분리나 괴로움인 것만이 아닙니다. 죽음을 끝이라 생각하지 않고, 이에 집착하지 않는다면 우리 스스로 삶을 무상의 흐름으로 살아갈 수 있는 은혜로운 증명이 되기 때문입니다. 이 무상의 흐름이 바로 삶입니다. 죽음은 탄생의 반대 의미일 뿐입니다. 다만 이 거대한 삶의 흐름 중 하나의 모습인 것입니다.

비록 홍철 군이 불교를 믿고 교리를 배운 적이 없다 하더라도, 홍철 군은 자신에게 펼쳐진 삶을 통해 스스로 깨달음을 얻어갔던 것입니다. 삶에 대한 철학은 경험 자체에서 오는 것이라기보다는 그 경험을 어떻게 해석하고 받아들이는가에 따라 다르게 오기 마련이라는 것을 홍철 군이 자신의 삶으로 들려주었던 것입니다. 홍철 군은 그렇게 실패나 죽음의 경험을 넘어설 수 있는 안목을 갖추고 있었습니다. 사람은 경험이 아니라, 이 경험을 바라보는 안목의 힘으로 더욱더 삶을 투철하고 진실되게 살아갈 수 있는 것입니다.

이것은 마치 내 앞의 돌과도 같습니다. 처음부터 의미가 정해진 돌은 없습니다. 내가 삶을 살아가는 데 있어서 내 앞의 돌이 걸리면 걸림돌이 되고, 디디면 디딤돌이 됩니다. 일견 실패처럼 보이는 경험도 그 실패라는 의미에만 걸리지 않는다면, 오히려 삶으로 나아가기 위한 디딤돌로 삼을 수 있습니다. 실패처럼 보이는 그 경험도 받아들이는 사람이나 관점에 따라 기회도 되고, 자양분도 되며, 선물도 되는 것입니다. 옛 어른들도 이런 말씀을 남기셨습니다.

'땅에서 넘어진 자, 땅을 딛고 일어나라.'

땅에서 넘어져도 괜찮습니다. 본래 그 땅은 넘어지라고 있는 게 아니라, 다시 딛고 일어나라고 있는 것이기 때문입니다. 실패는 걸림돌이 아니라, 애초부터 디딤돌로 있었습니다. 넘어진 그 자리가 사실은 일어날 수 있는 그 자리라는 말입니다.

손님맞이

세계 일주를 떠나기 전, 저는 1년간 해인사에서 노장님을 모시며 시간을 함께 보냈습니다. 어른과 같이 산다는 것은 어른의 삶을 지켜보며 많은 것을 배울 수 있는 소중한 기회입니다. 비록 제가 미련한 수행자이기는 해도 이렇게 가까이에서 선지식의 삶을 대하고 직접 가르침을 구할 수 있는 기회를 얻었음에, 그나마 복이 많은 수행자라는 믿음은 있었습니다. 그중 특별히 기억나는 어르신의 모습이 있습니다. 노장님께서는 의미 있는 날이 온다거나 혹 먼 곳에서 찾아오시는 손님을 맞이하는 날엔 새벽같이 일어나 삭발을 하셨습니다. 노장님이 부르시면 저는 냉큼 달려가서 조심스레 삭발을 해드렸습니다.

그런데 비록 1년이라는 짧은 기간이긴 하지만 세계 일주를 하며 노장님과 멀리 떨어져 살았음에도 제가 행동하는 방식이나 생각하는 방향이 알게 모르게 노장님에게 영향을 받았다고 생각되는 경우가 많았습니다. 어르신이란 그렇게 알 듯 모를 듯 아랫사람에게 감화를 주시는 것입니다. 그리고 저는 그런 감화의 힘에 알게 모르게 젖어 들어갔음을 삶의 순간순간 느끼게 되었습니다. 그렇게 자연스럽게 노장님을 생각하고 노장님을 따라 하는 것을 보면, 이 또한 스승의 말 없는 가르침이자 감화의 힘이 아닐까 하는 생각을 하게 되는 것입니다.

오늘 새 손님을 맞이할 생각에 기분이 들떠서 아침부터 서둘러 일어나 삭발을 했습니다. 비록 세계 일주를 함께하며 해지고 낡아버린 승복일지언정 어제 세탁도 하고 말끔하게 다림질까지 마쳤습니다. 삿갓의 부서진 부분에 천을 덧대어 바느질로 한 땀 한 땀 수선까지 해두었습니다.

이제 남미로 향합니다.

물론 제가 남미에게 손님이 될 수도 있고, 아니면 남미가 저에게 손님이 될 수도 있습니다. 하지만 누가 손님이 되건, 새로운 만남에 사뭇 긴장이 되는 건 어쩔 수 없나 봅니다. 그래도 삭발을 말끔히 하고, 다림질까지 마친 승복을 입으니 덩달아 기분도 말끔해지는 듯했습니다.

그럼 남미 대륙님, 앞으로 6개월간 잘 부탁드립니다.

4

고요함 가운데 움직임이 있고,
움직임 가운데 고요함이 있다

리우의 예수님을 만나다

남아프리카공화국의 요하네스버그에서 브라질 리우로 가는 길은 길고도 멀었습니다. 직항이라면 열 시간 정도 소요되지만 문제는 항공권 가격이 무척이나 비싸다는 것이었습니다. 요하네스버그에서 두바이를 경유해 리우로 향하는 에미레이트 항공권은 그나마 저렴한 70만 원대였습니다. 그런데 비행시간을 보면 한숨부터 나왔습니다. 여덟 시간 비행 후 환승 두 시간, 다시 열네 시간 비행이었습니다. 환승 시간까지 합치면 꼬박 24시간이 걸렸습니다.

하지만 저에게 비행시간이나 피로도보다 우선시되는 것은 여행 자금이었습니다. 그 돈을 아낄 수만 있다면 오랜 비행시간은 견뎌내야 했습니다. 결국 저는 제 인생에서 가장 긴 22시간의 비행을 경험했습니다. 꼬박 하루가 걸려 리우에 도착한 저는 거의 녹초가 되었습니다. 도무지 대중교통을 탈 수 있는 상황이 아니어서 공항에서 택시를 타고 카우치서핑 호스트인 디에고의 집으로 갔습니다. 디에고와 간단히 저녁을 먹고 이야기를 나누었지만, 급격하게 찾아온 피로 때문에 일찍 잠자리에 들어야만 했습니다. 장시간 비행이 가져온 피로는 그렇게 제 몸을 완전히 덮쳐버린 것이었습니다. 다음 날 아침이 되어서도 피로는 말끔히 가시질 않았습니다. 그렇다고 마냥 숙소에 머물 수만은 없었습니다. 아무리 피곤해도 해야 할 일은 해야만 합니다. 결국 리우에서 우선적으로 세운 계획을 실행하기로 합니다. 리우의 대표적 상징인 예수님을 만나 뵙는 일이었습니다.

리우의 예수상은 브라질이 포르투갈로부터 독립한 지 100주년이 되는 해를 기념하여 조성했습니다. 해발 710미터인 코르코바두산에 높이 38미터, 양팔 길이 28미터, 무게 1,145톤이나 되는 거대한 조각상을 세운 것입니다. 예수님이 두 팔을 한일자 모양으로 넓게 벌리고 서 있는 이 성상은 신체 부분을 각각 따로 조각하여 결합하는 방식으로 제작되었습니다. 이후 예수상은 리우를 대표하는 랜드마크로 자리 잡았고, 리우 시내를 조망할 수 있는 가장 훌륭한 전망대가 되었습니다. 해마다 150만 명이 이 예수상을 찾는다니, 아마 리우에서 가장 인기가 많은 장소 중 하나일 것입니다. 여기에다 2007년 스위스의 한 민간단체가 이 예수상을 신新 세계 7대 불가사의 중 하나로 지정하면서부터 예수상은 더욱 명성을 얻게 되었습니다.

지금이야 승복을 입고 절에서 수행하며 살고 있지만, 사실 저는 기독교와 인연이 다분합니다. 논산의 한 시골에 살던 어린 시절 저는 교회를 꽤 열심히 다녔습니다. 신앙심이 깊어서는 아니었습니다. 시골에선 학교에 가지 않는 주말이 되면 따로 놀 데가 없었기 때문에 교회에 간 것이었습니다. 나름 찬송가도 열심히 부르고 성경도 열심히 읽었습니다. 그러다 12월이 다가오면 교회 집사님이 저에게 두터운 원고를 하나 툭 던져주었습니다. 교회에서는 성탄절이 돌아올 때면 청소년 연극을 했는데, 그때마다 저는 고정으로 예수 역할을 맡았습니다. 성탄절이 오기 전에 교회에서 연극 리허설도 했습니다. 로마 병사로 분한 친구 하나가 가짜 가시 면류관을 쓴 저를 창으로 찌르는 시늉을 했습니다. 그러면 저는 고통에 찬 신음 소리를 내야 했는데, 이 신음 소리가 너무 작다고 집사님한테 혼난 기억이 납니다.

딱히 의도한 것은 아니었지만 저는 우연찮게 기독교 재단 고등학교와 천주교 재단 대학교를 다녔습니다. 고등학교 때에는 고정적으로 교목 수업을 받았고, 대학교 때에는 기독교 관련 수업을 필수 과목으로 들어야 했습니다. 대학교 때, 개강 미사에 반드시 참여해야 하는 것은 아니었지만 딱히 할 일도 없고 해서 저는 매번 미사에 참여했습니다. 대학에서 종교학을 전공으로 선택했습니다. 그런데 종교학과 학생 중 절반이 넘는 수가 교회와 성당에 다니는 기독교인이었습니다. 그래선지 모릅니다. 기독교를 친숙한 종교라고 느끼지는 않지만, 그렇다고 멀게 느끼지도 않는다는 것입니다.

예수상 입구에 도착하면 언덕까지 오르는 세 가지 방법 중 하나를 선택해야 합니다. 버스나 트램, 아니면 직접 두 발로 걸어 오르는 방법입니다. 트램이 50헤알로 가장 비쌌고, 버스가 이보다 조금 낮은 가격이었습니다. 물론 두 발로 직접 걸어 올라간다면 2만 4,000원을 절약할 수 있습니다. 하지만 걸어 올라가기엔 거리가 멀고 경사도 있어서 수월치 않아 보였습니다. 저는 가장 많은 사람들이 선택하는 대로 트램을 탔습니다. 그런데 문제가 있었습니다. 제가 코르코바두산을 오를 때의 기상 상태는 썩 좋지 않았습니다. 사실 제가 리우에 머문 나흘 동안 매일 날씨가 흐렸습니다. 판매원은 표를 팔며 기상 상태가 좋지 않아도 환불은 되지 않는다고 주의를 주었습니다. 하지만 다른 날엔 또 다른 일정이 있어서 날짜를 바꿀 수 없었습니다.

언덕 위의 기상 상태는 생각보다 나쁘지 않았습니다. 구름이 많이 낀 것도 아니었고 비가 내려서 걸어 다니지 못하는 상태도 아니었습니다. 과연 예수상 앞에는 많은 사람이 몰려 있었습니다. 그들은 모두 똑같은 자세로 인증샷을 찍고 있었습니다. 예수상의 예수님이 그러하듯 어른, 아이 할 것 없이 모두 양팔을 벌리고 사진을 찍는 것이었습니다. 하지만 저는 예수상을 보러 온 것이 아니라, 예수님께 인사를 드리러 올라왔습니다. 전망대의 한 관광객에게 양해를 구하고 사진을 찍어달라고 부탁했습니다. 그런데 신기한 일이었습니다. 제가 예수님께 인사드리는 사진을 찍으려 하니, 인증샷을 찍던 그 많은 사람이 제 주변에서 일순간 썰물처럼 빠져나갔습니다. 아무래도 제 특이한 복장 때문인지 저에게 자리를 양보해주는 것 같았습니다.

예수님이 한일자로 팔을 벌리고 서 있는 이유에 관한 기록은 딱히 본 적이 없습니다. 사실 시내의 한 성당에서 본 예수님은 팔을 벌린

게 아니라 사람들을 향해 손을 내밀고 있는 모습이었습니다. 그런 예수님의 손길에 많은 사람이 화답했는지, 예수님의 손끝이 맨들맨들하게 빛나고 있었습니다. 하지만 이 코르코바두산의 예수님은 허공을 향해 팔을 벌리고 서 계셨습니다. 그것은 어찌 보면 언덕 아래로 굽어보이는 리우라는 대도시를 안으시려는 듯한 모습 같았습니다.

코르코바두 언덕의 정상에서 예수님이 굽어보는 리우에는 축구장도 있고, 이파네마 해변도 있고, 빈민가인 파벨라도 있습니다. 한여름의 삼바 축제 열기가 가시고 난 뒤 리우는 이제 6월에 열릴 월드컵 사이에서 차분하게 숨을 고르고 있었습니다. 월드컵 시즌이 되면 축구장은 무수한 사람들로 붐빌 것이고, 거리는 노란 물결을 이룰 것입니다. 언덕에서 이파네마 해변도 보였습니다. 20대 초반, 보사노바의 대표적인 명곡 〈The Girl from Ipanema〉를 무척이나 좋아했습니다. 주앙 지우베르투의 매끄럽고 부드러운 목소리도 좋았지만, 마치 물 위를 아무런 생각 없이 사뿐사뿐 걸어가는 듯한 아스트루드 지우베르투의 꾸밈없는 목소리를 유난히 좋아했습니다. 내일 저는 저 이파네마 해변을 직접 찾아갈 예정이었습니다. 운이 좋다면 이파네마의 소녀를 만날 수 있을지도 모릅니다.

이파네마 해변을 따라서 서쪽으로 내려가다 보면 두 개의 원뿔이 모여 있는 듯한 모습의 투 브러더스 산이 보입니다. 그런데 그 산 아래에는 수많은 집들이 오밀조밀 모여 있습니다. 예전의 서울 달동네를 연상케 하는 이 주거 지구가 바로 빈민가를 뜻하는 파벨라Favela

예수상 앞에서

였습니다. 그리고 저 빈민가의 이름은 비디갈Vidigal이었습니다. 수많은 범죄가 일어나고 있다는 이 비디갈 파벨라는 여행객들의 출입 자제 구역이었습니다. 그런데 아이러니합니다. 이파네마 해변의 끝과 빈민가 사이에 세계적으로 유명한 특급 호텔 쉐라톤이 있었습니다. 세계 곳곳에서 이곳을 찾아오는 부유한 여행객들은 이 쉐라톤 호텔에 머물며 간드러진 음색으로 묘사된 이파네마 해변을 낭만 가득한 심경으로 바라볼 것입니다. 그런데 바로 그 뒤쪽으로는 리우에서 가장 가난한 사람들이 모여 산다는 빈민가가 거대하고도 음울한 배경처럼 서 있는 것입니다.

코르코바두 언덕 정상의 예수상을 찾은 사람들은 예수님 앞에서 그들만의 고백을 하고 염원을 다짐할 것입니다. 그러나 예수님 앞에 선 사람들은 사는 곳도 다르고, 부유한 정도도 다르고, 찾아온 목적도 다르고, 국적도 다르고, 저처럼 종교도 다릅니다. 그런데 그 모든 다름이 복합적으로 어우러져 나타난 곳이 사실 이 리우라는 도시이기도 합니다. 사람이 다면多面적이듯 도시도 다면적입니다. 사람들이 바라는 다면의 생각과 욕망 혹은 도시가 보여주는 다면의 순간과 모습에 대해 어찌 보면 예수님은 언제나 한결같은 모습을 보여주고 계십니다. 언제든 그렇게 열린 가슴으로 사람도 안아주고 도시도 품어주는 모습처럼 보였던 것입니다. 예수님은 하나님을 대변하는 진리로서 오신 분이 아니던가요. 코르코바두 언덕에서 리우라는 도시를 바라보며, 언제나 어디서나 한결같은 모습으로 모두에게 열려 있음이 진리의 본모습이라는 생각을 하게 됩니다.

마지막은 성경 구절로 맺겠습니다.

> "수고하고 무거운 짐 진 자들아 다 내게로 오라. 내가 너희를 쉬게 하리라."
>
> –〈마태복음〉, 11장 28절

따귀 헌정식

세계 일주를 하면 여러 여행자를 만나게 됩니다. 그중에서 제가 아는 한 가장 멋지게 세계 일주를 한 부부가 바로 영근 씨와 예영 씨였습니다. 저는 이 부부가 보여준 '따귀 헌정식'에 신선한 감동을 받았습니다.

부부는 브라질의 휴양도시 사쿠아레마에 머물다 결혼 1주년을 맞이했습니다. 결혼을 기념하여 부부는 바다 앞에서 1년간 서운했거나 아쉬웠던 감정, 생각을 털어놓고 서로에게 따귀를 한 대씩 선사해주기로 했습니다.

부부가 보내준 따귀 헌정식 영상을 보니, 예영 씨는 레드불까지 마셔가며 풀스윙으로 남편 영근 씨에게 따귀를 날리는 모습이었습니다. 하지만 실제로는 손이 뺨에 스치는 정도였습니다. 영근 씨는 아내인 예영 씨의 뺨을 살짝 어루만지는 듯한 제스처의 따귀를 날렸습니다.

기대와 달리 다소 밋밋해 보였지만 무척 흐뭇한 따귀 헌정식이었습니다. 아무렴 어떻습니까. 이런 헌정식을 통해 둘 사이의 묵은 감정이나 아쉬운 생각들은 해변의 바람을 타고 저 먼 대서양 어딘가로 실려 갈 것인데 말입니다.

부부는 여전히 결혼기념일 때마다 따귀 헌정식을 합니다. 이 따귀 헌정식이 그들에게는 1년에 한 번씩 찾아오는 신성한 의식처럼 되어 버린 것입니다. 올해에는 양재천 공원에서 서로에게 따귀를 헌사했다고 합니다. 그런 뒤 여느 때와 마찬가지로 지난 1년간 서로에게 했던 잘못을 용서하고, 마지막엔 서로를 꼭 끌어안아 주었습니다. 참 멋진 부부입니다.

라보카의 무희

라보카는 19세기 말에서 20세기 초까지 300만 명이 넘는 유럽 이민자들이 부에노스아이레스로 들어오던 항구 지구였습니다. 라보카가 관광객들에게 유명해진 이유는 지구 내 모든 건물의 외벽이 알록달록 다채로운 색으로 화려하기 때문입니다. 그런데 라보카의 집들이 이토록 화려해진 이유는 생각보다 단순했습니다. 그 옛적 조선소에서 일하던 가난한 부두 노동자들과 선원들이 배를 수리하고 도색한 뒤 남은 페인트를 챙겨 집으로 가져갔습니다. 그 페인트로 자신의 집과 남의 집을 명확하게 구분하기 위해 그토록 화려한 칠을 하게 된 것입니다. 이 화려한 색감이 라보카의 상징이 되었고 지금까지 그 면모가 이어지고 있습니다. 라보카는 그렇게 사진 찍기에도 좋고, 보고 있으면 기분마저 상큼해져서 관광객들에게 인기가 많은 곳이었습니다.

또한 라보카는 유럽에서 머나먼 남미까지 이주해온 사람들이 고향에 대한 향수와 삶에 대한 애환을 술과 탱고로 달래던 곳이었습니다. 이런 연유 때문인지 라보카 거리 곳곳에서 탱고 공연이 열리고 있었습니다. 거리를 거닐다 저는 유창한 한국어로 말을 거는 웨이터를 만났습니다. 그리고 그의 권유로 한 식당 안으로 들어갔습니다. 점심 식사를 이미 마쳤기에 커피를 한 잔만 주문했습니다. 마침 식당 중앙 무대에선 탱고 공연이 한창이었습니다. 몇 곡에 맞춰 탱고를 추고 난 뒤, 남녀 무희가 식당을 돌며 손님들에게 상냥하게 인사를 건네고 팁을 받았습니다. 탱고 공연도 물론 훌륭했지만, 저는 그들의 공연 모습을 찍은 사진을 확인하며 흡족했습니다. 공연도 만족스럽고 사진도 좋아서 저는 보통 때보다 좀 더 많은 팁을 주었습니다. 제가 마시던 커피값보다 비싼 팁이었습니다. 그렇게 팁을 건네받은 여자 무희가 제 테이블에 올려져 있던 삿갓을 호기심 어린 눈빛으로 바라보았습니다.

"제가 저 모자를 써봐도 될까요?"

"그럼요."

여자 무희는 생전 처음 써보는 삿갓에 무척이나 신난 표정이었습니다. 그러자 남자 무희가 한술 더 떠, 자신이 쓰고 있던 페도라를 저에게 씌워주었습니다. 그러고는 말했습니다.

"여자 무희하고 탱고 포즈를 취해보면 어떨까요?"

얼떨결에 저는 무대 위로 나가게 되었고, 이내 여자 무희는 익숙한 자세로 오른 다리를 들어 저에게 기대었습니다. 남자 무희는 다소 어정쩡한 제 자세며 손의 위치를 교정해주었습니다. 하지만 제 미소는 온전히 마음에서 우러나는 순수한 것이어서 교정할 필요조차 없었습니다.

라보카의 무희와 우연찮게 찍은 이 사진은 결국 제가 개인적으로 꼽은 세계 일주 최고의 사진이 되었습니다. 이 사진을 무척이나 좋아해 5년이 넘도록 제 핸드폰 배경화면으로 쓰고 있을 정도입니다. 간혹 제 핸드폰을 들여다본 분들이 라보카의 무희와 찍은 이 사진을 보고는 박장대소합니다. 스님들의 경우 보통 부처님이나 훌륭한 고승의 사진, 아니면 아름다운 자연 풍경을 핸드폰 배경화면으로 넣고 다닙니다. 저처럼 여자 무희와 탱고 포즈를 취한 사진을 자랑스럽게 배경화면으로 넣고 다니는 스님은 아무도 없었던 것입니다. 그나마 다행인 것은 이 사진을 본 여러 스님이 "원제 스님이니까 인정해준다"라고 말하며 이 사진을 자신에게 보내달라고 요청하기도 한다는 점입니다. 그러면 저는 기쁜 마음으로 사진을 보내줍니다.

많은 분들이 묻습니다. "세계 일주 하면서 가장 좋았던 나라가 어디예요?" 그러면 저는 한결같이 "인도"라고 대답합니다. 인도라는 나라는 참 이상합니다. 좋고 말고의 문제가 아니라, 자꾸 떠오르고 생각이 나면서 그리운 나라였습니다. 자꾸 떠오르기에, 그래서 인도야말로 가장 좋았던 나라라고 말하는 편입니다. 세상에서 가장 많은 수행자들이 사는 나라이기에, 수행자로서 인도에 끌리지 않을 수 없다는 속설이 영 틀린 말도 아닌 듯 느껴집니다.

그런데 그 누구도 묻지 않았습니다만, 세계 일주 사진 중에서 가

Fiambres
VINO

장 마음에 드는 것이 무엇이냐는 질문이 들어온다면, 저는 망설임 없이 제 핸드폰 배경화면을 보여줄 겁니다. 그러면 곧 환한 웃음소리가 들려올 것입니다. 저도 보면 흡족할뿐더러, 사진을 본 그 누구라도 한바탕 기분 좋게 웃을 수 있다면, 그것은 분명 좋은 사진입니다.

사기꾼 원제

부에노스아이레스의 산텔모 거리를 걷다 횡단보도 앞에 서 있었습니다. 그런데 두루마기가 무언가에 끌리는 느낌이 났습니다. 옆을 내려다보니 작은 꼬마가 제 두루마기를 붙들고 있습니다. 그러곤 무어라 이야기를 하는데 스페인어니 제가 알아듣지를 못합니다. 옆에 있던 아이의 아빠가 대신 말해줍니다. 아이가 저와 같은 복장을 한 캐릭터를 가지고 있다고 말입니다. 뭘까? 아이는 가방에서 주섬주섬 무언가를 꺼내 들고 저에게 보여줍니다.

레고의 닌자고~~!!

그렇게 저는 길거리에서 한바탕 크게 웃어버리고야 말았습니다. 아이들과 아빠의 요청에 기분 좋게 사진을 찍어주었습니다.

사실 세계 일주를 하며 거리를 걷다 보면 제일 많이 듣는 소리가 "저기 사오린(소림사) 지나간다!" "쿵후 마스터다!" "닌자다!" 등이었

LEGO
NINJAGO

습니다. 그런 친구들에게 다가가 "그래, 나 한국에서 온 쿵후 마스턴데, 너 나랑 대련 한번 해볼래?"라고 말하며 어정쩡하게 무술 자세를 취해주면 다들 놀란 눈으로 고개를 저으며 뒷걸음질 칩니다. 제가 다소 사기꾼 기질이 있어서 세계 일주를 하며 이와 같은 사기를 수도 없이 쳤습니다.

'겜승'인 제가 플레이해본 적은 없지만 예전에 모탈 컴뱃이라는 게임이 있었다고 합니다. 그중에 라이덴이라는 캐릭터를 닮았다는 소리도 여러 차례 들었습니다. 과연 얼마나 닮았나 궁금해서 구글에서 한번 검색해보았습니다. 그런데 라이덴은 눈에서 퍼런빛이 나오기도 하고, 양손에서 에네르기파를 만들어내기도 했습니다. 음….

그냥 사기꾼에 만족하기로 합니다.

남미 트레킹의 정수

트레킹을 좋아하는 사람들에게 남미의 최남단 파타고니아는 동경의 장소입니다. 세상에서 가장 아름다운 풍광을 보여주는 트레킹 코스가 즐비하기 때문입니다. 아르헨티나 피츠로이 산과 토레 호수 트레킹도 물론 이를 데 없이 아름답고 감동적이지만, 파타고니아 자연의 정수를 체감할 수 있는 트레킹은 바로 '토레스 델 파이네 W 트레킹'입니다. W 트레킹은 토레스 델 파이네 주변 60킬로를 W 형태로 도는 트레킹 코스를 말합니다. 이 트레킹 코스 구간에서 드넓은 호수와 만년 빙하는 물론이고, 기암 절경의 바위산과 설산, 울창한 침엽수림, 인상적인 고목군락, 시원한 계곡, 수많은 야생화와 동물을 만나볼 수 있기에 가히 트레킹의 결정판이라 불릴 만합니다. 세계 일주를 하면서 경험한 수많은 트레킹 중 단연 으뜸이었던 곳입니다. 부에노스아이레스의 길거리에서 우연히 만난 경진 군과 저는 이 트레킹을 함께했습니다.

토레스 델 파이네 W 트레킹의 전초기지는 바로 공원 남쪽으로 120킬로 정도 떨어져 있는 어촌 도시 푸에르토 나탈레스입니다. 워낙 트레킹으로 유명한 곳이기에 도시 곳곳에서 트레킹 장비를 손쉽게 대여할 수 있습니다. 만일 트레킹을 하면서 산장에 머물 예정이라면 텐트를 대여하지 않아도 되지만, 캠핑을 할 예정이라면 이곳에서 텐트를 준비해 가야 합니다. 경진 군은 숙소 비용을 절약하기 위해 텐트를 대여했습니다. 아마도 산에서 텐트를 치고 자는 것에 대한 나름의 동경이 있었던 듯합니다. 하지만 저는 텐트를 생각하면 땅에서 스멀스멀 올라오는 냉기부터 떠올랐고, 상상만으로도 곧장 허리가 욱신거렸습니다. 트레킹도 체력이 바탕이 되어야 할 수 있는 일이기에, 저는 돈이 좀 더 들더라도 산장에서 자기로 했습니다. 텐트를 들고 다니지 않아도 되니, 배낭 무게가 가벼워져 트레킹이 훨씬 수월해진다는 이점도 있었습니다.

트레커들은 식재료나 조리 도구를 미리 챙겨가 직접 음식을 해 먹어야 합니다. 오랜 트레킹으로 체력이 저하될 수 있기에 충분한 양의 음식을 준비해야만 했습니다. 그렇게 물품들을 챙기고 트레킹에 필요한 준비는 마쳤습니다.

푸에르토 나탈레스에서 토레스 델 파이네로 향하는 버스를 타고 두 시간 정도 가니, 트레킹 코스 입구에 도착했습니다. 완연히 뜬 해 덕분에 토레스 델 파이네 산의 모습이 훤히 드러나 보였습니다. 트레킹 시작부터 날씨도 좋고 기분도 좋고 아무튼 이래저래 좋았습니다.

그러나 고산의 날씨는 시시각각 변하기에 처음부터 막연히 낙관할 수는 없었습니다.

첫 길부터 제법 가파른 오르막이 나타나 굉장히 힘이 들었습니다. 이 길을 오르며 경진 군은 텐트를 가져온 것을 후회하기 시작했습니다. 숙소에서 잠을 자기로 결정한 저는 경진 군의 어깨를 두드려주었습니다. 가파른 오르막길이 끝나자 이제 웅장한 계곡이 펼쳐집니다. 이 계곡을 한 시간여쯤 올라가니 칠레노 산장이 나타납니다. 난방시설은 따로 없고 그저 차가운 방에 매트리스가 놓인 열악한 산장이

었습니다. 그래도 밖에서 텐트를 치고 자는 것보다는 훨씬 나을 것이었습니다.

산장에 짐을 내려놓았으니 이제 가벼운 걸음으로 저는 토레스 델 파이네까지 마실을 다녀올 예정입니다. 내일 아침 일출을 보기 위해 다시 이 산을 오를 계획이지만 한낮의 풍경을 한 번쯤 더 보아도 좋을 것이었습니다. 몸이 가벼우니 그냥 가볍게 다녀온다는 생각으로 출발했습니다. 그런데 생각보다 쉽지 않았습니다. 오르고 또 오르고, 산 옆으로 오르고, 계곡을 따라 오르고, 바위산을 건너 오르고….

오르막의 연속이었습니다. 그러다 중간 즈음 캠핑장에 도착했습니다. 캠핑장은 텐트를 가져온 사람들에게 무료로 운용되고 있었습니다. 경진 군은 이곳에서 간단하게 텐트를 치고 짐을 그 안에 집어 던졌습니다. 그리고 저와 다시 토레스 델 파이네를 보기 위해 올라갔습니다.

한 시간 반이 걸려 마침내 산 정상에 도착했습니다. 토레스 델 파이네의 기암 봉우리와 호수가 장관을 보여주었습니다. '토레스'는 '탑塔'이라는 뜻으로, 우뚝 솟은 세 개의 화강암 봉우리가 바로 '파이네의 탑'인 셈입니다. 기암 봉우리도 무척 인상적이었지만, 그 앞에 빙하 녹은 물이 호수가 되어 탑 앞을 장식해주니 장관은 과연 장관이었습니다. 흐린 날씨임에도 기암과 호수가 자아내는 풍경은 여전히 멋졌던 것입니다.

정상에 올라가서 한참 구경하고 난 뒤, 저희는 다시 캠핑장으로 내려왔습니다. 저희는 저녁으로 미리 준비해온 라면을 먹었습니다. 여행을 다니다 보면 라면과 밥을 따로 하는 번거로움을 피하기 위해 둘을 함께 끓이기도 합니다. 끓는 물에 쌀을 먼저 넣고 5분 정도 끓인 다음 라면을 넣어서 다시 한 번 더 끓여 먹습니다. 라면이 먹기 좋을 정도로 익었을 때 밥 역시 잘 익어 있습니다. 다만 라면과 밥 같이 하기 신공에는 치명적인 단점이 있습니다. 수프의 맵고 칼칼한 맛이 라면의 매력인데, 미리 한 밥 때문에 그 매력이 절반 이하로 경감된다는 점입니다. 하지만 어쩔 수 없습니다. 물이나 가스와 같은 자원이 부족한 캠핑장에서는 맛보다 효율이 우선되기 때문입니다.

그래도 뿌듯한 저녁 식사였습니다. 남미의 안데스산맥에서 끓여 먹는 진라면은 그야말로 별미였습니다. 배부르게 식사를 마치고 난 뒤 저는 산장으로 내려갔습니다.

다음 날, 저는 새벽 5시에 일어났습니다. 간단히 준비를 마치고 토레스 델 파이네에서 일출을 보기 위해 숙소를 떠났습니다. 토레스 델 파이네의 정상은 세상에서 가장 아름다운 일출을 볼 수 있는 곳이라고, 모두 칭찬해 마지않았던 것입니다. 그러나 제가 산장에서 출발한 시각은 5시 20분. 느낌이 좋지 않았습니다. 잘못하면 일출에 늦을 듯했습니다. 해가 뜨지 않은 밤 산행이라 걸음에 속도를 더하기도 힘든 상황이었습니다. 서둘러 가기는 했지만 조짐이 좋지 않았습니다. 정상을 얼마 남기지 않은 시점에서 이미 아침 햇살이 파이네 탑 쪽을 환히 비추고 있었던 것입니다.

결국 제가 토레스 델 파이네에 도착했을 때는 봉우리가 시뻘겋게 달아오른 절정의 순간을 지난 뒤였습니다. 경진 군이 저를 보고 놀렸습니다.

"스님, 좋은 구경거리 이미 다 놓치셨어요~!!"

캠핑장에서 출발한 경진 군은 일찌감치 정상에 도착해 기암의 봉우리들이 시간의 흐름에 따라 변화하는 순간을 모두 지켜본 것이었습니다. 정말로, 정말로 아쉬웠습니다. 경진 군은 자신이 사진으로 남긴 일출의 순간을 저에게 보여주었습니다.

새벽이 다가오며 밤의 어둠을 뚫고 붉은 햇빛이 동편에서 솟아오르는데 그 햇빛 한 줄기가 토레스 델 파이네를 붉게 물들입니다. 붉

은 햇빛을 받은 봉우리는 마치 타오르는 불기둥을 연상시킵니다. 사진을 보면서도 감탄이 쏟아졌습니다. 새벽빛이 더욱 강해지면서 덩달아 토레스 델 파이네 주변도 밝아집니다. 그러자 붉은 불기둥은 차츰차츰 그 영롱함을 잃어가며 본연의 회갈색 기둥으로 돌아왔습니다. 절정으로 달아오르고 다시 밋밋한 회갈색 기둥으로 돌아오는 데 채 10분도 걸리지 않았습니다. 단 15분 차이였습니다. 저는 15분이 늦어서 자연이 보여주는 이 마법 같은 풍광을 놓치고야 만 것이었습니다.

절정의 순간을 놓쳤다는 아쉬움을 남긴 채 하산길에 나섰습니다. 칠레노 산장을 지나 쿠에르노 산장까지는 이제 길지만 평탄한 여정이 이어집니다. 4월의 파타고니아는 늦가을이었고, 5월로 접어들면서 트레킹 분위기는 한풀 꺾일 것입니다. 파타고니아에서의 5월은 겨울의 시작이었기 때문입니다. 겨울 동안 산장은 아예 문을 닫아버립니다. 경진 군과 저는 그렇게 늦가을의 막바지 트레킹을 하던 중이었습니다. 평탄한 트레킹 코스였기에 단조로움이 느껴질 수도 있었지만, 대자연이 보여주는 풍광의 아름다움에 지루함을 느낄 틈조차 없었습니다.

쿠에르노 산장에 도착한 우리는 된장과 채소를 넣고 죽을 끓여 먹었습니다. 쌀과 된장과 채소만 넣고 끓인 것인데 한국인인 저희에게는 그야말로 영양식이었습니다. 아르헨티나에서 공수해온 된장이 여러모로 고마운 순간이었습니다. 저는 쿠에르노 산장에 머물기로 하고 경진 군은 무료로 운영되는 이탈리아노 캠핑장까지 가기로 합니다. 캠핑장은 두 시간을 더 걸어가야 하는 곳에 있었습니다. 따라서 저는 내일 새벽에 두 시간 먼저 일어나 경진 군과 캠핑장에서 합류하기로 했습니다.

다음 날 새벽 6시 무렵, 저는 일찌감치 산행을 나섰습니다. 해가 뜨지 않아 어두웠기에 헤드 랜턴에 의지해 산길을 걸어갔습니다. 그러다 7시 무렵, 동편에서 햇빛이 두터운 회색 구름의 모서리를 뚫고 새어 나오는 모습을 보았습니다. 태양의 붉은빛이 시간이 흐르며 구름을 시뻘겋게 물들여갔습니다. 주변은 어둡고 공기는 차가웠지만, 호수 위로 밝아오는 새벽의 강렬한 풍경은 감동이었습니다. 비록 토레스 델 파이네의 일출을 보지는 못했지만, 파타고니아에서 트레킹을 하면서 가장 감동적인 일출이었습니다. 저는 트레킹을 잠시 쉬고는 바위 언덕 위에 올라서서 10여 분 정도 새벽의 일출을 감상했습니다. 빛이 퍼지며 점점 윤곽을 드러내는 산맥과 호수의 모습에 감격했습니다. 잠시간의 여운을 음미한 뒤 저는 다시 트레킹을 나섰습니다. 그리고 정확히 8시에 이탈리아노 캠핑장에 도착했습니다. 본래 계획대로라면 경진 군이 일어나 아침 식사를 준비해놓았어야 했는데, 어쩐 일인지 경진 군의 텐트는 굳게 잠겨 있었습니다. 가까이 다가가 귀를 기울여보니 미동도 없고 소리도 없었습니다. 고른 숨소리가 들리는 걸로 봐서 경진 군은 아직 자고 있었습니다.

"경진아, 일어나~ 밥 먹자~~!!"

그제야 안에서 이제 막 잠에서 깬 듯한 경진 군의 목소리가 들려왔습니다.

"스님 왜케 빨리 오셨어요? 지금 6시 반밖에 안 됐어요…."

경진 군의 핸드폰이 아무래도 파타고니아에서 고산병에 걸린 모양이었습니다.

간단히 아침을 챙겨 먹고 저희는 프란시스 밸리로 올라갔습니다. 프란시스 밸리로 향하는 길은 급경사는 아니었지만, 오르막길이기에 수월치는 않았습니다. 그래도 단풍이 든 나무들 사이로 빼꼼히 드러난 설산이며, 무수한 고목, 우렁찬 소리를 내며 흘러가는 계곡과 고요한 호수의 풍경이 아름다운 곳이었습니다. 몸도 가벼우니 마음마저 가벼운 트레킹이었습니다.

전망대를 뜻하는 미라도르Mirador에 도착하면 쩍쩍 소리를 내며 벌어지는 눈사태를 구경할 수도 있습니다. 여기서 계곡을 따라 더 올라가면 바위가 병풍처럼 늘어선 기암절벽도 있습니다. 마치 판타지 영화에 등장하는 가공의 모습인 양 비현실적으로 느껴지는 풍광이었습니다. 저 기암절벽 너머로 다른 세계가 펼쳐질 것만 같은 느낌이었습니다.

오후 4시 즈음하여 저희는 파이네 그란데 산장에 도착했습니다. 저는 이곳에서 하룻밤을 잘 예정이었지만 경진 군은 계곡 안쪽에 있는 그레이 빙하를 꼭 보고 싶다고 말했습니다. 저녁 식사를 마친 다음 경진 군은 다시 짐을 싸서 계곡으로 걸어 올라갔습니다. 세 시간을 더 가야만 캠핑장에 도착할 것이었습니다. 파이네 그란데 산장의 도미토리는 3만 5,000페소(한화 5만 원)로 가장 비쌌지만, 그만큼 가장 시설이 좋았습니다. 칠레노 산장과 달리 도미토리 안에는 훈기가 돌았고, 매트리스에 커버가 끼워져 있는 데다, 푹신한 이불까지 따로 제공해주었습니다. 산행에 지쳐서 피로가 더해가던 차에 이렇게 따뜻한 숙소를 만나니 그저 반가운 마음뿐이었습니다.

기분 좋은 숙면을 취한 뒤 저는 다음 날 아침에 일어나 준비해온 식빵에 잼과 버터를 발라 먹으며 아침 식사를 마쳤습니다. 비록 막대 커피일지언정 부에노스아이레스에서 산 맥심으로 모닝커피도 마셨습니다. 그렇게 아침 식사를 마치고 저는 가벼운 차림으로 계곡 안쪽을 향해 걸어갔습니다. 점심쯤 되자 날씨도 덩달아 좋아지고 있었습니다. 그렇게 저는 계곡길을 따라 한 시간 반 정도 걸어 올라갔습니다. 어느 정도 높은 곳에 도달하니 계곡의 끝이 보입니다. 그 계곡의 끝에 있는 그레이 빙하도 보입니다. 아마도 경진 군은 이른 아침에 빙하를 구경하고 이 시간쯤 캠핑장을 떠나 산장으로 내려오는 중일 것이었습니다. 저는 산장으로 내려오는 트레커들에게 혹시 한국 친구 하나가 이쪽으로 걸어오지 않는지를 물었습니다. 하지만 그들은 그 누구도 보지 못했다고 대답하곤 산장으로 향했습니다.

하루에 한 차례 산장 근처에 있는 선착장에서 정확히 12시에 보트가 떠납니다. 경진 군을 만나면 같이 내려갈 생각으로 올라왔건만, 10시가 가까워져도 경진 군은 나타나질 않았습니다. 하는 수 없이 9시 45분 즈음해서 저는 산장으로 걸어 내려갔습니다. 약속 시간인 12시에 경진 군을 선착장에서 만나기로 했기 때문이었습니다. 경진 군이 염려되었습니다. 산장으로 내려왔지만 경진 군은 없었습니다. 혹시나 하는 마지막 기대를 가지고 선착장으로 갔지만, 그곳에도 경진 군은 없었습니다.

결국 12시가 되었고, 보트는 도착했습니다. 경진 군에게 무슨 일이 생긴 게 틀림없었습니다. 하지만 그것이 무슨 일이고 어느 정도 수준인지 가늠이 되질 않았습니다. 보트에 탈 시간이 얼마 남지 않았습니다. 저는 결정을 내려야만 했습니다. 이 산장에 하루 더 머물며 경진 군을 기다리든지, 아니면 경진 군을 찾으러 캠핑장까지 들어가든지, 아니면 보트를 타고 푸에르토 나탈레스로 돌아가 하루를 기다려보든지, 세 가지 중 하나를 선택해야만 했습니다. 결국 저는 돌아가는 길을 선택했습니다. 트레킹을 위해 준비해온 음식도 다 떨어진데다 하룻밤에 3만 5,000페소나 하는 숙박비를 감당하기도 부담스러웠습니다. 어제 경진 군의 핸드폰 시계가 오작동을 일으키는 바람에 시간을 잘못 안 실수가 있었는데, 아무래도 또다시 핸드폰이 오류를 일으키지 않았나 하는 의심이 들었습니다. 만일 제가 푸에르토 나탈레스에 도착한 다음 날에도 경진 군이 도착하지 않는다면, 그때는 정말로 큰 문제였습니다. 그렇다면 저는 다시 이 산에 와야만 할 것입니다. 그것은 경진 군을 찾기 위해서가 아닐 수도 있습니다. 그때는 실종자를 찾으러 오는 일이 될 수도, 최악의 경우 불의의 사고를 당한 트레커를 찾으러 오는 일이 될 수도 있었습니다. 빙하를 구경하다가 실수로 깊은 곳에 빠져서 나오지 못한 사람이 있다는 소문을 더러 듣기도 했던 것입니다.

푸에르토 나탈레스로 돌아가는 길에 마음은 참으로 무거웠습니다. 분명 웅장하고도 감탄을 자아내는 자연 풍광을 눈앞에 마주하

투명하게 맑은 호수면

고 있음에도 마음이 무겁기 때문인지 감동이 일어나지 않았습니다. 보트가 호수를 건너 버스 타는 곳에 도착했을 때에도, 저 무심과도 같은 파이네 산을 망연히 쳐다만 보았습니다. 도대체 경진 군에게 무슨 일이 일어난 것일까. 푸에르토 나탈레스의 숙소에 도착한 저는 좀 더 여유를 가지고 내일까지 기다려보기로 합니다. 내일이면 그 모든 게 결정이 납니다. 예상대로 핸드폰 시계에 문제가 생겨 늦어지게 되었는지 아니면 제가 파이네 산군을 다시 찾아가야 하는지, 둘 중 하나는 결정이 날 것이었습니다. 어쨌든 내일까지 기다려보기로 합니다.

다음 날 오후 3시, 느닷없이 현관문이 열렸고, 그 문으로 경진 군이 잔뜩 상기된 표정으로 들어왔습니다. 얼마나 걱정을 했는지 경진 군이 숙소로 들어오는 그 순간순간이 모두 기억될 정도였습니다. 드디어 눈앞에 나타난 경진 군을 보며 저는 어이없이 웃었습니다. 사실 저는 경진 군이 올지도 모른다는 기대를 가지고 오후 내내 숙소에 머물며 경진 군을 기다리고 있었습니다. 숙소에 들어온 경진 군은 다짜고짜 어찌 된 영문인지 스스로 털어놓기 시작했습니다.

"스님, 그날 산장에서 스님과 헤어지고 캠핑장에 도착한 게 8시 반이었어요. 너무 어두워서 텐트를 치는 데 고생했지만 트레킹을 오래 한 날이어서 그런지 바로 잠이 오대요? 다음 날 아침에 텐트를 걷고 짐을 쌌어요. 그리고 캠핑장을 나선 거예요. 그렇게 한 시간 정도 산장으로 내려오다가 문득 생각했어요. 아니, 내가 왜 그냥 돌아가고 있지? 빙하를 보기 위해 이곳까지 왔는데 말이야. 사실 이때부터 고민했어요. 지금 이렇게 산장으로 내려가면 스님과 만나 트레킹을 무사히 마칠 수 있지만, 빙하를 보지는 못하는 거잖아요. 근데 그러면 제가 그 어두운 밤에 세 시간 동안 이 계곡을 따라 올라온 노력이 사라지는 거잖아요. 그렇게 고민하다가 결국 돌아가기로 했던 거예요. 가서 그레이 빙하를 보고 다음 날 내려가야겠다고 선택했어요."

경위를 듣고 나서야 저는 호탕하게 웃을 수 있었습니다. 경진 군이 무사히 돌아온 덕에 안심이 되었는지 여러 차례 경진 군을 바보라고 놀렸습니다. 온종일 마음고생하며 기다린 저에게 미안했던지 경진 군은 자신이 바보가 맞다며 실실 웃었습니다.

남미 최고의 트레킹으로 평가받는 토레스 델 파이네 W 트레킹. 늦가을의 흐린 날씨 때문에 조금은 아쉬웠고, 토레스 델 파이네에서의 일출을 보지 못해 무척이나 아쉬운 트레킹이었습니다. 여기에다가 경진 군의 행방불명 사건까지 겹쳐 그토록 멋진 자연경관을 보면서도 마음은 내내 무겁게 가라앉아 있었습니다. 아쉬움과 아름다움과 걱정과 안도감이 여러 모습으로 겹쳐져 나타났다는 점에서 저에게는 인상 깊은 경험이었습니다. 그러면서 이 트레킹이 꼭 이번 한 번뿐만이 아닐 수도 있다는 생각이 들었습니다. 남은 일생에 한 번쯤 더 이곳에 오게 되지 않을까 하는 그런 묘한 기대감을 남기는 W 트레킹이었던 것입니다.

암벽과 허공

20대 때부터 지금까지 변하지 않은 생각 하나가 있습니다. 우리의 삶이란 '계란으로 바위 치기'가 아니라 '계란으로 바위 치자'가 되어야 한다는 것입니다. 계란으로 바위를 치는 게 곧장 실패를 뜻한다고 여기지는 않습니다. 그 실패라는 경험을 통해서도 우리는 무언가를 배울 수는 있다고 믿고 있는 것입니다.

그렇게 저는 텅 비어 있어 환하게 열려 있는 가능성을 더욱 중요시하고 있습니다. 눈앞을 가로막는 암벽을 말하는 것이 아닙니다. 저 암벽도 서 있게 해주고, 저 구름마저 암벽 너머로 흘려보내 주는 허공을 말하는 것입니다. 저 허공처럼 그 모든 가능성을 열어주며 살자고, 저 스스로에게 매일같이 결심하는 것입니다.

풍경과 인물

푸콘의 숙소는 무척이나 마음에 들었습니다. 5인 도미토리에 11달러 정도니 우선 가격이 훌륭했습니다. 도미토리 건물에는 거실과 화장실, 부엌이 모두 완비되어 있었습니다. 더구나 거실 한가운데에 난로까지 있어, 장작불을 지피면 분위기가 훈훈해졌습니다. 의자에 앉아 난로 안의 장작이 타오르는 모습을 가만히 지켜보았습니다. 오랜만에 느껴보는 고요함과 아늑함이었습니다. 그러던 밤 9시 무렵이었습니다. 서양인 여행자 두 명이 도미토리 안으로 들어왔습니다. 미국에서 온 카메론과 크리스텔이었는데, 둘은 연인 사이였습니다. 간단히 인사를 나누고 서로의 여행에 대해 이야기를 했습니다. 카메론과 크리스텔은 학교를 다니며 아르바이트한 돈을 모아서 남미를 여행하는 중이었습니다. 그렇게 우리는 야심한 밤에 남미에서 그간 갔었던 곳이며 앞으로 가게 될 곳에 관한 정보를 서로 교환했습니다.

다음 날 저는 푸콘 화산 트레킹을 기다리며 휴식이라도 취할 겸, 푸콘 인근에 있는 포소네스 노천 온천에 다녀오기로 했습니다. 온천은 푸콘에서 버스로 한 시간 정도 거리에 있었습니다. 사실 며칠 전에 찾아온 감기 기운이 심해질 기미를 보여 혹시나 온천이라도 하면 나아질까 기대하고 있었습니다. 온천으로 향하는 버스는 만원이었습니다. 그러나 늦가을 단풍으로 물든 자연을 감상하는 재미로 가는 길이 즐거웠습니다. 온천에 도착하니 거대한 계곡 옆으로 대여섯 개의 온탕과 한 개의 냉탕이 있었습니다. 가장 뜨거운 열탕이래봤자 우리나라의 온탕에도 미치지 못할 정도로 따뜻한 정도였습니다. 듣기론 열탕 온도가 40도에 육박한다고 하지만, 늦가을의 차가운 공기에 노출되어서인지 기껏해야 35도 정도로 느껴졌습니다.

그렇게 여기저기 탕을 옮기며 온천을 즐기다 한 커플을 만나게 되었습니다. 관광객인 듯한 이 커플은 저에게 먼저 인사도 건네고 붙임성 좋게 말도 걸어왔습니다. 이야기를 해보니 이 친구들 역시 화산 트레킹을 하기 위해 칠레 남부에서 올라온 것이었습니다. 지난 여행 경로를 들어보니 저와 마찬가지로 엘 찰텐에서 피츠로이와 토레 호수를 트레킹한 뒤, 다시 토레스 델 파이네 트레킹을 하고 이곳으로 올라온 것이었습니다. 일정이 비슷했으면 서로 만났을 수도 있는 인연이었습니다. 그렇게 친구들과 이야기를 나누며 같이 온천을 즐기고, 푸콘으로 돌아가는 버스도 같이 타게 되었습니다. 버스 안에서 이야기를 나눠보니, 여러모로 말도 통하고 재미있는 친구들이었습니다. 푸콘의 버스정류장에 도착해서 저는 친구들에게 말했습니다.

"그래, 우리 여행하다 또 만날 일이 있으면 그때 커피라도 같이 해. 또 봐~"

저는 친구들과 작별 인사를 나누며 악수를 청했습니다. 친구들은 어정쩡한 모습으로 제 손을 잡으며, 좀 의아스럽다는 표정을 지었습니다. 제가 숙소 쪽으로 걸어가자 친구들도 숙소가 같은 방향이라며 따라왔습니다. 그런데 제가 숙소 입구에 도착할 때까지도 이 친구들은 저를 따라왔습니다. 알고 보니 우리는 같은 숙소에 머물고 있었습니다. 인연은 인연이었습니다. 그렇게 숙소에 도착해 저는 제가 사는 도미토리를 소개해주었습니다. 숙소 뒤쪽의 뜰 너머에 있는 작은 건물을 가리키며, 제 도미토리에 언제든 놀러 오라고 말했습니다. 그러자 친구들이 웃었습니다. 아니 왜 웃지? 친구들은 기어코 제 도미토리 안까지 따라왔습니다. 제가 머무는 도미토리를 구경이라도 하고 싶었나 생각했습니다. 그러나 친구들은 도미토리에 들어와 자연스럽게 자신들의 침대 위에 놓인 물품들을 정리하기 시작했습니다. 이럴 수가…. 사실 이 친구들은 어젯밤 저와 이야기를 나누었던 미국에서 온 대학생 커플, 카메론과 크리스텔이었던 것입니다.

무엇보다 저 스스로에게 놀랐습니다. 저는 같은 도미토리를 쓰는 이 커플이 온천에서 만난 커플임을 알아채지 못했던 것입니다. 사실 이 친구들은 같은 도미토리를 나누어 쓰는 동양의 스님을 온천에서 다시 만나 반가운 마음에 먼저 인사를 건넸다고 했습니다. 그러니 제가 버스정류장에서 작별 인사를 나누려 했을 때 의아해할 수밖에

화산 트레킹을 함께한 카메론과 크리스텔

없었던 것입니다. 지난밤부터 같은 도미토리를 쓰고 있었는데 말입니다. 도미토리 안에 들어선 카메론은 황당하다는 표정을 지으며 웃으면서 저에게 말했습니다.

"스님, 어떻게 그렇게 사람을 못 알아볼 수 있지요? 어젯밤과 오늘 저희의 모습은 크게 달라지지 않았어요. 저는 오늘 온천에서 안경을 벗었고, 크리스텔은 음… 어제는 머리를 묶었었네요. 오늘 온천을 다녀오며 풀었고요. 단지 이 차이뿐이에요. 그런데 어떻게 그렇게 저희를 까마득하게 못 알아볼 수 있는 거예요?"

평상시에도 제가 사람을 잘 알아보지 못한다는 사실을 알고는 있었습니다. 하지만 이 정도로 심각한 수준일지는 저 자신도 몰랐습니다. 저도 어이가 없어 웃으면서 이 두 친구에게 미안하다는 말을 여러 번 건넸습니다. 면목이 없었습니다.

사실 카메론은 도미토리에 들어서기 전부터 저를 알고 있었습니다. 카메론은 토레 호수를 트레킹 할 때 저를 보았다고 말했습니다. 멀리서부터 삿갓을 쓰고 두루마기를 입은 채 걸어오는 제 모습이 신기해서 카메론은 제가 가까이 다가올 때 도둑촬영까지 했습니다. 그러곤 자신의 카메라를 가져와 저에게 몰래 찍은 사진을 보여주기까지 했습니다. 그렇게 어젯밤에 사진을 교환하며 통성명도 하고, 즐겁게 이야기도 나누었는데, 다음 날 제가 그들의 존재를 까마득하게 잊어버리고야 만 것이었습니다. 철저하게 제 문제였습니다. 사람에 관심을 기울이지 못한 제 잘못이 컸습니다.

이 해프닝을 떠올리며 저는 곰곰이 생각해보았습니다. 그러면서 그 언젠가 누군가에게 풍경 사진과 인물 사진의 차이점에 대해 들은 기억을 떠올렸습니다. 그 설명인즉, 한 사람이 찍은 사진을 보면 그 사람의 성품이나 관심사까지 알 수 있다는 내용이었습니다. 그중에 유난히 기억에 남는 것이 바로 풍경 사진을 주로 찍는 사람과 인물 사진 찍기를 좋아하는 사람의 차이였습니다. 풍경 사진을 주로 찍는 사람은 정적이고 안정을 추구하는 사람입니다. 반면 인물 사진을 선호하는 사람은 동적이며 사람에 대한 관심이 많은 사람입니다. 사람에 대한 관심과 애정이 있어야지만 인물 사진을 찍게 된다는 것이었습니다. 설득력 있는 말이었습니다. 제가 찍는 사진의 90퍼센트는 사실 풍경 사진이었습니다. 인물 사진은 열에 한 장 정도였습니다. 그것도 인물 사진이기는 하되, 사람이 풍경의 소소한 배경처럼 보이는 사진이지 결코 인물에 초점을 맞춘 사진은 아니었습니다. 옛 그림으로 따지자면 인물이 작게 그려진 산수화 취향이었지, 사람들이 살아가는 모습을 생동감 있게 그려내는 풍속화는 아니었습니다.

절집에 '인정농후도심소人情濃厚道心疎'라는 말이 있습니다. '인정이 짙으면 도를 구하고자 하는 마음은 멀어진다'는 뜻입니다. 물론 세계일주를 하면서 저는 수많은 사람을 만나 교류를 나누며 사람에 대한 관심이 커진 상황이었습니다. 하지만 아무리 그렇더라도 원제라는 사람의 기본 관심사는 풍경이나 배경 같은 것이었다는 생각을 하게 되었습니다. 사람들과 만나는 당시에는 교류하는 사람과 즐겁게 이야기를 나누며 재밌게 지내지만, 만나지 못한다고 해서, 오랫동안

카메론의 도촬사진

보지 못했다는 이유로 사람에 대한 그리움의 감정이 생긴 경우는 거의 없었습니다. 그리움과 같은 감정은 자연스럽게 생겨나는 것이기에, 설혹 이러한 감정이 일어나지 않더라도 그 사실 역시 저는 최대한 자연스럽게 수긍하려는 편입니다. '원제라는 사람이 이런 사람이구나'라는 사실마저도 최대한 자연스럽게 받아들이려고 하는 것입니다.

여행을 하면서 저는 원제라는 사람을 좀 더 자세하게 알아가는 것 같았습니다. 그리고 여러 경험들을 치러내며 원제라는 사람을 차근차근 받아들이고 있는 것만 같았습니다.

가방을 훔치지 못한 남자

사실 아레키파는 칠레의 아타카마 사막을 떠난 뒤 페루의 쿠스코까지 가는 길이 너무 멀어서 중간에 잠시 쉴 겸 머무른 도시였습니다. 경유지로 생각한 곳이어서 그랬는지 저는 아레키파에 들어서며 큰 기대를 하지 않았습니다. 하지만 도시 전체가 유네스코 세계문화유산 역사 지구로 지정된 아레키파는 옛 도시의 정갈함이 주는 매력이 남다른 곳이었습니다. 해 질 무렵이 되면 저는 매일 호스텔의 옥상 테라스로 올라가 석양을 바라보았습니다. 해가 서편으로 넘어간 후 스며 나오는 오렌지빛이 지평선 위의 검은 하늘을 트와일라이트 블루로 물들이던 그 순간이 무척이나 아름다워 보였습니다. 영화 〈베티블루〉의 포스터가 연상되는 색이기도 했습니다. 트와일라이트 블루는 밝음도 아니고 어둠도 아니면서, 파랗지도 않고 까맣지도 않은, 그런 서늘하면서도 아련한 매력이 있었습

아레키파의 트와일라이트 블루

니다. 저는 아레키파에 머물며 그렇게 매일같이 트와일라이트 블루가 하늘에 펼쳐지는 그 정밀한 순간들을 오랜 시간 감상했습니다. 그러다 사위가 완전히 깜깜해지는 밤이 되면 옥상에서 내려와 도시의 오래된 돌길 위를 거닐었습니다.

사실 칠레를 떠나 국경을 거쳐 페루의 아레키파로 향하던 길, 저는 새벽의 국경 검문소에서 도둑을 만났습니다. 슬리핑 버스가 페루의 국경에 도착한 건 새벽 6시 무렵이었습니다. 개인 짐을 모두 챙겨 내리고 우리는 국경 사무소 한쪽에서 버스가 국경 검문을 통과하길 기다리고 있었습니다. 짐은 모두 근처의 의자 위에 올려놓았습니다.

5월의 가을이었지만 새벽 사막은 싸늘하고 추웠습니다. 저를 포함한 많은 여행객이 검문소에 마련된 드럼통 모닥불을 쬐고 있었습니다. 아무래도 차가 국경을 통과하는 데 오랜 시간이 걸릴 듯싶었습니다. 그렇게 지루하게 기다리다 저는 무심코 의자 위에 올려놓았던 제 가방으로 시선을 돌렸습니다. 순간 당황했습니다. 의자 위에 있어야 할 가방이 사라진 것이었습니다.

서둘러 주위를 둘러보니 웬 남자가 제 가방을 손에 들고 잰걸음으로 검문소를 빠져나가려 하는 중이었습니다. 저는 그를 향해 소리쳤습니다.

"That's my bag!!"

제가 소리치는 것을 들었는지 그의 걸음이 더욱 빨라졌습니다. 그를 향해 달려가자 남자는 제 가방을 그대로 땅바닥에 내려놓고 황급히 검문소 밖으로 도망쳤습니다. 칼라마에서부터 저와 동행했던 그리스 친구가 제 고함 소리를 듣고는 그 남자를 서둘러 쫓아갔습니다. 하지만 그는 검문소 밖의 골목길 어딘가로 이미 사라진 뒤였습니다. 한순간의 차이였습니다. 그 한순간 제가 가방에 눈을 돌리지 않았다면 저는 다시 도난을 당할 뻔했습니다. 그랬다면 세계 일주 중 무려 네 번째 도난이었을 것입니다. 가방 안에는 가장 소중한 노트북과 카메라가 있었습니다. 이제 얼마 남지 않은 여행에 꼭 필요한 물건들이었습니다. 다시 검문소로 들어온 그리스인 친구는 그 남자에 대해 욕설을 퍼부었습니다. 하지만 저는 가방을 잃어버리지 않았다는 사실에 크게 안도했습니다.

그런데 이상한 일이었습니다. 아레키파의 트와일라이트 블루로 물든 하늘을 보면서 자꾸 그 남자가 떠오르는 것이었습니다. 남자는 160 정도의 작은 키에다 통통한 몸매에 40대 후반쯤 되어 보였습니다. 버스 탄 여행객과 국경 검문소 직원밖에 없는 새벽의 검문소에 그 남자가 있었습니다. 아마 그 이른 새벽부터 도둑질을 하기 위해 검문소에 나와 있었을 터입니다. 적당한 가방을 물색하고는, 사람들이 모닥불에 정신을 파는 찰나에 가방을 훔치려 했던 것입니다. 그러나 제가 빨리 눈치챈 탓에 그날 아침의 도둑질은 실패로 끝나고야 말았습니다. 그런데 무슨 이유에선지 자꾸만 그의 뒷모습이 떠오르는 것이었습니다. 그는 절뚝이며 걸었고, 그렇기에 날렵하지도 못했으며, 어깨는 한쪽으로 엉성하게 굽어 있었습니다. 그는 신체 어딘가가 불편한 장애인이었습니다.

결과적으로 저는 가방을 지켰고, 남자는 가방을 훔치지 못했습니다. 저는 가방을 온전히 지키는 데 성공했고, 남자는 가방을 남모르게 훔치는 데 실패했습니다. 하지만 이상했습니다. 자꾸 제가 실패했다는 생각이 드는 것이었습니다. 뭘까…. 왜 자꾸 내가 실패했다는 느낌이 드는 걸까…. 가방을 지켜내는 데 성공했음에도 왜 자꾸 실패했다는 느낌이 드는 걸까…. 그는 그날 새벽뿐 아니라 그다음 날에도, 그 다음다음 날에도 다시 새벽에 국경에 나와 여행객들의 빈틈을 살피면서 가방을 훔치려고 기웃거릴 것입니다. 그러다 언젠가는 가방을 훔치기도 하겠고, 또 언젠가는 가방을 훔치지 못하기도 할 것입니다. 그러나 훔친다거나 잃어버린다거나 하는 것보다 저는 중요한 뭔가를 놓치고 있다는 생각이 들었습니다. 도대체 무엇일까….

그의 한쪽으로 굽은 어깨와 절뚝이는 걸음걸이, 성공도 실패도 아닌, 훔치지도 잃어버리지도 못하는 그의 엉성해 보이는 모습이 자꾸만 잔상처럼 어른거렸기 때문인지도 모릅니다. 아레키파에서 보았던 트와일라이트 블루의 서늘한 냉기는 그 며칠 동안 제 가슴속을 샅샅이 휘젓고 다녔습니다.

우유니에서 만난 소년

우유니 사막에 가기 위해 저는 칠레의 파타고니아를 떠나 볼리비아의 우유니까지 들어왔습니다. 하지만 볼리비아에 들어올 무렵 시작된 운송 노조의 파업이 장기화되면서 저는 아무런 기약 없이 우유니에 대기해야만 했습니다. 운송 노조가 파업을 한다는 것은 지역 내의 모든 차량 운행이 중지된다는 뜻이었습니다. 우유니로 들어오는 차량이나 우유니를 나가는 차량 모두 운행이 중지되었고, 우유니 사막으로 나가는 투어 역시 중단되었습니다. 전 세계의 수많은 여행객이 이 우유니 사막을 보기 위해 남미 깊숙한 내륙까지 찾아왔건만, 정작 아무런 할 일 없이 도시를 배회할 뿐이었습니다. 우리는 모두 그렇게 우유니에 고립되었습니다.

우유니의 소금 사막 투어가 불가능해지자 사람들은 선택을 해야만 했습니다. 우유니를 어떻게든 떠나든지 아니면 무작정 기다리든지, 두 가지 선택 사항이 있었습니다. 저는 포토시에 들어가기 전까지 시간이 좀 있어 우유니에 남아 상황을 지켜보기로 했습니다. 아주 실낱같은 희망이었지만 혹시나 파업이 풀려 투어가 재개될지도 모르기 때문이었습니다. 아울러 남은 일생 동안 우유니에 다시 올 수 있을지 확신할 수도 없는 상황이었기에, 저는 이곳에서 기다리기로 선택했던 것입니다. 같이 우유니로 들어왔던 박 선생님은 우유니 사막 투어를 포기하고 밤에 몰래 운행하는 지프를 빌려 타고는 아르헨티나로 떠났습니다. 그렇게 우유니에 혼자 남은 저는 하릴없이 숙소에 머물면서 시간을 보내는 수밖에 없었습니다.

시간이 날 때마다 산책을 했습니다. 그러다 하루는 우유니에서 그나마 볼만하다는 기차 무덤에 가보았습니다. 기차 무덤은 우유니 시내에서 30여 분 정도 걸어가면 되는 가까운 곳에 있었습니다. 예전에는 분명히 우유니까지 기차가 운행되었지만 무슨 이유에선지 더 이상 기차는 달리지 않고 선로만 남아 있었습니다. 선로를 따라가다 도시 외곽에 이르면 기차 무덤을 만나게 됩니다. 녹이 슨 기차들이 한곳에 모여 있어 나름의 독특한 인상을 주는 탓에 우유니를 찾아온 사람들은 꼭 이곳에 들릅니다. 거침없이 사막을 질주하는 역동적인 기차의 이미지와 시절에 버림받아 메마른 사막 한가운데에서 녹슬어가는 현실 사이의 묘한 대비가 인상적이었습니다. 뼈대와 틀만 남은 기차의 겉면에는 사람들의 그림과 낙서가 가득했습니다. 그것은 마치 죽어가는 기차에 마지막 활력이라도 불어넣으려는 시도처럼 보였습니다. 제가 기차 무덤에 간 날에는 근처 마을에서 온 듯한

친구들이 기차 지붕 위에 올라가서 폭죽을 터뜨리며 놀고 있었습니다. 그렇게 세월의 무상함을 느끼게 해주는 기차 무덤에서 저는 한 시간 정도 머무르다 다시 우유니 마을로 돌아왔습니다.

우유니 시내를 거닐다 어느 건물의 모퉁이를 돌았을 때 저는 우연히 한 소년을 만나게 되었습니다. 소년은 휠체어에 타고 있었는데, 얼굴이 유난히 하얀 것으로 보아 여기 현지인이 아닌 듯 보였습니다. 휠체어라…. 아마도 몸이 불편한 모양이었습니다. 하지만 저를 바라보는 소년의 얼굴은 무척이나 즐거워 보였습니다. 소년은 저를 향해 무어라 말을 했습니다. 스페인어는 모르지만 그 소년의 밝은 얼굴은 눈에 선명하게 들어왔습니다. 뒤에서 휠체어를 밀던 여인이 저에게 말을 건넸습니다.

"아이가 당신을 너무 좋아해요. 그래서 말인데요, 혹시 아이와 함께 사진을 찍어주실 수 있나요?"

볼리비아에서, 아니 아마도 남미 대륙 전체에서 삿갓을 쓰고 두루마기를 입은 사람은 그 당시에 아마 저 혼자였을 것입니다. 호기심 많은 남미 사람들은 제 모습을 보고 하루에도 수차례씩 같이 사진을 찍자고 요청해왔습니다. 별 무리가 없는 이상 저는 같이 사진을 찍어주었습니다. 휠체어에 앉아 있는 소년은 제 삿갓을 신기하게 쳐다보았습니다. 소년은 제 삿갓을 한번 써보기를 원했습니다. 아마도 소년은 이런 삿갓을 영화에서나 보았을 것이고, 삿갓을 일상적으로 쓰고 다니는 사람은 일생에 처음 보았을 것입니다. 저는 삿갓을 벗어서 소년에게 씌워주었습니다. 소년은 사진을 찍을 때보다 더 신난 표정이었습니다. 그렇게 저는 소년과 사진을 찍고 숙소로 돌아왔습니다.

숙소로 돌아가 뒤늦게 우유니로 들어온 한국 친구들을 만났습니다. 모처럼 젊은 친구들을 만난 기쁨에 저는 친구들을 우유니에서 제일 맛있다는 피자집으로 데려갔습니다. 미리 인터넷으로 검색을 해보았는데, 우유니에 화덕 피자를 파는 식당이 하나 있었던 것입니다. 바로 미누테만 피자였습니다. 저와 마찬가지로 우유니 사막 투어를 하지 못해 이래저래 실망한 친구들을 위로하고자, 저는 친구들에게 저녁 식사를 대접하기로 했습니다.

피자집은 마치 미국 캘리포니아의 여느 피자 가게에 들어선 듯한 인테리어로 꾸며져 있었습니다. 메뉴도 열 종류 이상으로 많은 편이었습니다. 스몰 피자는 60볼, 라지 피자는 100볼 내외로, 한화로 치자면 만 원에서 2만 원 안쪽이었습니다. 볼리비아 물가를 생각하면 싼 편은 아니었지만, 그래도 화덕 피자라는 이점과 맛이 좋다는 평가를 믿어보기로 합니다. 한국 친구들에게 저녁 식사를 대접하기로 했으니 이 정도 가격이면 무난했습니다. 라지 사이즈 피자를 두 개 시키고, 파스타와 샐러드도 주문하니 양이 꽤 많았습니다. 여러 명이 나누어 먹어도 모자라지 않을 정도였습니다. 맛도 소문대로 훌륭해서 볼리비아 내에서 이처럼 맛있는 피자를 먹기는 힘들 것이라는 생각이 들 정도였습니다. 그렇게 친구들과 식사를 마치고 계산을 하려고 카운터로 향했습니다. 그런데 카운터에 있던 사장님이 제 돈을 받지 않고, 저를 뚫어지게 쳐다볼 뿐이었습니다. 그러고는 의미를 알 수 없는 미소를 지어 보였습니다. 무슨 상황인지 저는 이해되지 않았습니다. 사장님이 말했습니다.

"그분 맞지요?"

"네?"

"제 아들하고 사진 찍어주신 분요."

제가 영문을 몰라 하자, 사장님이 말해왔습니다.

"오후에 제 아들이 스님하고 사진을 찍었다고 계속 자랑했어요. 스님 모자도 써봤다고 무척이나 좋아했는걸요."

그제야 저는 휠체어에 탄 소년을 기억해냈습니다. 그 소년이 바로 이 피자 가게 사장님의 아들이었던 것입니다.

"제 아들에게 기분 좋은 오후를 선사해주셨으니까, 저는 맛있는 피자를 대접하는 걸로 보답하고 싶어요. 식사비는 받지 않도록 하겠습니다."

오랜만에 한국인 친구들을 만나서 식사 대접을 하고 체면 좀 차려볼까 했는데, 일이 생각처럼 되질 않았습니다. 갑자기 저녁 식사 대접을 받게 되어 저도 조금 어리둥절했습니다. 저는 한국 친구들과 함께 사장님께 감사 인사를 전했습니다.

"그런데요 스님, 혹시 시간이 되신다면 2층에서 지내고 있는 제 아들을 한 번만 더 만나주시겠어요? 아들이 그렇게 오후 내내 스님 얘기를 했는데 아마도 스님을 한 번 더 보면, 아들에게는 굉장히 기쁜 하루가 될 거예요."

사장님의 제안에 저는 선뜻 응하고 2층으로 올라갔습니다. 2층에 있는 소년의 방에는 오후에 보았던 여인이 같이 있었습니다. 소년의 엄마였습니다.

사실 피자집 사장님인 크리스는 보스턴 출신의 미국인입니다. 그는 세계 여행을 하던 중에 이곳 우유니까지 들어오게 되었습니다. 크리스는 이곳을 너무나 좋아해서 아예 우유니에 정착했습니다. 그러면서 본인의 특기를 살려 우유니에서 화덕 피자 가게를 열었습니다. 그러다 볼리비아 출신의 지금 부인과 만나 결혼도 하고 아이도 낳으면서, 이렇게 아예 현지인처럼 살아가고 있었습니다. 문을 열고 방에 들어서자 소년은 다시 해맑은 모습으로 기뻐했습니다. 이내 소년은 엄마에게 빨리 자신의 핸드폰을 달라고 말했습니다. 핸드폰을 받은 소년은 오후에 저와 함께 찍은 사진을 보여주었습니다. 저에게도 아빠나 엄마에게 했던 것과 마찬가지로 사진 자랑을 한 것입니다.

"사실 저희 아들은 선천적인 장애를 안고 태어났어요. 태어난 후로 지금까지 줄곧 침대나 휠체어 위에서 지내야만 했습니다. 지금 아들 나이대의 친구들은 거리를 뛰어다니며 노는데 아들은 그러지 못해 너무 안타까운 마음입니다. 그래선지 저는 아들이 기뻐하는 일이라면 무엇이든 해주고 싶어요. 그런데 아들이 스님과 찍은 사진 한 장으로 이렇게 기뻐하는 모습을 보니, 저 역시 무척이나 행복했습니다. 그래서 결심한 거예요. 만일 사진 속의 스님을 만나게 된다면 꼭 제가 만든 피자를 대접해드리고 싶다고요. 그런데 무슨 인연인지 오늘 스님이 저희 피자 가게에 오신 거예요."

인연이란 이렇게 참 묘합니다. 우연히 소년을 만났고, 사진을 찍었으며, 또 우연히 한국 친구들을 만나 밥을 사주고 싶어 했는데, 그 우연이 이 피자집으로 이어진 것이었습니다. 우연도 여러 차례 겹치면 결국 이렇게 인연이 되나 봅니다. 크리스가 말했습니다.

"아들이 석 달 뒤에 이탈리아 로마에 갈 겁니다. 로마 교황청에서 세계 장애 어린이들을 위한 미사를 여는데, 아들이 공식적으로 초청을 받았어요. 미사를 마치고 교황님과 따로 만날 일정도 있고요."

이에 제가 소년에게 말했습니다.

"그래, 얘야, 너는 교황님도 만나고 참 좋겠다. 스님은 교황님을 뵌 적이 한 번도 없거든. 난 니가 부럽구나. 교황님은 정말 대단하고 훌륭하신 분이기 때문이야. 교황님하고도 꼭 사진 같이 찍어, 알겠지?"

아들과 악수를 해가며 잠시간 대화를 나누었습니다. 그렇게 몇몇 대화가 오간 뒤 저는 아들의 방에서 마지막으로 사진을 찍었습니다. 크리스와 부인은 저에게 연신 고맙다고 말했습니다. 그렇게 저는 방문을 나섰습니다.

불편한 몸으로 평생 휠체어를 타거나 누워 있어야만 하는 소년, 그럼에도 그토록 해맑은 표정, 무언가 간절해 보이는 눈빛의 크리스, 순수하게 감사를 전달하는 부인 그리고 소년과 함께 즐겁게 웃으며 이야기하는 와중에도 가슴속으로 스며드는 먹먹함…. 아무래도 이 먹먹함이 가장 큰 이유였습니다. 저는 단지 소년이 원해서 사진을 찍어주었고, 간단한 이야기를 나누었지만, 소년을 위해 더 이상 그 무언가를 해줄 수는 없었습니다. 그래서 먹먹했습니다.

숙소로 돌아온 뒤에도 소년의 말간 얼굴이 기억에서 떠나질 않았습니다. 그러면서 저는 무척이나 마음이 무거워졌습니다. 좀 더 잘 놀아줄 걸, 하는 아쉬움 때문이었습니다. 왜 그런지 모르겠지만, 세계 일주를 하면서 이렇게 미안해지는 일들이 종종 가슴 깊이 다가오곤 했습니다. 저는 사람에 관심이 없는 줄로만 알았는데, 꼭 그렇지만은 않다는 생각도 언뜻 들었던 것입니다. 움직이지 못하는 소년의 다리와 그토록 밝은 얼굴이 유난히 잊히지 않아, 쉽게 잠을 이루지 못하는 밤이었습니다.

나는 사람들을 위해 무슨 일을 할 수 있겠는가…. 그렇게 고민이 많아지는 밤이었습니다.

축복인가 족쇄인가

우유니에 들어온 지 나흘째 되는 날, 저와 한국 친구들은 우여곡절 끝에 여행사를 하나 섭외해 반쪽짜리 우유니 사막 투어를 실행했습니다. 파업 때문에 모든 곳을 들르지는 못하고 중요한 몇 포인트만 갔다 오는 것으로 마무리하는 투어였습니다. 저를 포함한 열네 명의 다국적 여행객 모두 우유니가 처음이었습니다. 이 먼 곳까지 와서 사막 한번 가보지 못한다면 아쉬울 일이었지만, 그나마 사막에 가서 착시 사진도 찍고 나름대로 재밌는 시간을 보낼 수는 있었습니다. 파업 때문에 혹시나 사막에 가보지 못할지도 모른다는 우려가 커지다 보니, 이 변변치 못한 투어도 감사하고 즐거운 일이 되었습니다.

우유니 사막을 한 번이라도 가보았으니, 이제는 우유니 탈출이 저의 최우선 과제가 되어버렸습니다. 브라질 월드컵 일정은 이미 확정

우유니 사막의 소금 더미

되었고, 이 일정에 늦지 않으려면 저는 서둘러 우유니를 빠져나가야만 했습니다. 결국 다음 날 저는 포토시로 가는 외국인 친구 세 명과 합류하게 되었고, 가까스로 포토시까지 가는 차편을 구할 수 있었습니다. 그러나 파업에 참여하는 성난 대중 때문에 차편은 우유니 도심 안으로 들어오지 못했습니다. 결국 저희는 각자의 배낭을 메고 우유니 외곽까지 두 시간을 걸어나가야만 했습니다. 28킬로의 배낭을 메고 우유니를 빠져나오던 그 까마득한 밤길이 왠지 모르게 아쉬우면서 슬프기까지 했습니다. 극심한 교통 파업은 포토시에서도 여전했습니다. 승합차는 포토시 중심에서도 한참 먼 곳에서 멈췄습니다.

"승객 여러분들, 이제부터 걸어가셔야 해요. 저는 여기서 더 이상

앞으로 갈 수 없어요. 잘못하다가 파업 노조 사람들을 만나면 제 승합차를 부숴버릴 수도 있거든요."

세 시간여를 달려서 이렇게 포토시 근처까지 왔건만 저희에겐 선택지가 없었습니다. 승합차에서 내리고 보니 포토시로 향하는 도로에는 이미 많은 사람이 배낭을 메거나 캐리어를 끌고 혹은 머리에 짐을 이고 걸어가고 있었습니다. 이번에는 또 얼마나 오랜 시간을 걸어야 할지 알 수 없는 상태로 저는 한밤의 도로를 걸었습니다. 그렇게 한 시간쯤 걸었을까. 저는 운 좋게 택시 한 대를 만났습니다. 밤 늦은 시간, 더 이상 파업 노조 사람들이 활동하지 않는 틈을 타 택시 몇 대가 비밀스럽게 운행을 시작한 것이었습니다. 택시는 그렇게 네 명의 승객을 빼곡히 채우고 포토시 시내로 들어섰습니다.

해발 4,090미터에 자리한 포토시에는 세계 최대 규모의 은 광산이 있습니다. 저는 이 은 광산을 보기 위해 포토시에 왔습니다. 은 광산이 저의 관심을 끈 것은 순전히 〈문명〉 게임 덕분입니다. 게임 속에서 포토시라는 자연 불가사의는 은 생산으로 재정 수입에 10을 더해주는 엄청난 메리트를 가지고 있습니다. 포토시 은광은 제국을 운영하느라 늘 재정난에 허덕이는 저에게 매우 소중한 불가사의였습니다. 저는 기회가 닿을 때마다 항상 이 포토시를 제국의 영역 안에 귀속시키려 했습니다. 그렇기에 볼리비아에 온 지금이야말로 실제 포토시에 반드시 들러야 했습니다. 그리고 이곳에서 꼭 은 광산을 체험해보고 싶었습니다.

포토시Potosi라는 도시의 이름이 지니는 역사적 연원은 다음과 같습니다. 잉카 제국의 11대 왕인 우아이나 카팍은 신하들에게 포토시의 산에서 은을 캐오라 명령했습니다. 그런 왕의 명령에 따라 잉카인들이 은 광맥을 파려는 순간, 어디에선가 굉음과 함께 소리가 들려왔습니다.

"이 산에서 은을 가져가지 말라. 이는 다른 주인을 위한 것이다."

거대한 울림에 압도된 잉카인들은 왕에게 이와 같은 사실을 보고하고, 즉각 은 채굴을 중단했습니다. 고대 잉카 언어인 아이마라어에는 '우레와 같이 큰 굉음'을 뜻하는 포톡시Potocsi라는 말이 있는데, 아마도 이 굉음을 뜻하는 포톡시가 현재 포토시라는 도시의 이름으로 전해졌으리라 추측하고 있습니다.

자연에 대한 경외감과 신에 대한 믿음을 가진 잉카인들은 이렇게 은 채굴에 조심스러웠지만, 스페인 정복자들은 일확천금의 기회인 이 은 광산을 그냥 놔두지 않았습니다. 1545년, 그들은 은을 채굴하기 위해 포토시에 대규모 광산촌을 건설했습니다. 그리하여 1546년부터 1783년까지, 200년 남짓한 시간 동안 '부유한 산'이라는 뜻의 세로 리코Cerro Rico 광산에서 총 4만 5,000톤의 순은을 채굴해 갔습니다. 이는 당시 전 세계 은 생산량의 절반이 넘는 어마어마한 양이었습니다. 이 중 7,000톤은 스페인 왕가로 들어갔고, 나머지는 아시아, 인도와의 교역에 사용되었습니다. 이렇게 은 생산이 활성화되면서 1610년, 해발 4,000미터 고산에 자리한 이곳은 인구 16만 명이 밀집한 사치와 향락의 도시가 되었습니다. 그리고 이 은에서 비롯된 막대한 부는 스페인을 16~17세기 동안 세계를 제패하는 강대국으

세로 리코 산

로 만드는 데 커다란 역할을 했습니다.

그러나 이 풍요의 이면에는 스페인 정복자들이 안데스 원주민들을 강제로 징집하여 은을 채굴한 어두운 역사가 있습니다. 정복자들은 은 원석을 정련하는 데 수은을 사용했는데 정련 과정에 동원된 수많은 원주민이 수은 중독으로 목숨을 잃었습니다. 원주민들이 죽어 노역이 부족해지자 스페인 정복자들은 해마다 2,000명 정도의 아프리카 노예들을 이곳으로 데려와 안데스 원주민들의 부역 임무를 대체했습니다. 유럽 제국주의 시대, 상업과 무역이 절정을 이루던 그 시대의 이면에는 이렇듯 인디오와 아프리카인의 막대한 희생이 있었습니다. 그러나 18세기 이후, 세로 리코 광산의 은이 고갈되기 시작하면서, 당연히 은 생산량이 줄어들었습니다. 자연스레 도시는 점차 쇠락의 길을 걷게 되었습니다.

포토시 광산 투어는 한 광부의 제안에서 시작되었습니다. 세로 리코 광산은 포토시 광부들에겐 일터지만, 관광객들에겐 그들의 힘겨운 삶을 엿보고 간접적으로나마 체험할 수 있는 기회였습니다. 그리고 저는 이 광산 투어를 하기 위해 포토시까지 찾아온 것이었습니다. 포토시에 도착한 다음 날, 저는 가이드의 안내를 받아 광산 입구로 향했습니다. 그리고 광산 앞 가게에서 코카잎과 음료수 그리고 무려 순도 96도의 알코올을 샀습니다. 이것은 광산 투어 중 광부들을 만나면 줄 선물이었습니다. 이 도수 높은 알코올에는 순도 높은 은광석을 채굴하게 해달라는 광부들의 염원이 담겨 있었습니다. 광부들은 일을 시작하기 전에 갱도 입구 쪽에 마련된 대지의 신 파차마마와 지하의 신 엘 티오의 신전에 이 고순도의 알코올을 바치는 의례를 가집니다. 그리고 남은 알코올은 고된 노동으로 지쳐갈 때쯤 직접 마십니다. 광부들이 다람쥐마냥 볼에 한 움큼씩 집어넣고 다니는 코카잎은 고산의 갱도 안에서 지치지 않고 일을 하는 데에나 졸음을 쫓는 데 특효약이었습니다. 비교적 쌀쌀한 바깥 날씨와 달리 갱도 안은 35도를 웃돌았습니다. 광부들은 자주 음료수를 마셨습니다. 고된 노동으로 인해 땀 배출이 많기에 음료수를 통한 수분이나 당 섭취는 필수였던 것입니다.

저는 광부복으로 갈아입고 가이드를 따라 지하 갱도로 내려갔습니다. 밖의 시원한 공기와 달리 갱도 안은 정말 후덥지근했습니다.

고산이라 산소가 부족하다 느끼고 있었는데, 갱도 안은 더 심각한 수준이었습니다. 가이드는 부지런히 갱도를 오가며 광부들을 찾았지만, 저를 비롯한 다른 관광객들은 산소가 부족한 느낌에 중간중간 쉬면서 숨을 골라야만 했습니다. 지금이야 갱도의 어느 정도 깊은 곳까지 산소를 공급해주는 파이프가 들어와 있지만 수백 년 전에 이곳에서 일했을 당시에는 얼마나 척박한 환경이었을지 잘 가늠이 되질 않았습니다. 아프리카에서 자유롭게 지내던 원주민들이 노예로 팔려와 이곳 갱도에서 일하는 모습을 상상하니 고개가 절로 저어졌습니다.

갱도를 한 20여 분쯤 들어가다, 일하는 광부들을 여럿 만났습니다. 한 광부는 은광석이 함유된 돌덩이를 가득 실은 수레를 거의 뛰다시피 운반하고 있었습니다. 저 같은 경우 산소 부족을 느낄까 봐 일부러 조심조심 걷고 있었는데, 광부는 정말 거침이 없었습니다. 가이드가 광부에게 알 수 없는 말을 건네자, 광부가 순순히 고개를 끄덕였습니다.

"이 손수레 한번 끌어보실래요? 대략 60킬로 정도 되는 수레예요."

제가 손수레를 앞으로 밀어보려 했지만 쉽지 않았습니다. 내리막길에서는 그나마 수월해도 약간 경사진 오르막길에서는 아예 앞으로 나아가질 않았습니다. 광부가 저를 보며 씨익 웃었습니다. 저에게서 수레를 건네받은 광부는 이를 밀고 곧 어딘가로 사라졌습니다. 저와 비슷한 나이일 법한 광부에게 경외감이 느껴졌습니다. 조금 시간이 지나 광부가 다시 나타났을 때 저는 미리 준비한 음료수와 코카잎을 나눠주었습니다. 검댕이 묻은 새까만 얼굴이어도 환한 미소는 감춰지지 않았습니다. 광부는 감사하다는 말을 하고는 코카잎을 뱉은 다음, 그 자리에서 음료수를 벌컥벌컥 마셨습니다. 이어 새로운 코카잎을 입안에 한 움큼 집어넣었습니다. 그러고는 다시 자신의 작업으로 돌아갔습니다.

이렇게 지하 갱도를 한 시간 정도 돌아다니니 땀도 나고 힘도 빠졌습니다. 낯선 환경에 들어와 적응하지 못하는 것은 저뿐만이 아니었습니다. 다른 친구들도 모두 지쳐가는 기색이었습니다. 그렇게 갱도 한구석에서 쉬고 있을 때 가이드가 물었습니다.

"혹시 지하의 신인 엘 티오 신상에 가보고 싶지 않으세요?"

몸이 지쳤음에도 저는 그 엘 티오 신상을 꼭 한번 보고 싶었습니다. 투어에 참여한 사람 중 신상을 보고 싶어 하는 인원만 추려서 구석진 갱도 쪽으로 계속 들어갔습니다. 그리고 그 끝에서 다소 기괴한 모습의 신상을 만나게 되었습니다. 긴 뿔이 난 머리에 기다란 색종이들이 달려 있는 모습이었습니다. 신상 바로 앞에는 코카잎이 수북하게 쌓여 있었습니다. 일을 시작하기에 앞서 광부들이 신에게 바친 제물인 것입니다.

"사실 이 엘 티오 신은 안데스 인디오의 민간신앙에서 믿는 신이 아니었어요. 스페인 정복자들이 이곳 안데스 지하에서 일하는 인디오들에게 전파한 가톨릭 신이에요."

신상 뒤에 고순도의 알코올이 있었습니다. 광부들은 광석을 캐기 전 이곳에 와서 지하 신의 머리와 남근에 알코올을 뿌렸습니다. 이곳 사람들은 지하의 신 엘 티오와 대지의 신 파차마마가 왕성한 관계를 맺을수록 더욱 많은 양의 은을 이 세로 리코 광산에 만들어낸다는 전설을 믿고 있었습니다. 신상 앞에는 그들의 염원을 담은 고순도의 은광석이 놓여 있었습니다. 가이드가 저에게 이 은광석을 건네주었습니다. 고순도이니만큼 정말로 묵직한 무게가 느껴졌습니다.

그렇게 한 시간 반 정도의 광산 투어를 마치고 저희는 지하 갱도에서 빠져나왔습니다. 신선한 공기를 마신 뒤에야 비로소 바깥의 평범한 모습들이 새롭게 눈에 들어왔습니다. 분명히 이 갱도에 들어서기 전과 같은 햇살이었지만, 갱도에서 나온 뒤의 햇살이 더 밝고 깨끗하게 느껴졌습니다. 열악하기 짝이 없어 보이는 휴식처에 몇몇 광부들이 나란히 앉아 저희와 같이 오후의 햇살을 받고 있었습니다. 나이대도 20대에서 40대까지 다양했지만, 모두 여유가 있어 보였습니다.

현재 세로 리코 광산은 포토시 지역민들의 소유입니다. 주민들은 광물을 채굴하고 근처 공장에서 원석을 정련합니다. 인구 20만의 포토시에는 만여 명의 광부들이 남아 있었습니다. 그래도 다른 일보다 보수가 좋아 광산에서 일하려는 사람이 많다고 합니다. 그러나 단점도 있습니다. 오랜 세월 갱도에서 일을 하면 진폐증으로 고생해야만 했습니다. 그래서 이곳 광부들의 평균 수명은 일반인들보다 짧았습니다.

세로 리코는 애초에 그들 소유의 광산이었지만, 수백 년을 아껴온 은은 결국 거대한 음성의 예언대로 스페인 사람들에게 돌아갔습니

세로 리코 광산에서. 가운데 사진은 엘 티오 신상이다.

다. 어마한 양의 은이 채굴된 후, 이제야 세로 리코가 그들만의 광산이 되었지만 어쩐지 삶의 조건은 그다지 나아지지 않은 듯 보였습니다. 본래 이 은 광산은 원주민들에게 축복이었을 테지만, 정복자들의 침입으로 은 광산은 그들을 노예로 전락시킨 족쇄가 되어버렸습니다. 스페인 정복자들이 물러난 지금은 이 광산이 그들에게 다시 축복이 되어야 할 것이지만, 국제 정세에 따른 은의 가치 하락으로 예전과 같은 영광을 누리지 못하는 형국이 되어버렸습니다. 그래선지 광부들의 노동 환경이 무척이나 열악해 보였습니다. 다른 일보다 돈을 더 벌게 해준다는 점에서 축복인 듯 보이지만, 광부들에게 진폐증과 단명을 가져다준다는 점에서는 여전히 족쇄입니다.

문득 〈차마고도〉라는 다큐멘터리에 소개된 옌징 염전 여인들의 삶이 떠올랐습니다. 티베트 고산에서 채취하는 천연 소금은 그들의 삶을 지탱해주는 축복의 원천이었지만, 동시에 무거운 소금물을 매일같이 길어 올리고, 먼 곳으로 교역을 떠나야만 하는 고된 노동의 족쇄이기도 했습니다. 인간의 삶이란 이처럼 정반대로 보이는 축복과 족쇄의 묘한 조합이자 연속이라는 생각이 들었습니다. 축복으로 온 것 같지만 실제 삶에서 우리에게 고된 고통을 주고, 고역에서 벗어나고 싶지만 알고 보면 은이나 소금과 같은 은혜로운 자원도 없는 것입니다. 마냥 즐겁게 취할 수도, 고통스럽다고 버릴 수도 없는 이 아이러니한 삶이 세계 곳곳에서 공통적으로 확인되는 것이었습니다.

아이러니. 세계 일주를 하며 사람들의 삶을 지켜볼 때 가장 많이 떠올린 단어 중 하나였습니다.

꽃거지 한영준

2014년 6월 즈음, 남미를 여행하는 세계 일주 여행가들에게 꽃거지는 이미 유명 인사였습니다. 꽃거지가 남미를 여행하다 한 산골 마을에 들어가서 학교를 짓고 있다는 소문이 여기저기서 들려왔던 것입니다. 저는 페이스북을 통해 꽃거지와 친구가 되었습니다. 저는 포토시를 떠나 수크레로 찾아갔습니다.

수크레의 아파트에는 열 명에 가까운 자원봉사자가 꽃거지와 함께 지내고 있었습니다. 집이 크기는 했지만 화장실이 하나뿐이어서 많은 인원이 같이 지내기가 수월치는 않았습니다. 그럼에도 꽃거지가 학교를 짓는다는 소식이 알려지면서부터 남미 여행을 하는 친구들이 이곳 수크레로 하나둘씩 모여들기 시작하고 있었습니다.

사실 꽃거지는 학교를 짓기 전부터 전력이 있었습니다. 세계 일주를 하며 인연이 된 사람들에게 집과 농장을 이미 여러 채 지어준 적이 있었던 것입니다. 집과 농장을 지어주며 꽃거지는 뿌듯함을 느꼈습니다. 집을 지은 본인이나 집을 받은 당사자도 물론 기쁘지만 이를 지켜보는 다른 사람에게도 행복을 주는 일이라는 생각이 들었습니다. 이렇게 집 짓는 일에 나름 숙달되다 보니 이제 조금 더 큰 목표를 가지게 되었습니다. 그렇게 세계 여행을 하다가 볼리비아의 한 산골 마을인 포코포코에 가게 되었는데, 그곳에 학교를 짓기로 결심했던 것입니다. 물론 마을에 국립학교가 있었지만 교육 여건이 좋지 않았고, 학교 진학률도 무척 낮았습니다. 그래서 꽃거지는 교육 센터로서 희망꽃학교를 세우기로 결정했던 것입니다. 물론 꽃거지 혼자서 할 수 있는 일은 아니었습니다. 사람도 필요했고 돈도 필요했습니다. 그래서 꽃거지는 구걸을 했습니다.

"100원만 주세요, 학교 짓게요."

제가 꽃거지를 알게 된 첫 문구였습니다. 도대체 어떻게 100원으로 학교를 짓겠다는 생각을 했는지 궁금증이 일었습니다. 물론 100원은 최소 후원 금액이었고, 당시 1인당 만 원이 최대 기부 금액이었습니다.

"스님, 물론 후원 금액에 제한이 없었다면, 저는 여러 재력가나 종교 단체, 기업으로부터 후원을 받을 수 있었을 거예요. 실제로 여러 군데서 연락이 오기도 했어요. 그런데요, 저는 시간이 걸리고 노력이 들더라도, 이 개인 후원을 원칙으로 삼았습니다. 좀 더 많은 사람이 이 학교 짓는 일에 관심을 가지고 참여해주기를 바라는 마음에서요. 물론 후원 금액에 제한이 없었다면 좀 더 쉽고 빠르게 학교를 지을 수 있었겠지만, 그것은 제가 원하는 바가 아니었어요."

하지만 볼리비아의 산골 오지에 학교를 짓는 건 단지 후원금이 모인다고 가능한 일이 아니었습니다. 일을 해본 분들은 아시겠지만, 현지 주민들과 교류를 하면서 믿음을 기반으로 한 유대 관계를 형성하는 것도 중요한 일이었습니다. 그리고 학교를 짓는 데는 주민들의 도움도 필요했습니다. 왜냐하면 그들의 자녀들이 다니게 될 학교였으니 말입니다. 꽃거지는 이 과정이 어려웠다고 말했습니다. 지구 반대편에서 온 웬 동양인 여행자 하나가 학교를 짓겠다고 하니, 마을 사람들로선 의심이 들 수밖에 없었던 것입니다. 그러나 오랜 시간 주민들과 교류하면서 꽃거지는 결국 동의를 얻어냈고, 그들과 함께 학교 짓는 작업을 시작했습니다. 주민들은 시간이 날 때마다 공사 현장에 찾아와 일을 도와주었습니다. 그렇게 1년여의 노력 끝에 2015년 10월, 포코포코에 희망꽃학교가 개교하게 되었습니다.

하지만 학교를 세운다는 것은 건물만 짓는다고 끝나는 일이 아니었습니다. 학교가 학교로서 제대로 운영되려면 많은 관심과 노력이 필요합니다. 꽃거지는 스리랑카와 과테말라에서 여유 없는 사람들을 위해 집과 농장을 지어주기는 했지만, 완공 후 관리가 제대로 되지 않아 수포로 돌아간 경험을 한 바 있었습니다. 건물을 세우는 것이 의미 있는 게 아니라, 그 건물이 제대로 기능하고 사람들이 운용하게끔 체계를 마련하는 것이 더욱 중요한 일이었습니다. 꽃거지는 선생님을 구해야 했고, 학교 운영에 필요한 자재들을 구입해야 했습니다. 이뿐만이 아닙니다. 영양 결핍에 시달리는 산골 아이들에게 양질의 점심 식사를 제공해주었고, 가난 때문에 학용품과 생필품을 구할 수 없는 아이들에게 필요한 물품도 마련해주었습니다. 학생들이 지낼 기숙사도 지속적으로 유지하고 보수해야만 했습니다. 그리고 학교라면 갖추고 있어야 할 도서관까지 운영하려면 도서관 기물과 책 역시 필요했습니다. 교육이란 이처럼 하나의 거대하고도 지속적인 사업이었던 것입니다. 하지만 이 모든 일을 산골 오지 마을 사람들이 자력으로 해낼 수는 없는 일이었고, 볼리비아 정부의 지원도 기대할 만한 형편이 아니었습니다.

"사실 이런 문제들 때문에 고민을 많이 했어요. 사람들을 위해 집이나 농장을 지어주었지만, 결과적으로 실패한 경험 때문에 더 고민이 많았어요. 학교를 짓기는 했지만 운영이 더 큰 일이 되어버린 거예요. 그런데 학교를 짓고 아이들과 지내면서 정이 들어버려서 중간에 그만둘 수는 없었어요."

결국 꽃거지는 법인을 설립했습니다. 그리하여 2017년 12월 '사단법인 코인트리'가 만들어졌습니다. 그간 꽃거지가 보여준 활동상에 공감하고 소액 모금의 뜻을 응원하는 사람들이 몰려들었습니다. 물론 저도 그 후원자 중 하나였습니다. 수크레에서 꽃거지 부부와 봉사 활동을 하러 찾아든 친구들을 보며 이 젊은 친구들의 선의와 열정에 감동받았기 때문이었습니다. 사람들의 지원 덕분에 법인 차원에서의 해외 교육 지원 사업은 차츰 안정을 찾아갔습니다. 꽃거지의 활동이 알려지면서 그의 뜻에 공감하는 볼리비아 젊은이들도 생겼습니다. 의식이 깨인 이 젊은 친구들이 포코포코 마을에 찾아와 학교 운영에 든든한 지원군이 되어주기도 했습니다. 그리고 1년에 두 번, 학기가 시작되는 3월과 8월에는 학용품 원정대를 조직해 교통이 닿지 않는 마을의 학생들에게 학용품이나 응급약품을 지원해주었습니다. 이렇게 희망꽃학교가 알려지다 보니 여러 형편 때문에 교육의 혜택을 받지 못한 더 많은 어린 학생들이 이곳 학교에 다니길 원했습니다. 그래서 지금은 여건에 맞게끔 학교의 학생 수나 기숙사 인원을 차츰 늘려가고 있는 추세입니다.

10년입니다. 꽃거지가 사람들을 위해 살아간 지 10년입니다. 제 개인적인 관점이지만, 저는 10년 동안 같은 끈기를 보여온 사람들을 믿음으로 인정합니다. 이 끈기는 진정성의 끈기이기 때문입니다. 진정성을 갖추기도 어렵지만, 그보다 훨씬 어려운 것은 그 진정성을 10년 동안 유지하는 것입니다. 제가 꽃거지에게 감탄한 부분은 그토록 오랜 기간 진정성을 유지했다는 끈기에 있었습니다. 대부분 불합리한 일들을 겪거나 오해와 비난을 받게 되면 중간에 미끄러지고 맙니다. 그래서 일을 중간에 포기하게 되는 경우가 많습니다. 꽃거지 역시 그러한 일들을 수차례 겪었습니다.

"언젠가 치료가 필요한 아이가 수술을 받도록 도와준 적이 있었어요. 그런데 수술 후 부모가 사후 관리를 제대로 하지 못해서 병이 재발하고 말았어요. 상황이 그렇게 돼버리자 저에게 비난이 돌아오더라고요. 우리 아이 어떻게 책임질 거냐면서…."

분명 꽃거지는 억울하기도 하고 속상하기도 했을 겁니다. 하지만

봉사자들과 학교 짓기

욕망으로 가득 찬 이 중생계에서는 좋은 일을 하고도 비난받는 경우가 허다합니다. 그렇기에 말하는 것입니다. 좋은 일을 하는 것은 쉽습니다. 하지만 억울한 비난을 견뎌내는 일은 정말 어렵습니다. 이런 과정을 견뎌내게 하는 힘이 바로 자신의 진정성에 대한 믿음이고 끈기입니다. 옳고 그름을 분간하는 것은 누구나 합니다. 그러나 오해나 비난에 매이지 않고 진정성으로 끌고 가는 끈기는 누구나 가진 게 아닙니다. 이것을 저는 그 사람만이 가진 고유한 역량으로 보며, 꽃거지는 10년 동안의 삶을 통해 자신의 역량을 충분히 보여주었다고 생각하는 것입니다. 그리고 저는 어떤 사람이 10년의 끈기와 역량을 보여주었다면, 이유나 상황을 불문하고 그 사람을 믿습니다. 꽃거지는 제가 무조건 믿을 수 있는 그런 한 사람이었습니다.

사실 저는 꽃거지가 보여준 진정성과 끈기의 바탕에 즐거움이 있다는 사실이 좋기도 했습니다. 꽃거지가 산골 마을에 학교를 세우기로 결심한 이유는 물론 선의도 있었지만, 무엇보다 마을의 아이들이 좋아서였다고 말했습니다. 아이들과 노는 게 좋았고 아이들과 함께 시간을 보내는 게 좋았습니다. 그러다 보니 학교를 세울 마음이 났던 것입니다. 그런데 봉사 활동을 하는 사람들 중엔 간혹 상대에 대한 측은지심을 바탕으로 선의를 베푸는 경우가 있습니다. 또는 심리적 부채감이나 사명감 같은 것으로, 봉사나 희생을 의무나 당위 같은 것으로 여기는 경우도 더러 있습니다. 그러나 그러한 봉사는 무겁습니다. 제 개인적인 성향이나 취향이랄 수도 있겠는데, 저 역시 꽃거지처럼 무거운 봉사보다는 즐거운 봉사가 좋습니다.

그래선지 저는 '빈곤 포르노Poverty pornography'를 좋아하지 않습니다. 동정심을 극대화하여 무거운 것을 더 무겁게 만들고는 보는 이에게 심리적인 부채감을 더하는 모금 방식이 있는데 이것을 빈곤 포르노라고 부릅니다. 사람들에게 동정심을 이끌어내기 위해 열악한 상황을 인위적으로 과장해 보여주는 모금 방식입니다. 이를테면 에티오피아의 식수난을 강조하기 위해 어린 소녀에게 일부러 더러운 물을 마시게 하고 그 장면을 찍는다거나, 아동 노동의 열악한 실태를 고발하기 위해 아이를 일부러 강물에 빠뜨리고 촬영하는 방식입니다. 저는 개인적으로 이런 형태의 모금 광고들이 불편했습니다. 사람들의 머릿속에 부의 우열이라는 편견을 고정시키고, 감정적인 차원에서의 부채감을 통해 지원을 요구한다고 느끼기 때문입니다.

저는 봉사도 즐거워야 한다고 생각하는 편입니다. 의무감에 의해 무겁게 하는 봉사가 아니라 사람의 역량에 따라 스스로 즐기면서 자연스럽게 교류하는 형태의 활동이 되어야 한다고 생각하는 것입니다. 저는 빈곤 포르노가 보여주는 안타까운 영상이나 사진보다, 꽃거지가 아이들과 같이 사탕을 먹고 놀고, 건물 외벽에 페인트로 그림을 그리고, 수영장에서 신나게 노는 모습이 훨씬 좋습니다. 애들은 원래 즐겁기에 애들입니다. 그러나 빈곤 포르노는 어른이 본 '가난'이라는 시선의 기준으로 아이들을 불쌍한 존재로 규정해버립니다. 그런 아이들을 도와주지 않는다면 인간 본연의 의무를 저버리는 것이라는 식으로 호소하는 성향도 강합니다. 그러나 봉사가 동정심에서 우러난 숭고한 행위가 되어야 한다는 규정 같은 건 없습니다.

제가 생각하기에, 봉사는 같이 즐거워야 합니다. 즐거워야 아이들과 함께할 수 있고, 또 즐거워야 아이들과 오래 할 수 있습니다.

어찌 보면 수행도 봉사와 흡사합니다. 저는 극심한 고행의 과정만을 수행이라고 생각하지는 않습니다. 사람은 원하든 원하지 않든 고생을 하게 되어 있고 고행을 거치게 되어 있습니다. 고생이나 고행은 원하든 원하지 않든 찾아드는 인생의 필수 경험이자 과정입니다. 그러나 수행을 잘 하다 보면, 고생이 점차 잦아들고 고행의 강도 또한 줄어들어 심적인 여유가 생기고 편안해지기도 합니다. 그러할 때 수행자도 삶의 여유를 누릴 수 있습니다. 생각의 여유, 마음의 안정, 이런 것들이 수행의 미덕이랄 수 있습니다. 여유와 안정을 가질 적에 그 모든 상황과 대처가 지혜로워지게 됩니다. 하지만 수행에 편견을 가진 사람들은 수행이 '무거운 고통과 인내의 과정'이며, 그러한 모습과 삶만이 수행자의 삶이라고 믿는 경향이 강합니다. 물론 수행의 과정은 무거움이지만, 그 결과는 가벼움입니다. 무거운 번뇌를 줄여가면서 점차 지혜가 가볍게 나타나기 때문입니다. 삶의 무게감이나 실체감이 줄어들면서 가벼워진 마음으로 고정된 관념에서 벗어나 매사의 인연에 순조롭게 응하는 삶이 저는 진정한 수행이라 여기는 것입니다.

세계 일주를 마치고 한국에 돌아온 다음 해인 2015년 5월, 꽃거지 한영준과 그의 연인이었던 김경미 두 사람이 결혼식을 올렸습니다. 저는 경기도의 한 수목원에서 열린 야외 결혼식에 초청을 받았습니다. 스님이 되고 나서 처음으로 참여한 결혼식이었습니다. 목사님이셨던 영준 군의 어머님께서는 스님 한 사람이 결혼식에 참여한 것을 보시고는 "내 아들이 참 잘 살아왔구나" 하며 뿌듯해하셨다고 합니다. 당시 결혼식장 입구의 방명록에 저는 한 줄을 남겼습니다.

靜中動 動中靜(정중동 동중정)

'고요함 가운데 움직임이 있고, 움직임 가운데 고요함이 있다'는 뜻입니다. 이 말이 지니는 본연의 뜻을 모르면서도 무슨 이유에선지 저는 스무 살 때부터 입으로 이 말을 읊조리고 다녔습니다. 출가한 뒤 수행을 해나가다 나중에서야 이 뜻을 짐작이나마 하게 되었습니다. 풀 한 포기가 선연하게 푸른빛을 내보이거나, 풍경이 바람에 흔들려 말끔한 종소리가 울려 퍼지는 그 어느 순간에도, 이 고요함과 움직임은 결코 서로를 떠나지 않는다는 것을 확인하게 된 이후입니다. 저는 한영준과 김경미라는 사람을 통해서도 동動과 정靜을 느꼈습니다. 한영준이라는 한 젊은 청년의 열정적인 활동의 배경에서 고요함이라는 묵묵한 기반을 마련해준 사람이 바로 김경미라는 사람이라고 느낀 것입니다. 삶의 순간이나 일의 모습에만 동과 정이 있는 게 아닙니다. 사람과 사람 사이의 인연에도 이렇게 동과 정이 있는 것이었습니다. 바로 한영준과 김경미처럼 말입니다.

한 친구의 독특한 세계 일주

볼리비아 수크레를 떠나 저는 여행 일정에 없던 산타크루스로 향하게 되었습니다. 산타크루스 동편에 있는 작은 도시 산마티아스가 브라질 국경과 맞닿아 있기 때문이었습니다. 저는 브라질 월드컵 축구 경기 본선 조별리그 1차전과 2차전 관람 티켓을 이미 석 달 전에 예매해놓은 상태였습니다. 사실 한국에서는 축구 경기를 단 한 차례도 구경해본 적이 없지만, 인생에서 처음 보게 된 축구 경기가 바로 월드컵이었습니다. 그것도 한국과 지구 반대편에 있는 브라질의 쿠이아바라는 도시에서 조별리그를 직관하게 된 것입니다. 그러나 월드컵이 다가오자 항공권 비용이 천정부지로 치솟았습니다. 볼리비아 수크레에서 산타크루스까지 가는 비행기표는 싸게 구했지만, 월드컵을 며칠 앞둔 시점에 쿠이아바까지 가는 비행깃값은 이미 몇 주 전부터 수십만 원을 훌쩍 넘었습니다. 그래서 저는 다소 시간이 걸리더라도 육로로 브라질에 들어가기로 결정했던 것입니다. 산타크루스에서 국경으로 향하는 버스를 타고, 국경에서 한 시간 정도 대기한 후에 저는 드디어 브라질로 재입성하게 되었습니다.

저녁 8시 즈음이 되어, 저는 브라질 국경에서 그나마 가까운 카세리스라는 자그마한 도시에 들어갔습니다. 그러나 터미널에서 확인해보니 쿠이아바로 향하는 막차는 이미 떠난 지 오래였고, 첫차는 다음 날 아침 7시에나 탈 수 있었습니다. 하는 수 없이 터미널 근처의 숙소를 알아보기 위해 밤거리를 거닐었습니다. 그런데 길 건너편에서 누군가가 저를 보고는 헐레벌떡 뛰어왔습니다.

"혹시 한국 스님 아니세요?"

저와 같은 루트로 볼리비아에서 쿠이아바로 들어가는 한국 친구였습니다. 이 친구 역시 월드컵 조별리그 경기를 보려고 육로를 통해 국경을 넘어온 것이었습니다. 이런 이역만리 타지에서 한국인을 만나니 반가워서 저는 이 친구와 함께 식당으로 향했습니다. 그곳에서 식사를 같이하며 이런저런 이야기를 나누었습니다.

친구는 처음에는 저를 한국 스님이 아니라고 생각했다고 합니다. 아무리 생각해보아도 한국에서 수행해야 할 스님이 이 먼 곳 브라질의 국경도시까지 올 이유가 없다고 생각한 것이었습니다. 생각해보면 저 역시 버스 안에서 이 친구를 봤을 때 한국인이라고는 생각하지 않았습니다. 한국인에게는 한국인만의 독특한 아우라가 있는데, 이 친구처럼 곱슬 파마머리를 한 20대 중반의 한국 남자는 흔치 않왔던 것입니다. 이 친구 역시 세계 일주를 하는 중이었습니다. 세계 일주에 관한 여러 가지 이야기를 나누다가 저는 이 친구에게 아주 놀라운 말을 듣게 되었습니다.

"그런데요 스님, 제가 세계 일주를 하는 가장 큰 목적이 뭔 줄 아세요?"

"글쎄, 모르겠는데…."

"제가 여행하는 모든 나라의 여자와 하룻밤을 자는 거요."

식당에서 저는 그만 어이가 없어 웃어버리고야 말았습니다. 친구의 세계 일주 목적이 참 유별나기도 했지만, 그 유별난 목적을 노골적으로 밝히는 것도 신기했습니다.

"스님, 남자들이란 다 똑같아요. 될수록 많은 여자랑 자고 싶은 게 남자들의 속내예요. 그런데 다들 저처럼 솔직하지 못한 것뿐이죠."

주장과 사실은 그래도 구분해야 한다고 생각하는 편이지만, 저는 이 친구의 주장에 호기심을 느껴서 그냥 들어주기로 했습니다. 사실 보통 세계 일주를 한다면 나름대로의 목적이 있습니다. 각 나라의 문화를 체험한다든가, 그 나라의 친구를 사귄다든가, 성지를 순례한다든가, 언어를 배운다든가, 댄스나 레포츠를 중점적으로 즐긴다든가 같은 자신만의 목적을 갖기 마련입니다. 저 같은 경우 세계 곳곳의 불교인을 만나고, 〈문명〉 불가사의 유적을 직접 탐방하고, 외국에 있는 한국 사찰에 들러보고 싶다는, 스님으로서 갖는 몇몇 독특한 목적이 있었습니다. 그렇다고 해서 이 목적을 이루는 데 모든 시간을 할애하는 것은 아닙니다. 보통의 배낭여행자처럼 각 지역의 유명한 여행지에 들르고, 고유한 음식을 먹어보고, 해변에서 여유를 즐기기도 하고, 아름다운 풍광을 카메라에 담기도 했습니다. 하지만 이 친구는 독특했습니다. 자신의 세계 일주 목적이 모든 나라의 여자와 잠자리를 가지는 것이었습니다. 그 누구에게도 들은 바 없고, 그 누구도 말하지 않는 목적이었습니다.

"그래서, 성공은 했어?"

친구는 눈을 질끈 감고는 고개를 저었습니다. 원대한 포부와 달리 결과는 비참하기 짝이 없었습니다. 저는 친구의 절망적인 결과에 아랑곳없이 식당이 떠나가도록 웃었습니다.

"혹시 너 못생겨서 실패한 거 아니야?"

그러자 친구가 발끈했습니다. 다소 미안하지만, 이야기를 나누며 저는 이 친구가 좀 많이 못생겼다고 생각하던 중이었습니다.

"물론 제가 잘생긴 건 아니지요! 그렇다고 못생긴 것도 아니에요!"

어디선가 들었는데, 이는 세상 모든 남자의 평균적인 사고방식이었습니다.

"스님, 중요한 건 외모가 아니에요. 저는 자신감도 넘치고 에티켓도 좋아요. 외국 여자들을 만나서 돈을 쓰는 게 아깝지가 않거든요. 물론 여자와 좋은 시간을 보낸다는 최종 목적을 위해 쓰는 작업용 돈이지만요. 사실 저 혼자 지내면 먹는 데 돈 쓰는 것도 아까워서 뭘 잘 사 먹지도 않아요. 근데 여자를 유혹하기 위해서는 그럴듯한 식사 대접도 하고, 좋은 카페에도 가고 그래요. 그런데도 제가 여자를 못 꼬시는 큰 이유가 하나 있어요. 그게 뭔지 아세요?"

"글쎄, 아직도 잘 모르겠는데…."

"말빨요, 말빨. 하…. 제가 스페인어만 할 줄 알았어도 이미 여자 수십 명은 녹였을 거예요. 그런데 제가 이 스페인어를 못 해요!"

녹인다는 친구의 표현이 너무 재밌어서 저는 그만 자지러지도록 웃고 말았습니다.

세상에는 정말 독특한 형태의 삶과 사람이 있다는 걸, 마주 앉은 이 친구에게서 확인하니 어떤 면으로는 즐겁기도 했습니다. 보통 사람들이라면 부끄러워서 꺼내지 못할 말도 이렇게 뻔뻔하게 하고 있으니, 의외로 이 친구에 대한 호감도가 커졌습니다. 남미를 여행하며 국제적인 카사노바가 되어 그 성공담을 자랑하는 멋진 수컷이 아니라, 언어의 장벽 앞에서 번번이 무너지고 실패만 반복하는 이 가련한 곱슬머리 친구에게 저는 어떤 의미에서 측은지심이 느껴지기도 했던 것입니다.

친구에게 어디서 잘 거냐고 물으니 그냥 터미널 의자에 앉아 밤을 새우겠다고 합니다. 여자에게 작업을 걸기 위해 돈을 아껴야 한다는 것이었습니다. 저는 또다시 웃어버리고야 말았습니다. 초지일관하는 저 의지와 태도가 경외스러웠습니다. 결국 저는 터미널 근처에서 그나마 싼 트윈룸을 잡았습니다. 침대 하나는 친구에게 주기로 했습니다. 아무리 돈을 아낀다 해도 체력은 중요한 것이고, 잠이라도 말끔하게 잔 생생한 얼굴이어야 그나마 여자에게 잘 보일 수 있으니 말입니다. 친구는 정말 그래도 되겠냐며 저에게 두어 차례 되물었지만, 제 호의를 거절하지는 않았습니다.

아침이 되어 우리는 쿠이아바에 가는 버스를 같이 탔습니다. 그리고 쿠이아바에 도착해 헤어졌습니다. 그렇게 친구와 헤어진 뒤 저는 생각했습니다. 이 친구의 세계 일주 목적이 과연 옳은 것일까. 솔직히 저는 잘 판단할 수가 없었습니다. '모든 사람의 생각은 존중받아야 한다'라는 식의 막연한 주장이라기보다는, 그 목적의 옳고 그름이 그다지 중요한 것처럼 보이지 않았던 것입니다. 의도나 목적을 향한 열정과 순수함이 어떠하든, 친구는 어떤 방식의 결과를 만나게 될 것입니다. 그런데 아무래도 지금껏 그래왔듯 여성을 유혹하는 데 대부분 실패할 것으로 보였습니다. 친구는 못생겼고, 스페인어를 하지 못했고, 그렇기에 말빨을 발휘할 가능성도 없었습니다. 하지만 여자 유혹하기에 실패한다고 해서 그것이 완전한 실패를 뜻하는 것만은 아닐 것이라는 생각이 들었습니다.

비록 자신의 주요 목적 달성에 실패한다 하더라도, 이 친구 또한 여타의 여행자들과 마찬가지로 세계 곳곳을 돌아다니며 여러 사람을 만나 대화도 했고, 파타고니아 산맥을 트레킹 하기도 했고, 해변에서 시원한 맥주도 마셔봤고, 유명한 역사 유적지도 구경했고, 저와 마찬가지로 월드컵 조별리그 경기를 보러 쿠이아바까지 왔으며, 한국에서 온 웬 스님과 이런저런 재밌는 대화를 나누기도 했습니다. 다만 주목적이 독특하고 굉장히 솔직한 친구였을 뿐이지, 실제로 여행하는 모습이나 시간 할애를 보면 일반 여행자와 크게 다를 바가 없었습니다. 주목적이 어떠하든 간에, 친구나 저는 일반적인 여행자로서 비슷한 여행을 해나가고 있는 것이었습니다.

친구는 여행의 주목적에 실패할 것입니다. 분명히 그러할 것입니다. 그렇다고 해서 이 친구가 여행에 실패했다고 말할 수 있을까요. 주목적이 실패했다고 해서 여행 전체가 실패했다고 말할 수는 없습니다. 구체적인 목적에는 성공과 실패가 있을지언정, 여행 자체에는 성공과 실패가 없기 때문입니다. 오히려 특정한 성공과 실패의 경험들이 여행과 삶을 이루고 있다고 해야 할 것입니다. 성공한다면 하나의 즐거운 경험이 되겠지만, 실패한다 해도 나름의 쓰라린 경험이 됩니다. 사람이란 이처럼 즐겁고 쓰라린 경험들을 통해서 성숙해지고 배워나가는 것이라고 저는 믿고 있습니다. 어느 특정한 일의 성공과 실패 자체가 중요한 것이 아니라, 이 성공과 실패라는 결과를 통해 나오는 성찰과 변화에 더욱 큰 의미를 부여하는 것입니다. 간혹 누군가는 어떠한 시도를 하기 전에 저에게 먼저 조언을 구해오는 경우도 있습니다. 성공이나 실패 여부를 묻는 경우도 많았습니다. 그럼 저는 간결하게 대답합니다.

"한번 해봐. 무엇이든 겪어내면 뭐라도 배우겠지."

어떤 특정한 순간이나 특별한 경우에는 언뜻 성공과 실패가 있는 것처럼 보일 수도 있습니다. 하지만 수년이 지나고 혹은 수십 년을 살아가다 보면, 우리가 성공과 실패로 단정 지었고, 그리하여 한없이 기뻐하고 끝없이 낙담하기도 했던 그 모든 경험이 삶이라는 거대한 흐름을 위해 필요한 인연이었음을 알게 되는 경우가 참으로 많습니다. 성공과 실패 모두 필요합니다. 누구나 성공과 실패의 순간에 일희일비할 것입니다. 하지만 그 순간이나 결과에서 한 발짝 떨어져서

'그래 상황이 어찌 변하나 보자' 하고 남 일 대하듯 자신의 눈앞에서 펼쳐지는 일들을 지켜보는 것도 좋은 일이라는 생각을 하게 됩니다.

친구의 나이는 스물다섯. 살아온 날보다 앞으로 살아갈 날이 훨씬 많습니다. 물론 허황되고 어리석은 여행의 목적이었습니다. 하지만 저는 친구의 이런 어리석은 생각만으로 그 친구의 삶을 평가하고 단정 짓기보다는, 이 경험을 통해 앞으로 펼쳐지게 될 삶의 흐름과 변화에 더욱 많은 관심과 기대를 갖고 있습니다. 그 누구도 모릅니다. 이 친구가 앞으로 어떠한 미래를 살아갈지 말입니다. 이렇게 생각하며 저는 오랜만에 이 친구를 위해 기도했습니다.

'부디 이 친구가 만나는 여자마다 유혹에 실패하게 해주세요.'

내가 못 하는 거 남이 하는 게 억울하고 부러워서라기보다는, 실패를 통해 얻은 성찰과 변화가 삶의 경험으로 훨씬 값지다는 인생 선배로서의 조언입니다. 그런데 저의 이 순수한 의도를 믿어줄 사람이 있을지는 잘 모르겠습니다. 그래도 저는 정성 들여 기도했습니다.

'무조건 실패하게 해주세요….'

무조건 실패하게 해주세요.

승려의 품격은
바람과 함께 날려보내고,
오직 점프 인증샷만 남았습니다.

브라질에서 브라질 월드컵을 보는 일

'인생은 아이러니'라는 말이 있습니다. 세상의 수많은 사람의 삶에는 다채로운 아이러니가 있습니다. 저에게도 물론 아이러니가 많습니다. 대표적으로 저는 돌아다니는 것을 좋아하지 않는데, 세계 일주를 했다는 아이러니가 있습니다. 천성인지 뭔지, 저는 그냥 한곳에 머물며 정해진 스케줄에 따라 똑같은 하루하루를 지내는 삶에 굉장히 만족하는 편입니다. 그럼에도 저는 매일매일이 다를 수밖에 없는 세계 일주를 했던 것입니다. 이것이 아마도 제 인생에 있어 가장 큰 아이러니가 아닐까 합니다.

또한 저는 운동을 좋아하지 않지만 운동선수로 뛰었다는 아이러니가 있습니다. 학창 시절 저는 육상을 꽤 잘하는 편이어서 시市 체전에 나가 몇 개의 금메달을 땄습니다. 그런데 사실 저는 뛰는 것을 좋아하지 않습니다. 사실 육상을 좋아한다기보다는 몸을 극한까지

내몬 상태에서 내 몸이 과연 어떻게 변화하는지 지켜보는 것에 더 관심이 있었습니다. 거친 호흡 뒤에 따라오는 몸의 변화를 느끼며 관찰하는 것이 좋았습니다. 저는 운동선수로 뛰었으되 정작 운동 경기를 관람한 적은 단 한 번도 없었습니다. 저에게 스타디움은 운동을 하는 곳이었지, 누군가의 경기를 지켜보기 위해 가는 곳이 아니었던 것입니다.

축구도 마찬가지였습니다. 친구들과 동네에서 축구를 하기는 했으되, 축구 경기를 지켜보는 것을 좋아하지는 않았습니다. 축구 경기를 직관한 적이 단 한 번도 없을뿐더러, 텔레비전이나 인터넷에서 어쩌다 경기 하이라이트만 스치듯 보는 수준이었습니다. 이토록 축구에 관심이 없던 제가 축구 경기를 보겠다고 남미 대륙 서편에서 몇 날 며칠 동안 비행기와 버스를 타고 다시 브라질로 들어간 것도 어찌 보면 거대한 아이러니입니다. 생애 처음으로 축구 경기를 직관하러 경기장을 찾은 것인데, 우연인지 뭔지 그 경기가 바로 월드컵 본선 조별리그였습니다. 2014년 6월, 제20회 브라질 월드컵이 열렸습니다. 그 시절, 저는 러시아와의 조별리그 1차전 경기를 보기 위해 브라질 내륙의 쿠이아바라는 도시로 향했던 것입니다.

당시 월드컵 성수기를 틈타 항공권과 숙박료가 사정없이 치솟고 있었습니다. 다행히 저는 미리 이런 사태를 예상해 싼 가격에 브라질 내 항공권을 구매해놓았고, 에어비앤비로 아주 저렴한 숙소를 예약해둔 상태였습니다. 저와 마찬가지로 축구 경기를 직관하러 쿠이아바로 오는 친구가 있었는데, 그 친구와 나누어 쓰기 위해 침실

이 두 개 있는 집을 이미 한 달 전에 계약해놓은 것이었습니다. 그런데 경기 날이 가까워지면서 쿠이아바 내의 모든 숙소 가격이 터무니없이 뛰고 있었습니다. 침대 16개가 모여 있는 부실한 도미토리에서 하루 묵는 데 무려 50~60달러나 했습니다. 개인 방은 1박에 200달러를 넘나들고 있었습니다. 그런데 제가 계약한 주택가의 집 한 채는 4박에 총 270달러였습니다. 청소비를 따로 낸다 해도 300달러 남짓한 금액이었습니다. 킹사이즈 침대가 놓인 방 두 개에 거실과 부엌이 딸린 집 한 채가 하루에 75달러 수준밖에 하지 않았던 것입니다. 정말 특급 예약이었습니다.

그런데 재미난 일이 벌어지기 시작했습니다. 경기 날이 가까워지자 같이 지내기로 한 친구에게서 메시지가 날아왔습니다.

'저기요 스님, 저 아르헨티나 부에노스아이레스에 있는데요, 여기에 축구 보러 가는 다른 동생 하나가 있는데, 이 친구가 숙소를 구하지 못해서 걱정하고 있어요. 그래서 말인데요, 혹시 괜찮으시면 스님이 마련한 집에서 친구도 같이 지내도 될까요? 동생은 거실 소파에서 자도 상관없대요.'

아마 동생이라는 친구는 쿠이아바의 숙소 가격을 알아보고 기겁했을 것입니다. 숙박비가 점차 오르는 듯싶더니 급기야 경기 전날에는 엉성한 도미토리 침대 하나가 80달러에 육박했습니다. 한번 웃고 저는 같이 집으로 찾아오라고 메시지를 보냈습니다. 그런데 며칠이 지나자 또 메시지가 왔습니다.

'저기요 스님, 여기 조별리그 경기 보는 다른 친구 하나가 있는데

요, 이 친구도 쿠이아바에 숙소가 없어서….'

결국 제가 예약한 숙소에서 저를 포함해 한국인 다섯 명이 함께 지내게 되었습니다. 각 방에서 두 명씩 자고 한 명은 거실 소파에서 잠을 잤습니다. 다섯 명이 하루 75달러 집에서 같이 지냈으니 계산해보면 한 명당 하루 15달러의 비용으로 숙박을 하게 된 것이었습니다. 월드컵 특수 기간에 가성비도 이런 가성비가 없을 것이었습니다. 집에 따로 부엌이 있어서 식사도 직접 해 먹을 수 있었으니 금상첨화였습니다.

경기를 며칠 앞두고 쿠이아바의 거리에는 생기가 넘쳐났습니다. 시내의 공기에 마치 흥분 입자가 떠다니는 듯 도시 전체가 들썩였습니다. 수많은 외국 관광객이 거리를 활보하고 있었고, 이번 월드컵을 연 브라질 시민들은 삼바축구의 상징과도 같은 노란색 티셔츠를 입고 다니며 거리를 환하게 밝히고 있었습니다. 대형 전광판을 설치해 축구 경기를 단체로 관람할 수 있게 만들어놓은 팬페스트 현장은 아예 노란 물결이었습니다. 브라질 국기를 양손에 펼치거나 몸에 휘감는 것은 예사였고, 심지어 승용차의 보닛을 대형 국기로 감싼 차량도 있었습니다. 인터넷으로 예약한 관람 티켓을 수령하러 판타나우라는 쇼핑몰에 가니 마스코트 인형이 저희 일행을 반겨주었습니다. 마침 취재차 나온 언론에서는 한국에서 온 다섯 명의 축구 팬이라며 저희 사진을 신문 1면에 실어주었습니다.

러시아와의 경기 당일, 경기장 주변에 생각보다 많은 한국 응원단이 모여들었습니다. 한결같이 붉은색 티셔츠를 입은 한국 응원단은

estacionamento

Copa 2014

CUSTO DE R$ 350

Fifa ainda vende ingressos para 2 jogos em Cuiabá

Assentos disponíveis estão localizados nas laterais do campo

코스프레와 페이스 페인팅으로 멋을 부렸습니다. 붉은 악마 응원단은 미리 준비해온 응원 도구를 가지고 노래와 함성으로 경기장 주변을 떠들썩하게 만들었습니다. 때때로 러시아 응원단과 응원 경쟁을 벌이며 긴장감을 조성하기도 했습니다. 이런 현장에 와본 적이 없던 탓에, 저는 이토록 열광하는 사람들의 모습을 조금은 떨어져서 흥미롭게 지켜보았습니다. 제 승복은 회색이어서 붉은 행렬에 끼지 못하기도 했습니다. 하지만 경기장 입장 전부터, 삿갓을 쓰고 두루마기를 입은 제 모습을 본 많은 사람이 같이 사진을 찍자고 요청했습니다. 그들에게 저는 소림사 영화에서나 보았던 쿵후 무술인이거나, 일본 영화에 나오는 자객이었던 것입니다. 그렇게 몰려든 사람들 때문에 30여 분 정도 사진을 찍었습니다. 한껏 상기된 사람들을 상대하느라 약간 정신이 없기도 했습니다. 그런데 개중에 제 삿갓을 훔쳐 쓰고 달아나는 술 취한 러시아 말썽쟁이들도 있었습니다. 하는 수 없이 저는 이 '써글 놈들'을 잡느라고 품위를 내던지고 두루마기 휘날리며 경기장 밖을 몇 분간 뛰어다니기도 했습니다. 술 취한 난동꾼들과 동양의 선승이 추격전을 벌이니, 사람들이 카메라 셔터를 수도 없이 눌러댔습니다. 그러나 품위고 뭐고, 저는 제 소중한 삿갓 친구 차경을 찾아와야만 했습니다.

러시아와의 첫 경기는 이렇다 할 만한 흥미진진한 상황이 펼쳐지지 않은 다소 밋밋한 경기였습니다. 저는 그간 정교한 패스와 멋진 골을 하이라이트로만 봤었기에, 경기 전반의 플레이가 약간은 지루하게 느껴졌습니다. 조직적이고 날카로운 플레이만 기대했던 저는 전

형적인 '축알못'이었습니다. 사실 저는 승패의 결과보다도 경기의 현장을 한번 체험해보고 싶었습니다. 그것이 이 월드컵을 보러 온 큰 이유였습니다. 이역만리 타국까지 온 사람들이 과연 어떤 열기와 바람을 가지고 경기를 응원하고 지켜보는지, 이 현장의 느낌을 체험해보고 싶었던 것입니다.

생각해보니 예전에 일생에 꼭 한 번은 이 월드컵 축구 경기를 직접 가서 봐야겠다고 결심한 적이 있습니다. 그때가 바로 모든 한국인에게 가장 큰 환희와 감동을 선사한 2002년 한일 월드컵 때였습니다. 수많은 접전 끝에 한국 축구팀은 예상을 깨고 4강에까지 오른 쾌거를 이루어냈습니다. 아마 이 기록은 앞으로도 쉽게 깨지지 않을 것입니다. 브라질 월드컵 당시의 대표팀 전력이 2002년에 비해 많이 부족하다는 평가가 있었지만, 그래도 저를 비롯한 많은 사람은 여전히 2002년의 영광을 또렷하게 기억하고 있었고, 다시금 그 환희가 재현되기를 은연중에 기대하고 있었는지도 모릅니다.

그러면서 한 가지 생각이 났습니다. 예전에 제 친구 하나가 질문을 해온 적이 있습니다. 그는 틱낫한 스님이 주석하고 계신 프랑스의 플럼 빌리지에서 지냈을 때가 자신의 인생에서 가장 행복했다고 말했습니다. 당시 플럼 빌리지에서는 모든 사람이 친절했고, 순간순간이 아름답고 정밀했으며, 마음은 이를 데 없이 편안했다고 합니다. 그러면서 친구는 그때와 같은 행복감을 얻을 수 있는 절이 한국에 있느냐고 저에게 물어왔습니다. 저는 생각하고 말 것도 없이 그런 곳은 없다고 답했습니다.

사실 그것은 장소의 문제가 아니기 때문입니다. 질문할 당시 심적으로 다소 힘든 상황에 있었던 이 친구가 곧장 플럼 빌리지에 들어간다 해도, 결코 과거와 똑같은 밀도의 행복을 느낄 수는 없었을 것입니다. 나의 상황이 변했고, 이 상황을 대하는 나의 마음도 변했습니다. 오랜 시간이 흘렀으니 플럼 빌리지도 변했을 것입니다. 이토록 모든 것이 변한다는 진리 앞에서 사람은 과거와 기억에 매달립니다. 기억이 변하지 않기를 바라며, 과거의 행복과 만족이 지금 눈앞에서 재현되기를 원하는 것입니다. 어찌 보면 이것이 사람이 가지는 집착과 욕망인데 말입니다.

저 역시도 어떻게 보면 그러한 욕망을 가진 한 사람이었는지 모릅니다. 많은 것을 기대하지는 않았으되, 그래도 한국팀이 좀 이겨주었으면 하는 기대를 한 것이 사실입니다. 그러나 이 거대한 흐름으로서의 삶은 우리의 욕망에 호된 일갈을 선사해주었습니다. 한국팀은 브라질 월드컵 조별리그에서 세 번 경기를 치른 끝에 곧장 탈락했습니다. 이 경기를 보면서 삶이란 우리에게 성공보다는 실패를 통해서 더 많은 가르침을 선사해준다는 생각이 들었습니다. 과거에 매이지 말라고, 기억에 붙들리지 말라고 말하면서 말입니다. 결국 탈락이 선사해주는 가르침을 받아들고 저는 욕망을 가라앉힌 삶의 흐름 속으로 들어가기로 했습니다. 지금은 여행이 저의 삶이었고, 이동이 저의 자연스러운 흐름이었습니다. 그렇게 저는 월드컵 열기가 한창인 브라질의 리우데자네이루를 뒤로 하고 비행기에 몸을 실었습니다. 이제 페루에서 여행을 다시 시작할 것입니다.

가만히 바라만 보고 있었습니다

페루의 우아라스는 해발 3,500미터에 있는 고산 도시입니다. 이 고산도시에서는 파스토루리 빙하 트레킹과 69호수 트레킹이 유명한데, 빙하는 이미 아르헨티나에서 숱하게 보고 올라온 터라 69호수 트레킹을 하기로 결정했습니다. 하지만 고산지대인 만큼 결코 쉬운 트레킹은 아닙니다. 69호수 트레킹은 해발 3,900미터에서 시작해 호수가 있는 4,600미터까지 올라가야 하는 코스였던 것입니다. 만일 고산병 증세가 있다면 다소 무리가 될 수 있는 트레킹이지만, 오랜 기간 남미의 고산에 머물며 적응이 되었다는 판단에 저는 가벼운 마음으로 트레킹에 임했습니다. 버스에서 내려 공원 입구로부터 세 시간을 걸어 올라가고, 한 시간 동안 69호수 주변에서 쉬었다가 다시 두 시간 정도를 내려오는 코스였습니다. 기껏해야 여섯 시간밖에 되지 않는 가벼운 트레킹이었기에, 저는 물 한 병과 간식거리 정도만 챙겼습니다.

트레킹을 하는 당일 날씨는 좋았고, 공기도 적당히 선선했으며, 초원과 협곡에 핀 보랏빛 꽃들도 예뻤습니다. 트레킹 코스도 그렇게 무리한 수준이 아니라서 주변의 풍광을 여유롭게 즐기면서 올라갈 수 있었습니다. 세 시간의 등산 끝에 도착한 69호수는 맑은 에메랄드빛을 보여주었습니다. 호수 주변의 널찍한 바위에 누워 저는 잠시 눈을 붙였습니다. 가벼운 산책에 큰 기대를 하지 않은 탓인지 매우 만족스러운 트레킹이었습니다. 그런데 이 트레킹에서 호수보다 더 깊은 인상을 남긴 것은 바로 소였습니다. 사실 호수로 올라가면서 초원 곳곳에 방목된 소를 여러 마리 보았습니다. 하지만 하산하는 길에 마주한 소는 좀 남달랐습니다.

그 소는 초원에서 한가로이 풀을 뜯고 있다 제가 다가서자 인기척을 느낀 듯했습니다. 멀리서부터 가까이 다가갈 때까지 소는 저에게서 눈을 떼지 않고 저를 쳐다보았습니다. 소는 저를 물끄러미 쳐다보고만 있었습니다. 길을 막아선 소는 저에게 길을 비켜주지 않을 듯 보였습니다. 하지만 이는 어찌 보면 옳은 말이 아닙니다. 길을 비켜달라는 것은 순전히 저의 관점일 뿐, 소는 애초부터 길을 차지하느니 비켜주느니에 관심조차 없었는지 모릅니다. 소는 단지 한 가지만을 하고 있었습니다. 그것은 저를 바라보는 일이었습니다.

'뭐지? 이 소….'

소는 이렇다 할 만한 아무런 느낌 없이 저를 쳐다보고 있었습니다. 저에게 위협을 가한다든가 저에게 간식을 달라는 기척 같은 것도 보이지 않았습니다. 소는 저를 순수하게 바라만 보고 있었던 것입니다. 소가 저를 쳐다보는 것은 사실 하등 이상할 이유가 없습니다. 제가 소를 쳐다보듯, 소 역시 저를 쳐다볼 수 있습니다. 소에게도 저를 쳐다볼 권리가 있었습니다. 어찌 보면 너무 당연한 일입니다. 하지만 소와 저 사이에 오간 응시는 결코 일반적인 형태의 가벼운 응시가 아니었습니다. 서로를 응시하는 밀도는 깊었고 시간도 길었습니다.

소는 저에게서 눈을 떼지 않았습니다. 저도 소에게서 눈을 떼지 않았습니다. 마치 누가 먼저 시선을 거두는가 하는 눈싸움 같기도 했습니다. 흔들림 없는 시선의 만남이 공기의 밀도를 한껏 높였습니다. 단 몇 초의 일이 아니었습니다. 그렇다고 몇 분간의 일도 아니었습니다. 1분 정도에 불과한 바라봄이었습니다. 소의 눈은 심연과도 같은 깊이가 있었습니다. 그러한 심연을 마주 보는 듯한 1분은 결코 짧은 응시가 아닌 것입니다. 그렇게 소에게서 응시를 받고 있으려니 이상한 느낌이 들었습니다. 그것은 마치 소가 저를 관찰하고 있다는 느낌이었습니다. 관찰은 저 같은 사람이 하는 일이지, 소가 저를 관찰하리라고는 생각지 못했습니다. 하지만 소는 저를 분명히 관찰하고 있었고, 저는 소에게 관찰을 당하고 있었습니다.

졸지에 제 자신이 객이 되어버린 것은 아주 기묘한 경험이었습니다. 그런데 인상적이었던 것은 소가 어떤 관점을 가지고 저를 바라본 것이 아니라, 그야말로 아무런 느낌이나 생각 없이 무감한 눈빛으로 저를 관찰했다는 사실이었습니다. 제가 관찰을 당하는 입장이 되어버린 신기한 경험이었으되, 그것이 기분 나쁘거나 잘못된 일은 아니라는 생각이었습니다. 소는 마치 이것이 오래전부터 본래 이래왔다는 사실을 저를 통해 아무런 감정이나 느낌 없이 보여준 듯했습니다. 이 상황에서 저에게 선택지는 없었습니다. 제가 할 수 있는 일은 오직 하나였습니다. 인정하는 것, 이것뿐이었습니다. 제가 응시와 관찰을 해왔지만, 저 역시 응시와 관찰을 받을 수 있다는 사실을 받아들여야 한다는 것, 이것뿐이었습니다.

그렇게 1분여의 시간이 흐른 뒤 소는 심연과도 같은 시선을 거두었습니다. 그러곤 마치 할 일을 모두 마쳤다는 듯 길에서 벗어나 드넓은 초원으로 천천히 발걸음을 옮겼습니다.

나중에 '심연'을 뜻하는 〈어비스Abyss〉라는 영화를 보게 되었을 때, 니체가 심연에 대해 말한 언구를 보았습니다. 그런데 이 말이 당시 우아라스의 초원에서 만난 소의 눈빛이 지니는 의미와 너무나도 흡사해 놀랐습니다.

> If you gaze for long into an abyss, the abyss gazes also into you.
> 그대가 오랫동안 심연을 들여다볼 때, 심연 역시 그대를 들여다본다.

쥐다!

남미를 여행하며 대부분 호스텔의 도미토리에서 지냈습니다. 돈을 아끼려면 도미토리 외엔 다른 선택지가 없었습니다. 그렇게 에콰도르의 과야킬에 있는 한 호스텔에 들어갔을 때도 당연히 도미토리에 머물렀습니다. 하지만 이 도미토리는 남달랐습니다. 제가 그간 머물렀던 도미토리 중에 가장 큰 도미토리였던 것입니다. 큼지막한 방에 무려 열네 개의 침대가 놓여 있었습니다. 세계 각처에서 몰려든 가난한 배낭여행자들이 이 큰 방에서 짐을 풀고 지내고 있었습니다. 가격은 하룻밤에 8달러 정도로 저렴했습니다. 숙소 상태가 썩 좋다고 할 수는 없었으나, 그렇다고 지내지 못할 만한 수준은 아니었습니다. 푸에르토 로페스까지 가는 길목에 잠시 지내는 곳이었기에, 잘 씻고 그럭저럭 잠을 잘 수 있을 정도면 저는 충분히 만족했습니다.

그런데 이 도미토리 숙소에서 잠을 잘 때였습니다. 잠결에 어깨 위에서 무언가 움직이는 기척이 느껴졌습니다. 그 무언가가 제 어깨 위를 살살 걸어 다니고 있었습니다. 손을 어깨 위로 가져가 만져보았습니다. 말랑말랑한 생명체의 움직임이 느껴졌습니다. 큰 몸집과 부드러운 털 그리고 긴 꼬리….

'쥐다!'

문득 정신이 들었고 저는 곧장 자리에서 일어났습니다. 한밤중이라 사람들이 한참 잠을 자고 있었습니다. 소리를 지를 수도, 불을 켜 사람들을 깨울 수도 없는 노릇이었습니다. 어찌해야 할까…. 저는 결국 침대에 걸터앉아 몸을 바닥 쪽으로 기울이고 어깨와 팔을 흔들었습니다. 하지만 쥐는 끈질기게 티셔츠에 매달려 있었습니다. 조금 더 세게 흔들어보았음에도 마찬가지였습니다. 하는 수 없이 저는 손을 가져다 댔습니다. 그렇게 손으로 밀 듯이 떨구어낸 뒤에야 쥐가 바닥으로 '툭' 소리를 내며 떨어졌습니다. 머리맡에 놓아둔 핸드폰을 켜고 불빛을 비춰보니 쥐가 보이질 않았습니다. 바닥에 떨어진 쥐는 이미 다른 곳으로 사라진 뒤였습니다. 저는 다시 잠을 청했습니다.

아침에 일어나 저는 도미토리에 있는 친구들에게 밤에 쥐가 제 어깨 위에서 왔다 갔다 했다는 말을 꺼냈습니다. 몇몇 여자들은 기겁하는 표정으로 소리를 질렀습니다.

"끔찍해요~! 만일 저한테 그런 일이 벌어졌다면, 저는 바로 비명을 지르고 말았을 거예요. 쥐를 잡기 전까지는 잠도 못 잤을 거예요. 이 호스텔 평이 좋아서 찾아왔는데, 쥐가 나왔다고 하니 계속 머물지 고민해봐야겠네요. 그런데 스님은 쥐 때문에 깼는데도 계속 잠을 잤다고요? 어떻게 그럴 수가 있지요?"

물론 저는 계속 잠을 잤습니다. 상황에 곧장 적응하기 때문입니다. 하지만 잠자리가 그리 편하게 느껴지지만은 않았습니다. 사실 다시 잠을 청하려 할 때, 쥐가 바닥에 떨어지며 냈던 그 '툭' 소리가 계속 뇌리에 남아 있었습니다. 솔직히 말해 저는 쥐에게 미안했습니다. 제가 너무 세게 털어낸 것 아닌가, 그래서 어디 다친 게 아닌가 하는 생각이 계속해서 일어났습니다. 불빛을 비췄을 때 사라진 것을 보면 어딘가 크게 다치거나 한 것은 아니라고 생각했습니다. 사실 세계 일주를 하다 보면 사람들에게 미안해지는 일이 종종 생기기도 합니다. 여러 가지 상황을 세심하게 살피지 못한 제 불찰이었습니다. 그런데 이제는 사람을 넘어서 쥐에게까지 미안함을 느낄 지경이 되어 버렸습니다.

세상엔 왜 이렇게 미안한 일투성이일까요.

두 개의 적도 박물관

에콰도르 키토에 오는 여행자라면 누구나 적도 박물관에 들릅니다. 사실 위도 0도인 적도는 전 지구적으로 열 개의 나라에 걸쳐 있습니다. 남미에서도 콜롬비아와 브라질 영토가 적도에 걸쳐 있지만, 대부분 사람이 접근하기 어려운 밀림에 위치해 있습니다. 그나마 에콰도르의 키토 근방에 있는 적도가 문명권에 가까워 적도 박물관이 세워져 있는 것입니다. 그래서 많은 사람이 이 키토의 적도 박물관을 적도의 이정표로 삼고 있습니다. 하지만 에콰도르의 적도 박물관이 적도를 대표하는 상징물이 된 이유는 또 있습니다. 적도를 뜻하는 영어 'Equator'의 스페인어가 바로 'Ecuador'입니다. 나라 이름 자체가 이미 '적도'니, 에콰도르는 그 어떤 나라보다도 적도를 대표할 명분이 있는 것입니다. 밤 버스를 타고 키토를 떠나는 날, 저는 마지막 일정으로 적도 박물관을 탐방했습니다.

ECUADOR
LATITUD : 0° - 0' - 0"
LONGITUD - OCC : 78° - 27' - 8"

적도 박물관에 도착하면 무엇보다 먼저 적도 기념탑이 눈에 들어옵니다. 사각형의 갈색 건물 위로 지구를 본뜬 구형 조형물이 세워져 있는데, 이것이 적도 기념탑입니다. 사각형 건물 각 면에는 동서남북이 알파벳으로 표시돼 있습니다. 동쪽을 가리키는 측면 앞에 사람들이 인증샷을 찍을 수 있도록 팻말을 세워두었습니다. 위도는 0도를 가리키고, 경도는 78도 27분 8초를 가리킵니다. 팻말 앞에서부터 적도탑까지 노란 선이 연결되어 있는데, 이 노란 선이 남과 북의 정중앙을 가리키는 0도 표지 선입니다. 적도 박물관에 오는 사람들은 이 팻말 앞에서 인증샷을 찍습니다. 그다음에는 노란 선을 중간으로 해 한 발은 남쪽, 다른 한 발은 북쪽에 두고 두 번째 인증샷을 찍습니다. 남들이 하는 거라면 저도 모두 할 생각이라, 저 역시 두 개의 인증샷을 모두 찍었습니다.

1736년 라 콩다민이라는 프랑스 탐험가에 의해 이곳이 적도로 판명되었고, 1979년 에콰도르 정부가 이곳에 적도 기념탑을 세웠습니다. 그런데 이 적도 박물관에 오는 사람들은 이곳이 정확한 적도가 아니라는 사실을 알고 있습니다. 실제 적도선은 이 적도탑에서 240미터가량 북쪽으로 가야 있습니다. 놀랍게도 이 정확한 적도선 자리에 잉카 제국의 인디언들이 세운 태양의 제단이 있었습니다. 600년 전의 인디언들은 이미 그곳이 적도라는 사실을 정확하게 알고 있었던 것입니다.

기념탑을 세울 당시에 에콰도르 정부는 이 지점이 정확한 적도가 아니라는 사실을 알고 있었습니다. 그럼에도 실제 적도선에서 남쪽으로 240미터 떨어진 곳에 기념탑을 세운 것은 지리적인 원인이 컸습니다. 실제 적도선이 위치한 곳에는 계곡이 있었고 평지가 협소해 기념탑을 세울 만한 여건이 되질 않았던 것입니다. 국가적 상징물을 세우기 위해 어쩔 수 없이 지형 조건과 타협했던 것입니다. 그렇기에 팩트에 근거한다기보다 상징적인 의미가 강한 기념탑이었습니다.

정부가 세운 적도 박물관을 구경한 뒤 저는 왼쪽으로 200미터쯤 걸어 '찐' 적도 박물관으로 향했습니다. 진짜 적도에 있는 박물관의 이름은 인티난 뮤지엄Inti-nan Museum입니다. 'Inti-nan'은 '태양의 길'이라는 뜻의 인디오 말로, 고대 인디오들이 이곳 적도를 부르던 방식을 그대로 따른 것입니다.

인티난 박물관의 입장료는 가이드 비용까지 포함해 단돈 4달러였습니다. 박물관 투어는 스페인어와 영어 두 가지로 진행되는데, 영어 가이드 쪽에는 캐나다인 친구 둘이 이미 대기 중이었습니다. 적정 인원이 차면 투어를 시작하는 시스템이었습니다. 그런데 제가 찾아간 시간에는 투어 인원이 많지 않았던지 그렇게 저를 포함한 세 명이 투어 그룹이 되었습니다. 가이드는 정해진 루트를 따라 저희를 적도 체험 코스로 안내했습니다.

첫 코스는 적도선 위에서 눈 감고 걸어가기였습니다. 사실 적도선 위에서 눈을 감고 똑바로 걷기란 쉽지 않습니다. 적도에서는 전향력이 0이지만, 만일 눈을 감고 걸어가다가 한쪽으로 기울어지면 인력의 영향을 받아 균형을 쉽게 잃기 때문입니다. 그런데 캐나다인 친구는 눈을 감고도 적도선 위를 똑바로 걸어갔습니다. 예상치 못한 상황에 가이드는 캐나다 친구의 균형 감각이 좋다고 성급히 결론 내렸습니다. 하지만 저는 눈을 감고 좌우로 많이 휘청거렸습니다. 가이드는 흡족해했습니다. 저의 못난 균형 감각이 신나는 적도 체험에 어울리는 좋은 본보기였던 것입니다.

다음의 적도 체험은 세면대에서의 물 빠짐 모양을 관찰하는 것이었습니다. 그곳에는 총 세 개의 세면대가 있는데, 적도선 바로 위와 남쪽, 북쪽에 각기 하나씩이었습니다. 적도선 바로 위에 있는 세면대에서 물은 곧장 밑으로 빠져나갔습니다. 하지만 이 적도선에서 북쪽으로 단 2미터 떨어져 있는 세면대에서 물은 반시계 방향의 회오리를 만들었습니다. 물 위에 떨군 작은 이파리들을 통해 물 빠짐 방향을 확인할 수 있었습니다. 그리고 이와 반대로 적도선에서 남쪽으로 2미터 떨어진 세면대에서 물은 시계 방향의 회오리를 만들었습니다. 지구의 자전으로 생긴 전향력 때문에 남쪽과 북쪽에서 힘을 받는 방향이 다른 것이었습니다. 서로 다른 방향으로 물이 돌아가는 모습을 눈앞에서 확인하며 우리는 모두 탄성을 질렀습니다.

그러나 이 적도 체험의 백미는 바로 달걀 세우기입니다. 적도에서는 전향력이 없기 때문에 지구상에서 유일하게 달걀을 세울 수 있다고 합니다. 가이드는 달걀을 만지작거리더니 몇 번의 시도 만에 못대가리 위에 달걀을 세웠습니다. 사람들이 일제히 환호를 내질렀습니다. 저 역시 이 달걀을 꼭 세워야 했습니다. 왜냐하면 달걀을 세워야지 적도에서 달걀을 세웠다는 증명서를 받을 수 있기 때문이었습니다. 사실 달걀을 세웠다는 게 그리 대단한 자랑거리는 아니지만,

이런 소소한 재미도 여행에서는 즐거운 기억거리가 됩니다. 그러나 달걀 세우기는 쉽지 않았습니다. 조심히 균형을 잡으며 세우려 해도 곧잘 한쪽으로 기울어져 떨어지고 말았습니다. 그러나 몇 번의 시도 끝에 저는 드디어 감을 잡고 못대가리 위에 달걀을 세웠습니다. 가이드가 기뻐하며 인증샷을 찍어주었습니다. 그런데 삿갓 때문에 제 얼굴이 보이지 않으니 삿갓을 위로 좀 들어 올리라고 요구했습니다. 그렇게 찍은 인증샷에는 좀 덜떨어져 보이는 애 하나가 세워진 달걀을 앞에 두고 해맑게 웃고 있었습니다.

이처럼 단돈 4달러에 여러 가지 재미있는 체험을 할 수 있는 가성비 좋은 인티난 박물관이었습니다. 저녁에 심야버스를 타고 콜롬비아의 칼리로 이동해야 해서 저는 서둘러 투어를 마치려 했습니다. 가이드는 제 이름이 적힌 인티난 박물관 인증서를 가져다주었습니다. 달걀 세우기에 성공했다고 자랑할 용도로 써먹어야 할 아주 중요한 인증서였습니다. 그런데 인증서를 건네준 후, 가이드는 소개할 사

람이 있다며 저를 다른 곳으로 데려갔습니다. 저는 아무런 영문도 모른 채 웬 아저씨 한 분과 적도선을 중앙에 두고 다시 한 번 인증샷을 찍었습니다. 남미를 다니며 현지인들과 기념사진을 찍는 경우가 많아서, 이 박물관의 직원쯤 되리라 생각했습니다. 사진을 다 찍고 난 뒤에야 가이드가 저에게 설명해주었습니다.

"여기 박물관 관장님이세요. 스님하고 사진을 찍고 싶다고 해서요. 아시아에서 찾아온 스님은 스님이 처음이래요. 아, 그리고 오늘 관장님하고 찍은 사진은 페이스북에 올라갈 거예요, 괜찮지요?"

한국에서는 별 볼 일 없는 스님에 불과하지만, 남미에서는 이렇게 특별 대우를 받았습니다.

사실 인티난 박물관에서 하는 적도 체험을 두고 객관적 사실 여부를 의심하는 이야기가 많습니다. 사실상 정확한 적도의 위치를 잡기란 불가능하다는 의견과 그 적도 박물관에서 하는 체험이 실제로 적도와 관련이 없다는 주장이었습니다. 이를테면 눈 감고 똑바로 걷

박물관 관장님과 함께한 인증샷

기는 적도뿐 아니라 그 어느 곳에서도 어려운 일이지 적도에서만 나타나는 특징이 아닙니다. 그리고 적도에서 남북으로 2미터 정도 떨어진 곳은 전향력이 지극히 미미해 확인하기 어렵다는 주장도 있습니다. 다만 박물관 측에서 전향력을 분명하게 보여주기 위해 작위적으로 세면대의 기울기를 다르게 하고, 개수구 구멍의 모양도 다르게 만들었다는 것입니다. 마지막으로 달걀 세우기는 전향력이 없는 적도에서만 가능하다는 것도 사실 따지고 보면 거짓입니다. 북반구나 남반구 그 어디에서도 조금만 주의를 기울이면 못대가리 위에 달걀을 세울 수 있습니다. 심지어 달걀 세 개를 연속으로 세우는 사람도 있습니다. 정부에서 세운 적도 기념탑도 사실상 완벽한 적도에 위치해 있지 않으니 가짜 기념탑으로 불리는 건 말할 나위가 없습니다. 따라서 박물관 측이 여러 방식으로 사람들을 기만했다는 주장을 하는 사람이 더러 있는 것입니다.

하지만 저는 이러한 주장에 의구심을 갖게 됩니다. 그렇게 팩트로만 따지는 삶이 과연 재미가 있을까요. 팩트만으로 그 모든 것을 평가할 수 있을까요. 팩트가 중요하지 않다는 말은 아니지만, 팩트가 모든 것들을 앞서는 최선의 기준이라고 생각하지도 않습니다.

팀 버튼의 영화 〈빅 피시〉에서 아들은 말도 안 되는 모험담을 늘어놓기 좋아하는 아버지의 임종을 지켜보며 그간 아버지가 이야기했던 말들이 거짓임을 '팩트'라는 기준으로 증명해내려고 합니다. 사실 아들은 어느 정도 나이가 찬 후, 그간 아버지가 말한 그 모든 이야기가 거짓이라고 생각해왔던 것입니다. 하지만 아버지의 이야기가 거짓임을 증명해내는 과정에서 아들은 거짓이라고 부정할 수 없고, 그렇다고 사실이라고 못 박을 수도 없는 '진실'을 만나게 됩니다. 그것은 아버지의 상상을 통해 의미가 부여된 진실이었습니다. 그리고 그 상상의 이면에는 가족에 대한 당신만의 사랑이 깃들어 있음을 보게 됩니다. 그 사랑이 담김으로써 아버지의 이야기는 진실이 됩니다.

진실은 사실도, 그렇다고 거짓도 아닙니다. 하지만 진실이 가지는 의미는 사실이나 거짓보다 훨씬 큽니다. 그러한 진실이 아버지를 존재하게 했고, 아버지의 모든 인간관계를 만들었으며, 그렇게 아버지와 가족의 삶을 충만하게 만들었다는 것을 아들 스스로 확인하게 됩니다. 아들은 사실과 거짓으로 나누고 한쪽으로 명확한 결론을 맺으려고 했지만, 아버지의 진실은 사실과 거짓에 매이지 않고 오히려 상상이라는 의미 부여 과정을 거치면서 생생한 삶을 만들어냈던 것입니다. 아들은 아버지와 아버지의 삶을 사실과 거짓이라는 평가로써 부정하기 위해 조사를 시작했습니다. 하지만 끝내 사실도 거짓도 아닌 그 생생한 삶의 진실 앞에서 아버지라는 존재를 인정하고, 또한 아버지의 상상력 넘치는 삶을 진실로서 받아들이게 됩니다.

적도 기념탑이 정확한 적도 위치에서 떨어져 좀 다른 곳에 있다한들, 적도 체험이 다소 꾸며진 것이라 한들 뭐 어떻습니까. 적도 기념탑을 찾아가 인증샷을 찍는 가족들은 한결같이 즐거운 표정이었고, 적도 체험에 참여하는 순간 모든 사람이 기분 좋게 웃어댔습니다. 저는 적도 체험이 무척이나 즐거웠습니다. 이 체험은 모두 다 거짓이라며 팔짱 끼고 뒤로 물러서서 무표정으로 사실과 거짓을 가르려는 태도보다는, 눈을 감고 휘청거리며 적도선 위를 걷다가 까르르 웃으며 넘어져도 보고, 못대가리 위에 달걀을 세우며 환호도 하고, 별것 아닌 박물관 인증서를 받는 일이 그 누군가에게는 재미있는 경험이 되기도 합니다.

우리는 객관적으로 고정된 같은 세계가 아닌, 각자가 의미 부여한 서로 다른 세상에서 살아가고 있습니다. 같은 세계인 듯 보이지만, 실제로는 각자의 다른 세상입니다. 저는 그렇습니다. 사실과 거짓이라는 분별 때문에 스스로의 삶을 무미건조하게 만드는 것보다는, 차라리 조금 더 나은 의미 부여를 해서라도 그 휘청거림과 환호 속으로 들어가 삶을 풍성하게 만드는 것이 훨씬 낫다고 여기는 것입니다. 사실과 거짓, 옳음과 그름으로 단순하게 갈라내기에 우리들의 삶은 너무 다채롭게 살아 있습니다. 이 살아 있음을 최대한 보듬으며 수용하는 것이 우리가 삶을 대하는 방식이라고 생각하고 있는 것입니다. 그렇기에 행여나 다시 적도 박물관에 오게 된다면 저는 다시금 기념탑 앞에서 인증샷을 찍고, 적도선 위를 눈을 감고 걸어가며 휘청거리고, 못대가리 위에 달걀을 세우고 환호할 것입니다. 이 모든 것이 다 거짓이라고 해도 말입니다. 거짓으로 단정 지어 부정하고 외면하기에는, 이 삶의 생생한 경험들이 너무 아깝습니다.

삶은 내 스스로의 진실을 누리기 위한 선물처럼 있는 것입니다. 다만 내 의견과 분별만 고집하지 않는다면 삶의 생생한 면모들이 그 자체의 진실로서 되살아납니다. 십수 년의 수행 끝에 제가 내린 결론을 대략적으로 말하자면 이렇습니다. 게다가 이 모든 진실을 경험하는 데 드는 비용이 고작 4달러라면, 아주 훌륭한 겁니다.

마약왕 파블로 에스코바르

인도의 바라나시 골목을 거닐다 보면 간혹 "하시시~ 마리화나~"라고 속삭이며 다가오는 사람들이 있습니다. 법이나 양심의 관점에서가 아니라, 이러한 향정신성 약물에 저는 아무런 관심도, 호기심도 없습니다. 영화나 드라마에서 마약 관련 범죄를 다루기도 하지만, 그것은 산골에서의 제 삶과 전혀 관련이 없는 픽션에서의 일처럼 보였습니다. 그러나 그것이 현실에서 벌어지고 있는 중대한 일이란 사실을 느낀 적이 있습니다. 에콰도르를 떠나 콜롬비아로 들어가던 도중, 저를 포함한 버스 안의 모든 승객이 버스 밖으로 나와 검문을 받아야 했습니다. 바로 마약 때문이었습니다. 콜롬비아에선 아직도 마약이 생산되고 있었고, 몇몇 마약 카르텔이 이를 조직적으로 유통하고 있었습니다. 그리고 제가 가려던 메데인은 메데인 카르텔이라는 범죄 조직의 거점 도시였습니다. 한때 마약왕으로 불렸던 파블로 에스코바르가 이 메데인 카르텔의 수괴였습니다. 검문을 마친 뒤 저는 그렇게 과거 마약의 도시로 유명했던 메데인으로 들어갔습니다.

제가 메데인에 머물 때 묵었던 블랙십 호스텔에서는 하루 두 차례 파블로 에스코바르 가이드 투어를 진행했습니다. 마약에는 관심이 없었지만, 메데인 자체가 마약 카르텔로 유명한 도시였기에 카르텔 형성에 중심 역할을 했던 파블로 에스코바르라는 사람의 삶과 행적에는 관심이 갔습니다. 아이러니하게도 메데인에서는 이 마약왕의 삶을 다룬 투어가 아주 유명한 관광 상품이었습니다.

1949년 12월 1일, 파블로 에스코바르는 가난한 농부의 아들로 태어났습니다. 커서 무엇이 되고 싶냐는 질문에 친구들이 의사, 우주인, 선생님, 과학자라고 답할 때 파블로는 남다른 대답을 했습니다. 파블로는 언제나 백만장자가 되고 싶다고 말했습니다. 고등학교를 중퇴한 뒤 그는 10대 시절부터 가짜 복권을 판매하고, 주류를 밀수하고, 자동차를 훔쳤습니다. 그렇게 범죄 경력을 쌓으면서 일찌감치 성공한 모양이었는지, 22세가 됐을 때 그는 이미 꿈대로 백만장자가 되어 있었습니다. 하지만 그의 꿈은 여기서 멈추지 않았습니다. 그는 억만장자가 되겠다는 더 큰 목표를 세웠습니다. 그를 억만장자로 만들어줄 수 있는 건 단 한 가지밖에 없었습니다. 그건 바로 코카인이었습니다.

그가 본격적으로 마약 사업에 손을 대면서 그의 사업은 점차 커졌습니다. 20대 후반에 그는 자신의 본거지인 메데인에서 마약을 생산, 가공, 유통하는 범죄 조직인 카르텔을 장악하게 됩니다. 그가 카르텔의 우두머리가 됐을 때, 이미 메데인 카르텔은 남미 마약 유통의 8할을 차지하고 있었습니다. 하지만 그는 모든 마약 유통을 독점하고 싶었습니다. 그는 민병대를 조직하여 칼리 카르텔을 장악한 뒤, 나머지 2할마저 독식하고 맙니다. 이로써 남미에서 그의 명성과 영향력은 더욱 커져만 갔습니다. 그는 마약 최대 소비 국가인 미국으로 마약을 운반하기 위해 미국에서 가까운 쿠바, 베네수엘라 루트를 개척했습니다. 마약을 공급하기 위해 육로만이 아닌 비행 항로나 해상 항로도 이용했습니다. 마약 공급용 개인 비행기가 수십 대였고, 심지어 잠수함까지 가지고 있었습니다. 잠수함을 이용해 미국에 들어갈 때는 레이더에 걸리지 않기 위해 입항하는 배 바로 밑에 붙어서 이동했습니다. 이렇게 다방면으로 마약 공급 루트를 개척하다 보니 결국 그는 미국 내 마약 유통의 80퍼센트를 차지해버렸습니다. 그러나 그는 미국에만 만족하지 않았습니다. 그는 아프리카와 유럽까지 마약 공급을 확대했습니다. 이로써 그는 전 세계 마약 시장의 대부가 되었고, 동시에 세계적인 거부의 반열에 올랐습니다. 1989년 미국의 〈포브스〉지는 그의 재산을 약 250억 달러로 추정하며, 세계 부자 순위 7위에 이름을 올려놓았습니다.

그는 이렇게 마약 판매로 갑부가 되었지만, 메데인 주민들의 신망을 잃지 않는 것이 중요하다는 것을 알고 있었습니다. 그는 수시로 메데인의 거리에 나가 사람들에게 돈을 뿌려댔고, 집을 사주거나 학교, 병원, 교회 등을 지어주는 등 로빈 후드 같은 의적 이미지를 만들

감옥에 투옥되기 전에도 웃고 있는 파블로 에스코바르

어갔습니다. 이러한 노력의 결과, 그는 주민들의 지지를 바탕으로 국회의원에 선출되기도 했습니다. 정치인이 된 파블로는 수많은 뇌물을 뿌려가면서 정부의 고위 관리층을 포섭했습니다. 그가 정부 관료들을 포섭하는 방식은 오직 두 가지뿐이었습니다. 뇌물 아니면 총알. 만약 뇌물을 거절한다면 그 관리는 암살을 당했습니다. 카르텔에는 시카리오라는 암살자들이 있었고, 파블로에게 반대하는 경찰이나 관료의 등급에 따라 암살 시 포상금을 제공했습니다. 돈에 눈이 먼 시카리오들은 아예 경찰서에 자동차 폭탄 테러를 벌이기도 했습니다. 시카리오들은 범죄를 행하기 전에 성소를 찾아가 기도를 올렸다고 합니다.

"만일 저희들이 죽이는 사람이 나쁜 사람이라면 총알이 곧바로 나

시카리오들이 암살을 하기 전에 기도했던 장소

갈 수 있게 해주시고, 만일 그가 착한 사람이라면 총알이 그를 피해 갈 수 있도록 성녀께서 기적을 보여주세요. 기적은 당신에게 맡기겠습니다. 저희는 단지 방아쇠를 당길 뿐입니다."

파블로가 자행하는 범죄가 극에 달하자 그의 의원 임기가 4개월여 남은 무렵, 법무부 장관은 그를 해임하기 위한 절차를 밟았습니다. 이에 파블로는 분노했고, 그가 해임된 지 얼마 지나지 않아 법무부 장관도 암살되고야 맙니다. 뿐만 아니라 그에게 날 선 비판을 했던 정치인이나 언론인이 모두 암살되어 결국엔 그 누구도 파블로 에스코바르에게 대적하지 못하는 지경에 이르게 됩니다. 공권력마저

무시해버리는 무소불위의 협박과 테러에 결국 수많은 정부 지도층과 언론인은 입을 다물었습니다. 그렇게 마약왕은 콜롬비아를 자신만의 무법지대로 장악해버렸습니다.

그러나 이런 판도는 미국의 간섭으로 뒤바뀌게 됩니다. 1990년대에 마약과의 전쟁을 선포한 미국 조지 부시 행정부는 콜롬비아의 대통령 후보였던 세사르 가비리아와 한 협정을 맺었습니다. 그것은 파블로 에스코바르를 미국으로 보내는 범죄인 인도 협약이었습니다. 이에 콜롬비아의 대통령 후보와 법조인들이 미국으로 갈 예정이었는데, 파블로는 그들이 탄 비행기를 폭파하는 테러마저 저지릅니다. 이 테러를 심각한 범죄로 받아들인 부시 행정부는 파블로를 잡기 위한 작전을 계획합니다. 당시 미국은 미국의 안보에 위험이 되는 인물은 정보 요원들이 직접 사살해도 좋다는 법안을 발의하기도 했던 것입니다. 마약은 미국의 안보를 위협하는 범죄 요소로 간주되었고, 이 범죄의 우두머리였던 파블로 에스코바르는 심각한 위기 상황에 처합니다. 결국 파블로는 자수를 하고 맙니다.

미국으로 송환되는 것을 두려워하던 파블로는 스스로 자수를 하며 콜롬비아 정부에 기상천외한 제안을 합니다. 만일 정부가 자신과 자신의 부하들을 사면하고, 범죄인 인도 협약을 폐기해준다면 콜롬비아 정부가 지고 있던 국가 채무 100억 달러(한화로는 약 12조)를 갚아주겠다는 것이었습니다. 그러나 미국의 눈치를 보던 콜롬비아 정부가 이를 받아들일 수는 없었습니다. 결국 그는 구금되었지만, 그간 정부 인사들을 상대로 수많은 뇌물을 뿌려왔던 탓에 또 다른 기상

천외한 일이 벌어지고야 맙니다. 그는 일반적인 감옥이 아니라 자신이 직접 지은 감옥에 투옥된 것입니다. 무려 40만 평 대지에 지어진 그 감옥은 테니스장, 수영장, 볼링장, 나이트, 바 등이 마련된 개인의 호화 저택과 다름없었습니다. 사설 경호원까지 경비로 둔 말뿐인 감옥에 그는 셀프로 투옥된 것입니다. 메데인 시내 남쪽에 자리한 산에 라 카테드랄La Catedral이라는 이름이 붙은 호화 저택이 있는데 이곳이 바로 파블로의 셀프 감옥이었던 것입니다. 이 감옥에서 그는 낮에는 마약 유통이나 범죄 전반을 계획했고, 저녁에는 사람들과 매일 파티를 열었습니다.

파블로 에스코바르가 셀프 감옥에서 호화 생활을 하고 있다는 사실을 파악한 미국 정부는 파블로를 방치한 콜롬비아 정부를 질타했습니다. 그리고 파블로 에스코바르를 미국으로 이송할 것을 강력히 요청합니다. 그러나 이 소식을 미리 접한 파블로는 자신을 지켜주던 요새 같은 셀프 감옥에서 부하 아홉 명과 탈출합니다. 저택 주위에 400여 명의 군인이 지키고 있었지만 보복을 두려워한 나머지 파블로 일행이 저택에서 떠나는 것을 그냥 지켜봤다고 합니다. 파블로의 탈출에 격분한 미국 행정부는 콜롬비아에 델타포스 특수부대원과 정보 요원을 급파합니다. 그리고 파블로를 잡기 위한 작전을 세웁니다. 그러나 메데인의 민가로 숨어들어 간 파블로는 주민들의 비호를 받으며 쉽사리 잡히질 않았습니다. 하지만 결국 정보 요원들은 파블로의 측근에게서 그가 은신해 있는 곳의 정보를 입수합니다. 그리고 미군 델타포스와 콜롬비아 특수부대 연합군이 파블로의 은신처를

파악합니다. 그리하여 1993년 12월 2일. 그는 생일 파티를 마친 다음 날, 그를 추격하던 특수부대원들에게 사살당합니다.

투어는 이동하는 차량 안에서 파블로의 파란만장한 삶을 설명해 주고, 몇몇 상징적인 장소를 직접 탐방하는 방식으로 약 두 시간 남짓 진행되었습니다. 그리고 파블로 에스코바르의 묘지를 찾아가는 것으로 끝을 맺었습니다.

파블로 에스코바르 투어를 할 때 승합차 안에서 영어 가이드를 맡았던 친구는 영어를 무척이나 잘했습니다. 매일 같은 내용을 반복해서 익숙하기도 했겠지만, 속사포 랩을 하는 것처럼 말도 빨랐습니다. 마치 입으로 '따따따따' 하는 것처럼 이 친구의 영어가 빨랐고, 그런 빠른 설명 탓에 저는 가이드가 하는 설명을 절반 정도 이해하는 수준이었습니다. 가이드 친구는 본인을 카르텔 조직들이 벌인 분쟁과 테러의 한가운데에서 어린 시절을 보낸 피해자라고 말했습니다. 친구는 파블로 에스코바르에 관해 설명하면서 부패한 정부의 미흡한 대응 방식을 비판했습니다. 제가 이 가이드 친구를 보며 느낀 것은 시대에 대한 공포와 정부에 대한 불신이었습니다. 그 시대엔 누구라도 거리에서 죽어 나갈 수 있었고, 사회 도처에서 자행되는 비리와 부정을 어떻게든 견디며 살아가야 했다고 말했습니다. 그런 불우한 어린 시절을 보냈기 때문인지, 그녀는 무척이나 냉소적인 모습이었습니다. 부패한 고위 관리층과 불합리한 사회 제도, 마약을 둘러싼 어두운 과거에 대해 평가하며, 그녀는 "정말 멋진 나라에다 행복한 국민이죠?"라고 자신이 살아온 시대와 사람들을 여러 차례 조롱했습니다.

그런데 솔직히 저는 투어를 하면서 가이드의 이런 냉소적인 말투와 태도가 불편했습니다. 여러모로 불우한 과거를 보낸 것은 안타까운 사실이지만 그렇다고 해서 그러한 과거가 빈정거림과 조롱으로 귀결된 현재 자신의 모습을 책임져 주지는 않기 때문입니다. 저는 비판을 반대하지는 않습니다. 저 역시 무언가를 비판하기로 마음먹으면, 혹독하게 비판합니다. 다만 조롱은 삼가야 한다고 믿고 있습니다. 비판은 상황이나 대상을 나름대로 분석하고 이해해 해결 방안을 모색하게끔 인도할 수 있습니다. 하지만 조롱은 자신이 가진 불편한 생각이나 감정을 기형적인 형태로 배설할 뿐입니다.

가이드 친구는 자신이 지금 이렇게 삐딱한 태도로 사는 이유가 온전히 그 시대와 그 시대를 살았던 다른 사람들 때문이라고 생각하고 있었습니다. 그렇기에 시대와 사람을 조롱한다 해도 자신은 무죄였습니다. 자신은 오로지 피해자일 뿐이었습니다. 하지만 제가 보기엔 그렇지 않습니다. 그런 어두운 시대를 겪어낸 모든 사람이 이 가이드 친구처럼 시니컬하게 조롱하는 태도만 보이는 것은 아닙니다. 사건과 시대의 의미는 그 일 자체가 아니라, 그 일을 받아들이고 해석하는 나의 태도에 따라 다릅니다. 그런데 나이가 서른이 넘었음에도 바깥의 환경 탓만 하며 스스로의 태도나 안목에 책임을 지지 않으려 하는 가이드의 모습에 저는 실망한 것입니다. 왜냐하면 그 태도와 안목이 바로 그녀 자신의 삶에서 나왔기 때문입니다. 그녀는 스스로의 선택으로 자신의 삶을 부정하고 조롱한 것입니다. 그런 태도로 일관해온 삶의 흔적은 30년 넘도록 살아온 그녀의 얼굴에 고스란히 남아 있었습니다. 아마 그녀는 모를 것이었습니다. 가이드하는 내내 제가 지켜본 이 친구의 얼굴은 항상 찡그려져 있던 것이었습니다.

성인은 스스로의 선택에 책임을 지기에 성인입니다. 과거의 사실은 변하지 않지만, 그걸 바라보고 해석하는 방식으로서의 관점이나 안목은 언제든 변할 수 있습니다. 과거에 벌어진 사건이 내 책임이 아닐 수 있지만, 그 사건을 대하는 관점과 안목은 순전히 나의 책임입니다. 성인이 되면 이 안목에 스스로 책임을 져야만 합니다. 그리고 이 안목에 따른 삶의 모습이나 결과도 당연히 내 책임으로 여겨야 합니다. 제가 가이드를 보며 불편함을 느꼈던 이유는 바뀔 수 있는 관점을 본인이 스스로 고정시켜놓고는 계속 바깥 상황과 사람을 탓하며 감정적인 조롱으로 자신은 피해자일 뿐이라는 식의 무책임한 태도를 보였다는 점에 있었습니다.

이미 세월은 20년이 지나 많은 것이 변했지만, 자신은 20년 전의 기억만 붙들고 집착하고 있었습니다. 이것은 어린애의 고집과도 같은 집착이지, 서른이 넘은 어른의 책임감 있는 태도는 아니었습니다. 가이드는 지나간 과거만을 붙들며 집착하는 생각의 감옥 속에 갇혀 있으면서, 스스로 조롱하기를 반복하는 아이처럼 보였습니다. 그 집착만 버리면, 안목만 바꾸면, 지금으로 돌아오면, 자신이 만든 감옥 안에서 나와 스스로의 삶을 살아갈 수 있는데, 기억 속에 고정된 시대와 사람만을 비난하며 감옥에서 나오기를 완강히 거부하는 심통꾸러기 아이처럼 보였던 것입니다.

파블로 에스코바르가 죽은 뒤에도 미국에서 마약 범죄는 결코 해결되지 않았습니다. 여러 이유가 있겠지만, 근본적인 이유는 범죄의 양상이 바뀌었을지언정 마약을 향한 사람의 욕망이 없어지지 않았기 때문입니다. 수요가 있는 한 공급은 계속됩니다. 수요의 욕망이 계속되는 한 공급의 범죄는 무수히 다른 방식으로 끊임없이 나타나게 되어 있습니다. 그런데 사람이 하는 집착 또한 마찬가지입니다. 그 집착을 놔버리지 않는 이상, 나라는 존재는 무수히 많은 다른 대상들에게 비난의 명분을 공급받으려 할 것입니다. 그러나 정작 집착한 것은 나였고, 그 집착으로 인해 괴로움을 받는 것도 나입니다. 가이드 친구는 과거에 집착함으로써, 스스로 끊임없이 괴로움을 끌어들이고 있었습니다.

에스코바르는 오래전에 죽었지만, 사람의 욕망은 죽지 않았습니다. 그래서 마약 범죄는 여전히 횡행하고 있습니다. 마찬가지입니다. 과거는 오래전에 지나갔지만, 집착은 죽지 않았습니다. 그리고 이 집착은 바깥 대상을 명분으로 삼아 끈질기게 고통을 양산합니다. 파블로 에스코바르는 호화 저택의 셀프 감옥에서 살았습니다. 하지만 아무리 호화롭고 그럴싸하더라도 감옥은 역시 감옥입니다. 파블로 에스코바르만 그런 셀프 감옥에 살았던 것은 아닙니다. 사람들도 역시 셀프 감옥에 살고 있습니다. 그리고 그 감옥 안에 살면서, 스스로 고통을 놓지도 않으면서 괴롭다고 아우성을 칩니다. 제아무리 고결한 생각이고, 합리적인 이해라고 해도 고통을 불러일으키는 것이라면 그것은 감옥입니다. 집착으로 이루어진 셀프 감옥 말입니다.

그렇게 나 스스로 만든 감옥에, 나 스스로 갇혀서, 나 스스로 괴로워하는 것입니다.

Give me a blessing

간혹 길을 걷다가 낯선 사람에게 이런 부탁을 받을 때가 있습니다.

"Give me a blessing, please."

삿갓과 두루마기를 걸치고 다니는 탓에, 먼 이방에서 온 수행자임을 아는 사람들이 저에게 축원을 부탁하는 것입니다. 제일 처음 이런 부탁을 받았을 때는 도대체 무슨 축원을 어떻게 해줘야 할지 몰라서 당황했습니다. 캄보디아에서 만난 어떤 노보살님에게 자신의 집에 축원을 해달라는 부탁을 받았을 때 저는 가지고 다니던 향을 하나 피우고 〈반야심경〉을 읊으면서 집 안 곳곳을 돌아다녔습니다. 향냄새라는 흔적이 남아서인지, 노보살님은 아주 뿌듯해하셨습니다.

인도 마날리의 숲길에서 만난 남자 한 명도 저에게 축원을 부탁했습니다. 저는 남자에게 합장을 하게끔 한 뒤, 그 자리에서 남자의 이마에 오른손을 가져다 대고 〈반야심경〉을 읊었습니다. 보통의 속도로 〈반야심경〉을 읊으면 2분 정도 걸리지만, 빠르게 읊으면 1분 정도 걸립니다. 축원이 끝나자 옆에서 지켜보던 남자의 부인이 생글생글한 눈빛으로 자신에게도 축원을 해달라고 했습니다. 숲길을 산책하고 있던 저는 다행히 시간이 많았고, 부인에게 축원을 해주어도 아무런 상관이 없었습니다. 부인에게도 똑같이 합장하도록 하고 이번에는 〈반야심경〉이 아닌 〈신묘장구대다라니〉를 읊었습니다. 〈신묘장구대다라니〉도 빨리 읊으면 1분 정도에 끝이 납니다. 부부는 환희심 넘치는 표정을 지으며 저에게 감사하다는 인사를 건넸습니다.

인도에서 종종 축원 요청을 받을 때마다 저는 이와 같은 방식으로 축원을 해주었습니다. 제가 축원을 해줄 만큼의 능력이 되는지, 제 축원이 실제 그들의 삶에 도움이 될지 사실 저는 모릅니다. 저한테 무슨 특별한 능력이나 수행력이 있는 것도 아니니 말입니다. 그럼에도 축원을 받은 사람들 모두 기분 좋은 표정으로 자리를 떠났습니다. 축원을 한다고 해서 제가 힘든 것도 아니고, 그들의 기분이 좋아진다면 축원을 해주지 못할 이유도 없었던 것입니다. 그리고 그렇게 기분이 좋아진다면 앞으로 일을 대하거나 사람을 만날 때 조금 더 긍정적인 마음을 가지지 않을까 하는 기대감도 있었습니다. 저의 능력 여부보다는 그들의 마음 변화 여부가 더 중요했기에 축원을 해준 것입니다. 그래서 상황과 여건이 허락된다면, 저는 축원 요청을 하는

모든 사람에게 〈반야심경〉과 〈신묘장구대다라니〉를 읊어주었습니다.

그 언젠가 콜롬비아의 카르타헤나에서 성벽 길을 걸을 때도 한 현지인이 저에게 축원을 요청했습니다. 여러 번 해본 것이기에, 저는 예전과 마찬가지로 이 중년 남자의 이마에 손을 얹고 〈반야심경〉을 읊었습니다. 사람들은 저와 남자의 모습을 호기심 어린 눈으로 쳐다보았습니다. 제 축원을 지켜본 그 누군가는 제가 남자에게 좋은 기운을 넣어주고 있냐고 물어왔습니다.

"그것도 믿기 나름이겠지만, 제가 그리하려고 노력 중이기는 합니다."

옆에서 잔뜩 흥에 들떠 있던 남자의 아들에게도 축원을 해주었습니다. 모든 축원을 마치자 남자는 감사하다며 저에게 콜라 한 병을 사주었습니다. 축원을 해주고 처음으로 받은 감사 표시였습니다. 저 또한 남자에게 감사의 인사를 하고 콜라를 받았습니다.

한여름 늦은 오후의 석양을 구경하며 마시는 콜라는 무척이나 달고 시원했습니다.

진정한 혁명

2014년 8월 한여름에 저는 콜롬비아 보고타를 떠나 쿠바 아바나로 들어왔습니다. 쿠바 하면 대표적으로 떠오르는 이미지는 고급 시가와 〈부에나 비스타 소셜 클럽〉, 헤밍웨이 그리고 체 게바라입니다. 아바나에 들어오기 전에 저는 보고타에서 2001년에 상영된 빔 벤더스의 다큐멘터리 영화 〈부에나 비스타 소셜 클럽〉을 한 번 더 보았습니다. 십수 년이 흘렀지만 그때의 감동은 여전했습니다. 그리고 호아키나 아주머니 숙소 거실에 놓인 흔들의자에 앉아 헤밍웨이의 《노인과 바다》를 완독했습니다. 아무리 노벨 문학상 수상작이라지만, 제 취향에 맞지 않았는지 혹은 번역이 별로였는지 그다지 큰 감흥이 없었습니다. 그 뒤 숙소에 머무는 한국 친구들과 함께 숙소 근처에 있는 국영 시가 판매소에서 10쿡짜리 시가를 한 대 샀습니다. 시가는 담배처럼 연기를 깊이 흡입하는 게 아니라, 입에서 맴도는 그 향을 음미하는 것이라 들었습니다. 하지만 담배도 피우지 않는 제가 시가를 좋아할 리 없었습니다. 그렇게 호기심으로 몇 모금 마시고 향을 맡아본 뒤 시가 피우기를 그만두었습니다.

마지막은 체 게바라였습니다. 하지만 저는 체에 큰 관심이 없었습니다. 체의 평전을 읽어보지도 않았고, 그의 멋진 얼굴이 그려진 티셔츠를 입어본 적도 없고, 그의 흔적들을 탐방하기 위해서 쿠바에 들어온 것도 아니었습니다. 그래도 쿠바에 들어온 김에 체 게바라 일대기 요약본을 읽어보았지만 여전히 저는 체에게 흥미를 느끼지 못했습니다.

제가 대학을 다니던 2000년 봄 즈음, 장 코르미에가 쓴《체 게바라 평전》이 캠퍼스 곳곳에서 눈에 띄었습니다. 이 책이 유난히 눈에 띈 이유는 두터운 양장본 책 겉면을 둘러싼 강렬한 붉은색 표지에 체 게바라의 얼굴이 그려져 있었기 때문입니다. 머리칼을 멋지게 휘날리고 있는 체는 마치 멀리 어딘가를 응시하는 듯 보였습니다. 체의 평전을 손에 들고 다니는 학생들은 모두 남학생이었고, 대부분 무표정하거나 약간씩 고뇌가 섞인 구겨진 표정을 짓고 있었습니다. 독서에 한창 열을 올리던 때였건만, 이상하게도 저는 이 책을 들여다보지 않았습니다. 어떻게 보면 사회 혁명이 가뭇없이 사라진 당시에 나름의 일탈을 꿈꾸던 20대 청년들에게는 체가 그저 동경이나 낭만의 상징 같은 인물로 받아들여진 것이 아닌가 하는 편견을 가졌기 때문이었습니다. 프링글스를 먹고 버드와이저를 마시며 체의 혁명 정신을 이야기하는 친구들을 보면, 그의 혁명 정신이 이미지나 상품으로 변모되어 소비되고 있다는 생각이 강하게 들었습니다. 당시까지만 해도 한국에서는 체와 관련된 책이 총 60여 권이 넘게 발행되었습니다. 아이러니하게도 이는 그 많은 우리나라의 독립투사들 일대기를 모두 합친 것보다 훨씬 많은 양이었습니다.

체의 삶을 간단히 소개하자면 다음과 같습니다. 아르헨티나 로사리오의 중산층 가정에서 태어난 체는 어렸을 때 극심한 폐렴을 겪은 후 평생 천식을 달고 살았습니다. 의대생이던 스물세 살 때 체는 친구 알베르토와 함께 남미 무전여행을 떠납니다. 그 여행에서 그는 빈곤과 기아, 억압에 허덕이는 민중의 실상을 목도하며 혁명가로 살기로 결심합니다. 후에 피델 카스트로와 만나며 그는 쿠바 해방 운동에 참여했습니다. 1958년 체는 자신이 지휘하던 게릴라를 이끌고 쿠바의 산타클라라 전투에서 승리하는 등의 성과를 올렸습니다. 그리하여 1959년 바티스타 독재 정권을 무너뜨리고 쿠바 혁명에 성공합니다. 이후 그는 쿠바 내에서 산업부 장관 및 국립은행 총재 등의 요직을 거치며 안정적인 삶을 영위할 수도 있었습니다. 하지만 혁명가이자 이상주의자였던 그는 결코 실무에 적합한 인물이 아니었습니다. 1965년 체는 "쿠바에서 나의 일은 모두 끝났다"고 선언하고 아프리카 콩고로, 남미 볼리비아로 또 다른 혁명의 길을 나섭니다. 그러나 콩고와 볼리비아에서의 혁명은 모두 실패로 돌아갔습니다. 1967년 체는 결국 미군의 지원을 받은 볼리비아 독재 정권 정부군에 체포되어 처형되었습니다. 39세의 나이에 체는 파란만장했던 혁명의 삶을 마치게 되었습니다.

한 인물에 대한 평가는 그가 살았던 당대보다는 후대에 두드러지게 나타나기도 하는데, 체의 경우가 특히나 그렇습니다. 체가 시대와 역사의 조명을 받은 것은 그가 죽고 난 뒤 카스트로 정권에 의해서입니다. 카스트로가 집권한 기간에 쿠바 내에서 체의 자서전이 총 15종 출간되었습니다. 이로써 그는 혁명적 인간의 완성형으로 전 세계적인 주목을 받게 되었습니다. 그가 혁명군을 이끌며 남긴 말들은 어록이 되어 지금도 사람들에게 회자되고 있습니다. 실존주의 철학자 사르트르는 체를 가리켜 "20세기의 가장 완전한 인간"이라고 극찬하기도 했습니다.

아바나의 거리를 거닐면서 저는 체가 이뤄내고자 했던 혁명에 대해 잠시 생각했습니다. 하지만 쿠바의 거리는 이미 많은 것이 달라졌음을 보여주고 있었습니다. 사진 위주로 된 체에 관한 오래된 책들은 길거리에서 외국인들에게 수집용 아이템으로 팔리고 있었고, 아바나 중심에 있는 오비스포 거리에선 재즈 악단이 체가 그토록 반대했던 미국이라는 나라의 국가를 흥겹게 연주하고 있었습니다. 더 이상 체에 관심이 없는 듯 보이는 쿠바인들은 여전히 체의 얼굴이 그려진 빨간 티셔츠나 냉장고 자석 따위를 인기 상품으로 판매하고 있었습니다. 체의 혁명 정신이 어디로 갔는지 알 수는 없었으나, 쿠바인들에게 체는 훌륭한 상품이었고, 체와 관련된 많은 상품은 외지인들에게 쿠바 여행의 기념품이 되었습니다.

'혁명은 어디로 갔을까, 과연 나에게 혁명은 무엇일까?'

저는 혁명에 관해서 저 스스로에게 질문을 했습니다. 믿지 않을지

CUBA
KORDA
CUBA
KORDA
CHE
GUEVARA
CHE
GUEVARA
LA REVOLUCION CUBANA
REVOLUCION
CUBANA
CHE y FIDEL
LA HISTORIA
ME ABSOLVERÁ
CAMILO

UN HOMBRE BRAVO
RAUL CORRALES

도 모르겠지만 저 역시 혁명의 삶을 사는 사람입니다. 그러나 그것은 정부 체제를 전복하거나, 사회 운동을 이루어내거나, 시스템을 바꾸는 혁명이 아닙니다. 수행자인 저에게 혁명의 대상은 정부도 아니고, 바깥 사람이나 조직도 아닙니다. 바로 '나'입니다. '나'의 혁명이 그 어떤 외부 대상을 변화시키는 것보다도 근간이 되는 중요한 변화라 믿고 있습니다. 그렇기에 저는 그 혁명의 과정에서 수행이라는 것을 하고 있는 것이었습니다. 2600년 전 부처님은 수행을 통한 나의 혁명을 깨달음으로 직접 입증해주셨습니다. 그렇기에 제가 행하는 혁명은 바깥을 향하는 것이 아니라 내 안으로 향하는 것입니다. 수행을 통한 나의 혁명은 우리가 일반적으로 알고 있는 혁명과 다릅니다. 보통 바깥의 조직을 대상으로 하는 혁명에서는 행동과 대체가 중요한 방법론입니다. 그러나 '나'를 대상으로 하는 수행이라는 혁명은 비움이 그 과정이고 드러남이 그 필연적인 결과입니다. 비움이라는 것은 그 근원을 찾을 수 없다는 것이고, 드러남이라는 것은 그 근원 없는 바탕에서 모든 인연의 일들이 진실해진다는 뜻입니다.

그러나 저는 확신합니다. 수행을 통한 고요하고도 근원적인 혁명이야말로, '나'에 대한 실체화와 과도한 중심성을 전복시키고, 활달히 열린 마음으로 세상과 사람을 새롭게 보는 안목을 살려내는 진정한 의미의 혁명이라고 말입니다. 그렇기에 저에게 진정한 혁명이란 바깥을 변화시키는 것이 아닙니다. 내가 바뀌는 것입니다. 내가 바뀌고 시선이 바뀌면, 바깥의 사람들과 세상이 모두 자연스럽게 뒤바뀌게 되는 것입니다. 비록 일이 이미 벌어진 뒤 뒤늦게 깨달은 것이지만, 세계 일주를 하며 저는 저 자신과 시선이 바뀌는 조용한 수행 혁명을 부단히 해가고 있었습니다. 세계 일주 역시 수행이 될 수 있다는 것을, 또한 수행이 되었다는 것을 나중에서야 한국으로 돌아오고 난 뒤 눈앞의 삶으로 틈틈이 확인하게 된 것입니다.

말레콘의 낚시꾼들

한여름의 강렬한 햇볕이 거의 사그라지는 오후 6시 즈음이 되면 말레콘의 방파제에 낚시꾼들이 모여들었습니다. 혼자만의 고즈넉한 낚시를 즐기는 사람도 있었지만, 모로 성이 가까이 보이는 방파제 근처에는 언제나 예닐곱 명의 사람들이 모여서 낚시를 하고 있었습니다. 고기가 더 잡히기 때문인지 뭔지 모르겠지만, 이곳은 다른 곳보다 인기가 많았습니다. 말레콘의 석양을 보러 나갈 때마다 저는 이 낚시꾼들을 보았습니다. 보통 낚시하는 곳에서는 물고기들이 미끼를 물게끔 조용히 해야만 합니다. 하지만 낚시꾼 중 유난히 큰 소리로 떠드는 친구가 하나 있었습니다. 목소리도 크고 표정도 상기되어 있는 게 영 초보 낚시꾼처럼 보였습니다. 그는 낚시를 하면서도 옆에 있는 다른 젊은 친구에게 계속 시끄럽게 이야기를 해댔습니다. 한참 지켜보자니, 그는 낚싯줄을 바다 멀리 던지는 일을 반복하고 있었습니다. 그제야 그들이 무슨 말을 하는지 알 수 있었습니다.

"것 봐~ 내 게 더 멀리 날아갔다구! 니 건 내 것보다 거리가 짧아!"

젊은 친구 둘은 그렇게 누가 낚시찌를 더 멀리까지 던지나 내기를 하는 중이었습니다. 그들은 물고기를 낚는 데 아무런 관심이 없었습니다. 오로지 누가 찌를 더 멀리 던지는지의 승부만 있을 뿐이었습니다. 이 친구들의 소란스러운 경쟁이 낚시터를 시끄럽게 만들었던 것입니다.

하지만 그 옆에 있던 중년의 낚시꾼들은 침착하고 조용했습니다. 젊은 친구들의 소란에 전혀 개의치 않는다는 듯, 찌를 묵묵히 드리우고 조용히 그 찌만을 집중해서 바라보고 있었습니다. 그들이 가져온 박스에는 이미 서너 마리의 물고기가 들어가 있었습니다. 대부분 팔뚝만 한 크기의 고기였는데 한 가족의 저녁 식사로는 충분할 정도였습니다. 젊은 친구들의 박스가 텅텅 빈 것과는 영 상반되는 모습이었습니다. 역시 중장년의 관록입니다.

젊은 날에는 이렇듯 다소 무모하고 쓸모없어 보이는 도전과 경쟁을 하느라 시간과 정열을 쏟아붓는 경우가 많습니다. 그러다 나이가 들면 아무래도 한정된 시간과 정열을 좀 더 효율적으로 투자하고 실리를 거두는 데 집중하게 됩니다. 기껏해야 스무 살이나 되었을 법한 젊은 친구들에게 낚시는 하나의 경쟁이며 놀이일 수 있겠지만, 지긋하게 나이 든 중장년 가장에게 낚시는 가족의 저녁 식사를 책임질 의무입니다. 누군가에게는 젊은 친구들의 무모한 도전과 경쟁이 그

다지 효용성 없는 일처럼 보일 수도 있습니다. 그들의 빈 통을 보면 확연히 그러합니다.

하지만 꼭 그렇지만은 않다는 생각도 하게 됩니다. 누가 낚시찌를 멀리, 또 멋있게 던졌느냐는 무익한 경쟁을 하느라 고기를 잡지 못한다 하더라도, 그것은 젊은 시절에 그들만이 누릴 수 있는 유쾌한 낚시 놀이 아니던가요. 비록 물고기를 한 마리도 낚지 못한다 하더라도 서로 즐거운 마음으로 시간을 낚았다면, 이미 그걸로 충분한 일인지 모릅니다. 집으로 돌아가는 길에 낚싯줄 던지는 실력을 서로 비교하며 맥주를 한 잔씩 걸치더라도 그것은 충분히 유익한 무익입니다. 저 즐거움이며 놀이는 어쩌면 물고기를 얻는 것 그 이상의 의미가 있을지도 모르는 겁니다.

사람의 인연 따라 종국엔 유익의 결과를 만들어내는 일이 필요하게 될 것입니다. 하지만 무익의 즐거움을 누리는 것도 사람이 가질 수 있는 특권 중 하나입니다. 아무런 이득이 없는 도전이고 경쟁이어도 됩니다. 반드시 이득과 실효가 있어야 하는 것은 아니기 때문입니다. 이득이나 실효는 우리가 원하든 원하지 않든, 시간이 흐르며 차츰차츰 익혀갈 기준이며 삶의 방향성이 될 것입니다. 사람에게는 무익의 즐거움을 누릴 자유가 있고, 또 그러한 자유가 보장되는 때가 바로 젊은 시절 아니던가요. 텅 빈 바구니를 들고 왁자지껄 떠들면서 돌아가는 그 친구들이 저는 참 보기에 좋았습니다. 낚아야 하는 건 물고기만이 아닙니다. 낚을 수 없는 즐거움이나 시절을 낚는다면, 그것 또한 훌륭한 낚시입니다.

이태백이 곧은 낚시를 썼다는 일화가 있습니다. 물고기를 잡으려면 본래 굽은 낚시를 써야 합니다. 곧은 낚시로는 물고기를 낚을 수가 없습니다. 그렇습니다. 이태백은 애초부터 물고기를 잡는 데에 관심이 없었습니다. 그는 결코 낚을 수 없는 것을 훌륭하게 낚고 있었습니다. 그렇게 그는 아무런 소득 없이 무위無爲라는 이름의 낚시를 그 자체로 이미 고요하게 즐기고 누렸던 것입니다. 그렇기에 결과에도 구애받지 않고, 평가에도 개의치 않았습니다.

이태백은 정말 훌륭한 낚시꾼입니다. 그의 곧은 낚시가 비록 물고기를 낚지는 못했을지언정, 천년이 흐른 지금까지도 사람들의 입에 오르내리고 있으니, 그는 얼마나 출중한 낚시꾼이던가요. 그는 일반 사람들이라면 결코 낚을 수 없는 시간을 낚았고, 사람도 낚았습니다. 애초부터 낚을 수 없는 것을 낚아야지만, 비로소 실력 좋은 낚시꾼입니다. 그리고 낚은 그것이 다름 아닌 천하라면 우리는 그 낚시꾼을 도인이라고 부릅니다.

글쎄올시다

아바나에 머물 당시 매일같이 비에하 광장에 있는 카페 '엘 에스코리알'에 들렀습니다. 저는 그곳에서 매일 에스프레소를 한 잔씩 마셨습니다. 그러면서 비에하 광장을 오가는 사람들을 구경하는 것이 나름 소소한 재미였습니다. 그러던 어느 날이었습니다. 늘상 같은 시간에 에스프레소를 마시고 있으려니, 한 친구가 찾아와 제 테이블 위에 그림 하나를 슬쩍 놓고 갑니다.

"당신이에요."

캐리커처라는 게 본래 그 사람이 가진 특징을 극대화해서 인상적으로 그려내는 것인데, 그의 그림은 영 이상해 보였습니다. 이게 정말로 나의 모습이라는 말인가.

"글쎄올시다…."

이건 무슨 동유럽의 심술 맞고 고집스러운 정치인의 모습을 희화

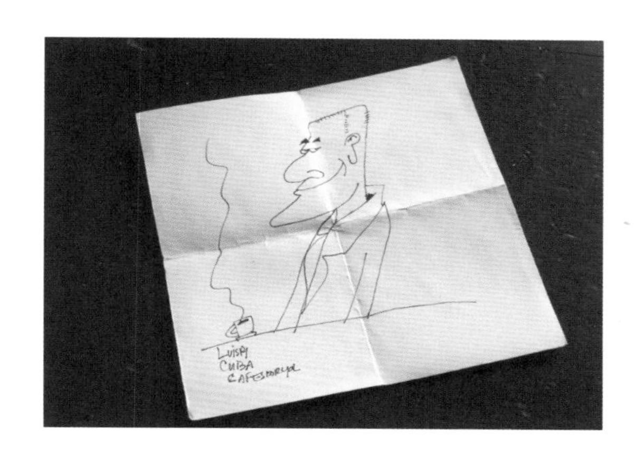

화한 듯한 그림이었습니다. 화가로서의 안목과 자질이 부족하다는 판단이 들어, 저는 돈을 주지 않으려 했습니다. 그래도 저랍시고 그린다고 애를 썼고, 또 나름의 수입은 있어야 하지 않겠나 싶어서 저는 적당한 수준의 팁을 주고 그림을 접수했습니다. 화가 친구가 씽긋 미소를 보이고는 돈을 받아들고 카페를 나갔습니다.

묘한 그림이었습니다. 처음에는 영 이상하다 싶었는데, 묘하게도 보면 볼수록 저를 닮았다는 느낌이 드는 것이었습니다. 제가 동유럽의 정치인은 아니지만, 나름 심술 맞고 고집스러운 면모가 있으니, 딱히 부정할 만한 요소가 없기도 했습니다.

'이 친구는 사람의 마음까지 꿰뚫어 보는 안목 있는 화가였구나!'

그는 사람의 겉모습을 그려내는 것뿐 아니라, 마음까지 표현할 줄 아는 훌륭한 화가였습니다.

공허함을 어떻게 채우지요

세계 일주를 하면서 승복을 입고 다닌 탓에, 그래도 수행자랍시고 한국 친구들이 이런저런 질문을 해오는 경우가 많았습니다. 한 친구가 이렇게 물었습니다.

"스님, 공허함이 밀려들면 어떻게 채워야 하지요?"

장기간 혼자서 세계 일주를 하는 사람들이 한 번쯤은 심하게 앓는 심리적인 외로움 때문에 나온 질문입니다. 저 역시 장기 여행 중에 지독한 외로움을 느낀 적이 있습니다. 그러나 수행이라는 걸 해온 습성이 있어서인지, 그리 오랫동안 허덕이지는 않았습니다. 그 친구에게 말했습니다.

"그걸 다른 걸로 채우려고 하지만 말고 그 공허함이라는 걸 잘 보도록 해봐. 그 공허함이 어디서 생겨나는지, 어떻게 변화하는지 그리고 어떻게 사라지는지 말이야. 그런데 가장 중요한 게 있어. 나는 왜 그걸 채우려고만 하는지, 그걸 스스로에게 물어봐 봐."

공허함이라는 느낌이 생겨나면, 그 빈 자리에 다른 내용물을 대체해 채워 넣음으로써 공허함에서 벗어나려는 게 사람들의 일반적인 반응입니다. 하지만 이렇게 채워 넣은 내용물도 결국엔 변합니다. 그 내용물에도 유통 기한이 있기 때문입니다. 일정한 시간이 흐르고 기한이 다하면, 나의 충족감도 점차 다른 느낌으로 변하게 됩니다. 그리고 이러한 인연이 힘이 다하면 다시 공허함을 느끼게끔 되어 있습니다.

'잘 본다는 것'은 그 내용물을 바꾸는 것이 아니라 근간의 원리를 보는 것입니다. 근간의 원리는 다른 게 아닙니다. '모든 것은 변화한다'라는 아주 단순한 진리입니다. 불교에서는 무상無常이라고 합니다. 한때 '이 또한 지나가리라'라는 말이 유행했는데, 대응 방식에 약간 차이가 있을지언정 큰 틀에서는 같습니다. 우리가 이 무상이라는 근간의 원리와 흐름을 잘 보고 이해하게 된다면, 내용물의 변화에 휘둘리지 않을 여유를 얻을 수 있습니다. 고정되어 있거나 불변하는 상태 혹은 상황이라는 것은 애초에 없었기 때문입니다. 무상을 이해하고 받아들일 여유가 생길수록, 우리는 변화하는 내용물을 좇는 습성에서 벗어나 점차 '흐름이라는 속성'을 닮아가게 되어 있습니다. 하지만 그러기 위해선 무수한 연습을 해야만 합니다. 그런데 삶에는 이러한 연습거리가 무수히 넘쳐납니다. 외로움이나 공허함 같은 느낌도 사실상 이 변화와 흐름을 닮아가기 위한 좋은 연습거리입니다.

내용이라는 대상에서 벗어나 흐름이라는 속성을 닮아갈수록, 우

쿠바 소년과 태극상

리는 점차 내용도 허용해주고, 변화도 허용해줍니다. 그런데 그중에서 가장 중요한 것은 '나'조차도 변화의 내용물로 허용해주는 것이라고 할 수 있습니다. 이전까지 '나'는 그 모든 내용물과 변화를 통제하는 중심이었습니다. 그러나 허용이 익어갈수록, 실상 '나'라는 것도 이 내용의 한 부분이고 변화하는 대상임을 인정해준다는 것입니다. 그런데 신기한 것은, 이 '내'가 변화할 적에 삶의 그 모든 내용물도 덩달아 동시에 변화한다는 사실입니다. 삶의 모든 대상이나 상황이, 내 마음의 반영이라는 사실을 깨우치고 받아들임으로써 생겨나는 총체적인 전환입니다. 그래서 불교에서는 이를 두고 일체유심조一切唯心造, 즉 '세상 모든 것은 오직 마음이 지어낸 바이다'라고 했던 것입니다.

나의 마음인 것이 아닙니다. 다만 마음의 나인 것입니다.

잘 바라본다는 것은 나라는 작은 중심에서 마음이라는 큰 전체로 전환하기 위한 연습의 시작입니다. 바라보는 연습을 많이 할수록 대상이나 생각, 느낌, 감정과 같은 삶의 내용물에 휘둘리지 않고 집착하지 않으며, 잘 흘려보낼 수 있게 됩니다. 그리고 그 연습이 익어갈수록 나 자신도 그러한 흐름으로 인정하며 상황에 잘 맞게 살 수 있게 됩니다. 이러한 연습이 잘 익어가면 그 모든 순간, 그 모든 상황이 인연에 따른 진실함으로 다가오게 됩니다.

삶은 그 모든 진실이 어우러진 총체입니다. 공허함이나 외로움도 벗어나야 할 감정이나 느낌이 아니라, 삶의 진실한 모습이 됩니다. 버릴 것 하나 없고, 떠날 것 하나 없습니다. 공허함의 텅 비어 있음이 본래 평안함의 기초가 되고, 외로움도 인연에 따라 나타난 진실한 감정이기에 사실 벗어날 필요가 없습니다. 다만 그러한 감정과 생각을 자의대로 통제하려는 '중심으로서의 나'를 두려 하기에 괴로운 것입니다. 하지만 인연에 따라서 자유롭게 받아주고 보내주는 '통로로서의 나'를 인정해주면 그 모든 생각이나 느낌이 와도 진실함으로 같이 인연 따라 누릴 수 있게 됩니다.

그러한 통로가 되기 위해서 우리가 해야 할 것은 단지 비워주고 허락해주는 것, 단 이 두 가지뿐입니다. 이 두 가지가 잘 익는다면, '세상 그 어떤 것도 변하지 않는 것이 없다'는 단순한 진리는 삶 전체를 꿰뚫는 어마어마한 지혜가 될 것입니다. 그리고 이 지혜로 인해 삶을 순간순간 대하는 안목은 허공처럼 깊어질 것입니다.

네가 울어서 기쁘다

멕시코 산크리스토발 광장의 한 카페에 앉아서 커피를 마시고 있었습니다. 어디선가 기념품 한 꾸러미를 든 여자아이 하나가 다가오더니, 수제 주머니를 보여주었습니다. 멕시코 어디서든 구할 수 있는 변변찮은 주머니였습니다.

"30페소예요."

제가 주머니를 만지작거리다 고개를 갸우뚱하니 아이는 이내 서운한 표정을 지었습니다.

"20페소예요…."

웃음이 나왔습니다. 사실 저는 기념품을 사는 데 관심도 없거니와 이 주머니가 필요치도 않았습니다. 장기 여행자들에게는 꼭 필요한 물품을 제외한 모든 것들이 짐입니다. 그런데 아이가 자리를 떠나지 않고 하도 칭얼거리니, 하는 수 없이 주머니를 하나 사주기로

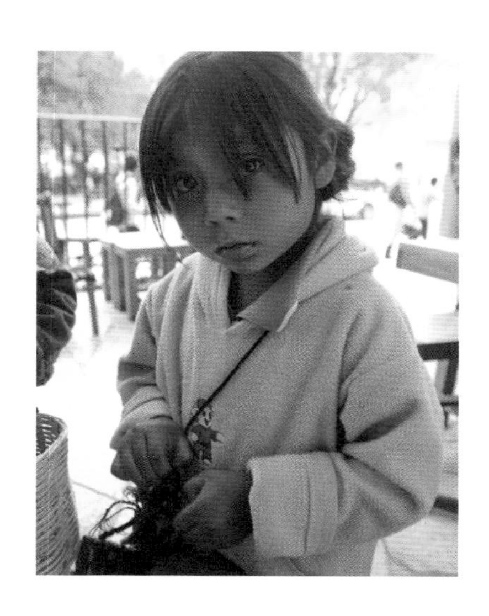

했습니다. 아이는 기분 좋은 표정으로 주머니가 엮인 끈을 조심스레 풀어내기 시작했습니다.

그러나 10분이 지나고 20분이 지나도, 복잡하게 얽혀 있는 끈들은 도무지 풀릴 기미가 보이질 않았습니다. 한동안 이 모습을 지켜보다 저는 기어코 말했습니다.

"너 주머니 끈 안 풀리니까 스님 그냥 가야겠다, 안녕…."

그러나 자리에서 일어나는 순간 저는 당황하고야 말았습니다. 제가 떠나려 하자 아이가 돌연히 울음을 터뜨린 것이었습니다. 아이의 얼굴엔 어느새 굵은 눈물이 고여서 떨어지고 있었습니다. 그렇게 울면서도 풀리지 않는 끈 위에서 그 작은 손가락들이 허겁지겁 바쁘게 움직이고 있었습니다. 그런데 그렇게 아이가 우는 모습을 보고 난 뒤, 저는 정말 크게 웃어버리고야 말았습니다. 좋아서, 그것도 너무나 좋아서였습니다.

'그래, 아이야. 사람은 원래 울 때는 울어야 하고 웃을 땐 웃어야 한단다. 그런데도 너무 많은 생각 때문에, 그 자존심 때문에 울 때 울지 않고, 웃을 때 웃지도 못하는구나. 행여 울더라도 그 울음의 의미를 잊지 않겠다고 억지로 다짐하는 미련한 어른도 많단다. 그래, 울어야 할 때는 울고, 웃어야 할 때는 웃자. 그게 사는 거지. 그래도….'

"너무 많이 울면 안 좋으니까 스님이랑 함께 가자. 스님이 너 초콜릿 사줄게."

'초콜릿'이라는 말을 들은 아이는 이내 울음을 뚝 그쳤습니다.

산크리스토발 광장 한가운데서 저는 그렇게 다시 크게 웃어버리고야 말았습니다.

피에르

피에르는 언제든 애리조나 플래그스태프에 있는 자신의 집으로 찾아오라고 말했습니다. 만일 자신이 살고 있는 서부로 오게 되면, 그 어느 때고 저에게 그랜드캐니언을 구경시켜주겠다고 약속했던 것입니다. 멕시코를 떠나 미국의 샌프란시스코로 들어온 저는 로스앤젤레스로 내려갔습니다. 그곳에서 차량을 렌트해 당분간 미국 서부를 다닐 예정이었기 때문입니다. 그렇게 저는 피에르를 만나기 위해 로스앤젤레스에서 출발하여 미국 서부의 사막으로 향했습니다. 무려 일곱 시간의 장시간 운전이었습니다. 아침 일찍 로스앤젤레스에서 출발했건만 플래그스태프의 기차역에 도착했을 때는 이미 어스름이 내려앉기 시작한 초저녁이었습니다. 피에르는 그곳 주차장에서 예전과 크게 다를 바 없는 모습으로 저를 기다리고 있었습니다. 다만 달라진 게 있다면 삭발을 했다는 것뿐이었습니다.

피에르와 함께

이로써 피에르와 저는 머리 모양마저 비슷해지게 되었습니다.

피에르는 플래그스태프 인근의 사막에서 혼자 살았습니다. 피에르의 집에 닷새간 머물면서도 우리는 별다른 일을 하지 않았습니다. 같이 식사를 준비해 먹었고, 집 밖 의자에 앉아서 이야기를 나누었으며, 건조한 사막의 마른 수풀 사이를 잠시 산책했고, 그 언젠가 한바탕 소나기가 내린 후 짙은 회색 구름 사이로 돌연히 나타난 무지개를 함께 감상하기도 했습니다. 누군가 이야기했습니다. 특별한 일을 같이해서 친한 게 아니라, 평범한 일을 같이해도 어색하지 않은 사이가 진짜로 친근한 관계라고요. 생각해보면 피에르와 제가 그랬습니다. 어떤 일을 하지 않아도, 어떤 말을 나누지 않아도 불편하거나 어색하지 않을 정도로 왠지 모르는 친근함이 느껴지는 관계였습니다.

그래도 마냥 집에만 있을 수는 없었기에, 플래그스태프 인근에 있는 말 목장에서 말을 타기도 했습니다. 그리고 애초에 피에르가 약속한 대로 하루 날을 잡아 그랜드캐니언을 구경했습니다. 보통 국립공원을 트레킹 하거나 관광지를 구경할 때 저는 사나흘 전에 미리 사전 조사를 합니다. 하지만 이번에는 이곳 토박이인 피에르에게 모든 것을 일임해도 되었기에, 저는 아무런 준비도 하지 않았습니다.

"스님, 사실 제가 여기 그랜드캐니언 가까운 곳에 사니까 아는 사람들에게 가이드를 해준 적이 많았어요. 아마 수십 번도 넘을 거예요. 그래서 이곳은 다 꿰고 있지요. 더군다나 저한테는 시니어 패스가 있어요. 미국에서는 60세가 넘으면 시니어 패스를 발급해주는데, 단돈 10달러면 미국 전역에 있는 국립공원에 무료로 입장할 수 있지요."

나이 들어 좋은 게 있다며 피에르는 저에게 시니어 패스를 자랑삼아 보여주었습니다. 사실 작년 인도를 여행할 때만 해도 저는 피에르의 건강을 염려했었습니다. 세계 일주 마지막 나라인 미국에서 피에르를 다시 볼 수 있을까 하는 기대가 곧 걱정으로 변했습니다. 의사가 예상한 1년, 바로 그즈음이 제가 미국에 들어갈 때였습니다. 하지만 항암 치료가 잘 되었고, 약을 먹으면서 그럭저럭 지낼 만하다는 말을 피에르에게 전해 들었습니다. 애리조나에서 만났을 때 피에르의 안색도 썩 나쁘지 않았습니다. 약간 초췌해 보이기는 했으나, 말하는 것이나 행동하는 것이 이전과 다를 바 없었습니다. 그는 여전히 말끔한 신사였습니다. 이렇게 안심했기 때문인지 피에르와 지내는 동안 저는 그가 암 투병 환자라는 느낌을 받지 못했습니다. 그저 오래된 친구를 다시 만난 듯한 편안한 느낌뿐이었습니다. 그렇게 닷새간 피에르의 집에서 편하게 머물다 저는 세계 일주 여정을 마무리하기 위해 유타로 떠났습니다. 언제 다시 만날 수 있을지 모르는 일이었기에, 어쩌면 마지막 포옹이 될 수 있다는 생각 때문에, 우리는 오랜 시간 깊은 포옹을 나누었습니다.

세계 일주를 마치고 3년 뒤인 2017년 가을 어느 날, 낯선 사람에게서 페이스북 메시지가 날아왔습니다. 메시지를 보낸 사람은 마이클이었습니다. 제가 모르는 사람이었습니다. 그렇기에 저는 관성적으로 스팸 메시지라고 생각했습니다. 하지만 내용을 들여다보니 그렇지 않았습니다. 무척이나 간결하고 분명한 메시지가 첫머리에 나와 있었습니다. 그것은 피에르가 죽었다는 소식이었습니다.

마이클은 피에르의 아들이었습니다. 피에르는 9월 11일 오후 2시 36분, 텍사스에 있는 여동생의 집에서 죽었습니다. 피에르는 가족들이 모두 모인 상태에서 편안한 모습으로 죽음을 맞이했다고 합니다. 그가 병원에서 1년이라는 시한부 판정을 받은 것이 2013년 2월이었건만, 피에르는 그로부터 무려 4년 7개월을 더 살아냈습니다. 마이클은 이 시간을 기적이라고 말하고는, 그 시간이 무척이나 감사했다고 전했습니다. 가족 모두 피에르와의 만남에 감사하고 있으며, 현생에서 그러했듯 피에르가 내생에서도 영적인 자유의 길을 찾아가기를 간절히 소망한다고 밝혔습니다. 간결하고 분명한 메시지였습니다.

마이클이 보내온 메시지를 보고 저는 무거운 얼음덩어리가 내려앉은 것처럼 마음이 저리기 시작했습니다. 하지만 피에르의 암 발병 소식을 처음 접했던 인도의 바라나시에서처럼 망연히 슬퍼서 눈물이 나지는 않았습니다. 피에르가 남은 4년여의 시간 동안 자신의 삶을 차분하게 정리해왔던 것처럼, 어쩌면 저 자신도 그 막연한 4년 동안 피에르를 잘 떠나보낼 준비를 해왔기 때문이라 생각하고 있습니다.

죽음이란 그렇습니다. 죽음은 죽는 당사자뿐 아니라, 그 사람을 보내는 사람도 준비를 해야만 하는 것입니다. 언제든 보내야 할 사람이라고, 그 시간은 언제라도 올 수 있다고, 피에르와 헤어진 이후부터 저는 그렇게 알게 모르게 되뇌어왔던 것입니다. 비록 예전처럼 눈물이 쏟아지지는 않았지만, 가슴 안을 서늘하게 휘젓는 상실의 감정은 그 어느 때보다도 선명했습니다.

태어남과 죽음은 결코 피할 수 없는 삶의 진리입니다. 이 진리를 벗어나지 못한다 하더라도, 중국과 미국에서 피에르와 함께 나누었던 말과 기억, 느낌은 저에게 무척이나 진실한 경험으로 각인되었습니다. 이 진실함을 안고 있기만 하다면, 비록 피에르를 다시 만날 수 없다 하더라도 그 경험과 기억들이 진실함으로 살아나게 되리란 예감에 마냥 슬프지만은 않았습니다. 피에르의 육신은 떠났을지언정, 피에르와 함께한 순간들은 그 언제고 기억으로 생생하게 살아 있음에 저는 서늘했던 가슴이 점차 따뜻해져 옴을 느꼈습니다. 저는 피에르의 죽음을 알려준 마이클에게 다음과 같은 메시지를 남겼습니다.

"삼가 고인의 명복을 빕니다. 피에르가 그렇게 갔으나, 또한 이렇게 오고 있음을 느끼며 살고 있습니다. 저는 피에르의 친구 원제입니다."

나바호 사암으로 이루어진 애리조나의 한 협곡입니다.

협곡으로 들어오는 빛의 강도와 협곡의 기이하고도

신기한 물결 문양, 그리고 그 빛이 협곡을 물들이는 정도에 따라서

다채로운 풍경을 만들어내는 곳입니다.

미국에 있는 캐니언마다 나름대로의 특징이 있겠지만,

앤털로프 캐니언은 가장 독보적인 분위기와 인상,

사진을 남긴 곳입니다.

FREEDOM IS NOT FREE

미국을 여행한 한 달간 몇몇 주요 도시들을 다녀 보았습니다. 그런데 그중에서 가장 느낌이 좋았던 도시가 바로 워싱턴 D.C.였습니다. 미국 대통령 관저인 백악관을 비롯해 연방 정부 기관들과 대사관들이 집중적으로 모여 있고, 스미스소니언 협회에서 건립한 박물관들이 있는 곳으로 유명한 미국의 수도입니다. 피에르 랑팡이 설계한 이 계획도시는 백악관과 여러 박물관, 기념관들이 수목들과 함께 어우러져 도시 자체가 마치 하나의 잘 가꾸어진 공원과도 같은 느낌을 주었습니다. 해 질 녘이 되면 이 공원 같은 시내에서 조깅을 하는 사람들이나 반려견과 여유롭게 산책하는 사람들을 자주 볼 수 있었습니다. 강과 나무, 수풀이 문명의 건물들과 조화를 이루어 잔잔한 평화로움의 여유를 느낄 수 있었습니다.

그러던 어느 날, 저는 링컨 기념관을 둘러보고 남쪽을 향해 내려가다 웨스트 포토맥 공원에서 우연히 웬 군인 동상을 보게 되었습니다. 수풀을 헤쳐나가면서 작전을 수행하는 모습의 군인 동상이었습니다. 왜 이런 동상이 있는 것일까. 그러다 기념비에 새겨진 문구를 보고 저는 그만 무릎을 치고 말았습니다. 그것은 김영삼 전 대통령의 방미 일정에 맞추어 1995년에 설립된 한국전 참전용사 기념비였습니다. 제가 본 동상들은 비 오는 날, 판초 우의를 입고 수색을 나서는 듯한 군인 열아홉 명을 묘사한 것이었습니다. 열아홉 명의 군인들은 한국전에 참여한 육군, 해병, 해군, 공군 병사들이었는데, 백인과 흑인, 히스패닉계 등 여러 인종이 모두 포함되어 있었습니다.

천천히 살펴보니 동상 주변의 화강암 비석에 한국전에 참전한 미군과 UN군의 희생이 수치로 기록되어 있었습니다.

사망 : U.S.A. 54,246 U.N. 628,833

실종 : U.S.A. 8,177 U.N. 470,267

포로 : U.S.A. 7,140 U.N. 92,970

부상 : U.S.A. 103,284 U.N. 1,064,453

그야말로 압도적인 수의 군인들이 한국이라는 먼 나라에서 이슬처럼 사라진 것입니다. 그리고 이 기념비에는 헌사가 적혀 있었습니다.

"Our nation honors her sons and daughters who answered the call to defend a country they never knew and a people they never met."

"우리 조국은 알지도 못하는 나라와 만나본 적도 없는 사람들을 지키라는 국가의 부름에 응한 우리의 아들과 딸들에게 경의를 표합니다."

단 한 문장이었지만 평상시엔 잘 동요하지 않는 가슴이 순간 먹먹해지면서 뭉클해졌습니다. 그제야 로스앤젤레스에 머물 당시 한 한국인 유학생 친구가 해준 이야기가 생각났습니다. 웨스트 포토맥 공원에는 이 기념비를 소개하는 가이드가 있습니다. 한국전쟁에 참전한 한 백발의 노병이 이 기념비에 대해 직접 설명해준다는 것입니다. 저는 유학생 친구가 들려준, 그 백발의 노병이 했다는 말을 선명하게 기억하고 있었습니다.

그는 한국전 참전 명령을 받고 한국으로 왔습니다. 이름은 들어본 적 있지만, 구체적으로 어디에 있는 나라이고 어떤 상황에 있는지는 알지 못했다고 합니다. 그를 실은 비행기가 어느 깊은 산골짜기에 그를 떨궈놓았습니다. 노병은 그곳이 아마 강원도 어디 깊은 산골이었으리라고 짐작하고 있었습니다. 눈 덮인 산에 도착하니 생전 겪어보지 못한 극렬한 추위가 뼛속까지 스며들었습니다. 그렇게 온몸을 벌벌 떨면서 하룻밤을 보냈는데, 어느 순간 시퍼런 새벽빛이 보이기 시작했다고 합니다. 이것이 그가 한국에서 처음으로 맞이한 새벽이었고, 동시에 한국에 대한 첫인상이었습니다. 그렇듯 맹렬하게 추운 겨울이었음에도, 그는 그 새벽의 푸른빛이 너무나도 아름다웠다고 기

억하고 있었습니다. 사실 친구가 이 말을 전해줄 때도 저는 가슴이 먹먹해져 있었습니다. 왠지 모르겠으나, 저는 전쟁과 관련된 이야기에 깊이 공감하는 경우가 많았습니다. 전쟁을 다룬 다큐나 영화를 굉장히 몰입해서 보는 편입니다. 사실 제가 기념비를 구경할 때는 한낮의 햇살이 따뜻하게 내리쬐는 오후였습니다. 그럼에도 저는 그 노병이 맞이했다던 푸른빛의 새벽 냉기가 가슴속으로 깊이 스며든 듯 서늘하기만 했습니다.

노병의 말을 다시금 기억하고 동상 하나하나를 자세히 살펴보니 이 동상들이 달리 보였습니다. 비록 동상이었음에도 그들 모두 살아있는 사람처럼 느껴지기 시작했던 것입니다. 누군가는 결의에 찬 듯

했고, 누군가는 피곤에 지친 듯했으며, 또 누군가는 공포에 넋이 나가 있는 듯한 모습이었습니다.

'이분들이었구나…. 이분들이 우리를 그렇게 지켜주신 거구나!'

그들의 얼굴을 하나하나 오랫동안 자세히 들여다보고 난 뒤, 저는 호국 영웅들의 영면을 기원하면서 묵념을 했습니다.

'당신들의 희생에 감사드립니다. 당신들 덕분에 저희가 이렇게 편안히 살 수 있었습니다. 부디 안락의 세계로 들어가시기를 바랍니다.'

FREEDOM IS NOT FREE.

사실 그간 수도 없이 보고 들어온 글귀입니다. 하지만 이 짧고도 분명한 의미의 글귀가 가슴속으로 곧장 파고들어 와 서글픈 감동을 준 것은 이 한국전 참전용사 기념비를 보았을 때가 제 인생의 처음이자 마지막이었습니다.

자신의 얼굴에 책임진다는 것

워싱턴 D.C.에 오면 당연히 인사를 드리고 싶었던 분이 계셨습니다. 바로 에이브러햄 링컨 대통령입니다. 미합중국의 대통령이었다는 사실과는 별개로, 제가 링컨 대통령을 존경하게 된 이유는 그가 남긴 명언 하나가 제 마음 깊은 곳까지 들어왔기 때문입니다.

"마흔을 넘긴 사람은 자신의 얼굴에 책임을 져야만 한다네."

동양에서는 공자가 《논어論語》의 〈위정편爲政篇〉에서 마흔의 나이를 불혹不惑이라 했습니다. 마흔을 두고 미혹되지 않는 나이라고 정의한 것입니다. 이는 곧 주변의 상황에 동요되지 않을 만큼 자신의 중심을 잡았다는 말로 이해할 수 있습니다.

사람의 수명을 80이라고 한다면, 마흔은 정확히 그 중간이 되는 나이입니다. 사람의 얼굴은 유전적인 요인이나 태어난 환경에 영향

IN THIS TEMPLE
AS IN THE HEARTS OF THE PEOPLE
FOR WHOM HE SAVED THE UNION
THE MEMORY OF ABRAHAM LINCOLN
IS ENSHRINED FOREVER

을 받습니다. 유년 시절에는 이러한 유전과 환경의 요인이 지배적일 것입니다. 그렇기에 성인이 되기까지의 20년 동안은 환경이나 배경을 핑계 삼을 수 있겠지만, 자신에게 선택권이 주어지는 성인 이후의 20년 동안은 온전히 자신의 책임이 되는 것입니다. 얼굴도 그러한 책임의 요소 중 하나입니다. 사람 나이가 마흔 즈음이 되면, 그 사람이 살아온 삶의 이력이 얼굴에 고스란히 드러나는 것입니다. 그렇기에 얼굴에 책임을 져야 한다는 것은 자신이 선택해온 삶에 책임을 져야 한다는 말과 같습니다.

내 자신의 삶과 선택에 책임을 져야 한다는 가르침을 주신 에이브러햄 링컨 대통령을 경외하는 마음으로 공손히 두 손을 모았습니다.

저도 저 자신의 얼굴에 책임을 지기 시작한 지 이제 몇 년이 지나고 있습니다. 그래선지 모릅니다. 거울을 볼 때마다 저는 외모를 살펴보기보다는 자꾸 '책임'이라는 단어를 떠올립니다.

그 어떤 캐니언들보다도
제가 좋아했던 호스슈벤드입니다.
밑에 있는 계곡까지 무려 300미터나 되는
높은 곳에 위치한 전망대였습니다.
조심하지 않으면 추락사할 수도 있는 곳입니다.
그러나 애리조나의 사막이
시원하게 내려다보이는 위치에다가
선명하고도 푸른 계곡물, 사막의
메마른 바람이 합쳐진 인생 풍광입니다.
이곳에 한동안 앉아 이 거대한 자연을
가슴 터놓고 마주 보았습니다.

여행을 마치며

해남 스님

"스님, 혹시 〈바벨〉이라는 영화 보셨는가요?"

해남 스님을 떠올릴 때마다 항상 이 말이 기억납니다. 해남 스님은 그냥 궁금해서 툭 던져보듯 묻지 않았습니다. 조심스럽게, 그러면서도 저의 대답을 기대하는 듯한 눈빛으로 물어보았습니다.

"네 봤습니다. 근데 왜요?"

영화 〈바벨〉은 알레한드로 곤살레스 이냐리투 감독의 대표작입니다. 2007년에 처음 보았고, 외장 하드가 생긴 뒤부터는 '명작' 폴더에 저장해둔 영화였습니다. 지금까지 저는 이 영화를 세 번 정도 보았습니다. 좋은 영화는 반복해서 보는 습관 때문입니다.

"아마 스님이라면 이 영화를 봤을지도 모르겠다는 생각이 들었어요."

해남 스님이 〈바벨〉에 대해 물어본 것은 2008년 겨울, 대구 동화사에 있는 금당선원에서였습니다. 당시 해남 스님과 저는 스님들이 드시는 차와 다과물을 관리하는 다각이라는 소임을 같이 보고 있었습니다. 같은 소임을 보고, 같은 방에서 지내다 보니 해남 스님과 자연스럽게 대화를 많이 하게 되었습니다. 영화에 관심이 생겨난 중학교 때부터 저는 영화를 제법 많이 본 편이었는데, 평이 좋은 영화를 찾아보기도 했습니다. 해남 스님은 누군가에게 들어 제가 영화를 많이 본다는 사실을 알고 있었고, 그래서 자신이 인상 깊게 본 이 영화에 관해 저와 이야기를 나누고 싶었던 것입니다.

"스님, 저는 스님하고 친해지고 싶어요. 뭐라 표현하기 힘들지만, 스님이 되게 가깝게 느껴져요. 또 한편으로는 멀게 느껴지기도 하지만요…."

가까우면서도 멀다, 멀면서도 가깝다. 간혹 듣는 말이었습니다.

해남 스님은 저보다 나이가 한 살 위였습니다. 절에도 저보다 1년 앞서 들어왔으니, 저와 같은 나이에 스님이 된 셈입니다. 나이가 비슷해서인지 해남 스님은 저에게 친근감과 함께 무심함을 느끼기도 했습니다. 지금은 미안한 생각뿐이지만, 그때 저는 해남 스님을 다소 무관심하게 대했습니다. 당시 저는 도반 스님들이 정진하고 있던 백담사 무금선원을 떠나 홀로 동화사 금당선원으로 차출된 상황이었습니다. 금당선원에는 수행깨나 한다는 전국의 기라성 같은 수좌 스님들이 모여 하루 열네 시간씩 가행 좌선 정진을 하시던 중이었습니다. 이 안거에 제가 예외적으로 동참하게 되었던 것입니다. 당시는 수행을 한번 제대로 해보겠다는 열의가 정말로 강한 때였습니다. 정진을 향한 목표 또한 분명했기에, 저 스스로에게나 남에게 무심했던 것입니다.

그래서였습니다. 모처럼 가열찬 수행을 하는 선원에 들어왔으니, 안거 기간에 꼭 필요한 이야기만 하고 거의 묵언 수준으로 지냈습니다. 그 무엇보다도 공부가 소중하게 느껴지던 때였습니다. 따라서 〈바벨〉이라는 영화에 관해 저와 이야기 나누고 싶어 하는 해남 스님의 마음을 알면서도 대화를 피했습니다. 공부를 핑계로 안거 수행 기간에 영화 얘기를 하고 싶지 않았던 것입니다. 지금 와 돌이켜보면 그만큼 마음의 여유가 없던 때였습니다. 그리고 여유가 없는 만큼 어리석었던 시절이었습니다.

그래도 한 철 같은 방을 쓰며 사람에 대한 인정이 생겨났는지, 안거를 마친 뒤에도 해남 스님과는 1년에 한두 번 정도 안부를 묻는 사이가 되었습니다. 그 언젠가 제가 봄가을로 머무는 수도암에 해남 스님이 직접 찾아와 같이 산행을 하기도 했습니다. 그렇게 해남 스님과 먼 듯 가까운 듯 지냈습니다. 제가 해인사에서 노장님 시자 소임을 볼 때였습니다. 도반 스님에게 해남 스님의 건강이 좋지 않다는 말을 전해 들었습니다. 장 쪽에 문제가 생겨서 전국의 유명한 병원이며 의원을 찾아다녔는데도 이렇다 할 병인을 찾지 못했다는 것이었습니다. 저는 해남 스님에게 전화를 걸었습니다.

"네, 근래에 몸이 많이 안 좋네요. 하루에도 몇 번씩 설사를 해요. 많으면 열 번 가까이도 하고요. 근데 문제는… 설사를 할 때마다 하혈이 있어요. 설사를 이렇게 자주 하니까 수행 안거도 못 들어가요. 그래서 인연 되는 절에서 기도하며 지내고 있어요."

저는 해남 스님에게 몸 관리 잘 하시고 빨리 회복되셨으면 좋겠다는 말을 건넬 수밖에 없었습니다. 그런 해남 스님을 다시 만나게 된 것은 2012년 봄이었습니다. 당시 저는 세계 일주를 계획하고 주변 스님들에게 이를 공식적으로 말하고 다닌 후였습니다. 해남 스님도 아마 누군가에게 제가 세계 일주를 앞두고 있다는 소식을 전해 들은 듯했습니다. 해남 스님이 전화를 걸어와 만나자고 청했습니다. 스님은 당시 제가 머물고 있던 대구로 직접 찾아온다고 했습니다. 얼마 후 제가 세계 일주를 떠나면 2년 정도 얼굴을 볼 수 없기 때문이었습니다.

당시 대구 시내의 교보문고 옆에 있던 카페에서 스님의 얼굴을 보았을 때, 저는 너무나 놀라고야 말았습니다. 제가 아는 해남 스님이 아니라 마치 다른 사람을 보는 것만 같았습니다. 금당선원에서 정진할 때나 수도암에서 같이 산행할 때 해남 스님은 마르기는 했어도 비교적 건강해 보이는 모습이었습니다. 하지만 대구에서 본 해남 스님은 그저 뼈만 남은 듯 앙상한 얼굴이었습니다. 몸무게를 물어보니 45킬로였습니다. 175 정도 되는 키에 심각한 저체중이었습니다.

"음식을 먹을 수는 있어요. 뭘 먹으면 곧장 설사와 하혈을 해서 문제지요. 사실 이 원인 모를 병을 고치려고 전국의 유명한 의원들을 찾아다녀 봤는데요, 결국 병명이며 원인을 못 찾아냈어요. 서울의 큰 대학병원도 다 다녀봤는데, 결국 실패했네요. 그래서 지금은 그냥 마음을 접은 상황이에요."

당시 해남 스님은 카페에서 주스를 마셨습니다. 하지만 몇 모금 마시자마자 저에게 양해를 구하고는 곧장 화장실로 뛰어갔습니다. 얼굴이며 몸은 이를 데 없이 야위었지만, 그나마 눈빛은 차분했습니다.

"스님이 세계 일주를 한다는 이야기를 들었을 때, 저 사실 스님이 무척이나 부러웠어요. 저도 세계 일주 꼭 해보고 싶었거든요. 지금은 물론 몸 상태가 안 좋아서 할 수 없지만요…. 나중에 건강해지면 세계 일주 꼭 해보고 싶어요."

"네, 스님. 건강 회복하시고 꼭 하셨으면 좋겠네요. 제가 먼저 해보고 도와드릴 수 있는 한 도와드릴게요."

"그래요, 고마워요, 원제 스님. 그래서 그런데요 스님, 저 부탁이 하나 있어요. 나중에 저 건강해지면 저랑 여행 한번 같이 가요. 저 스님이랑 여행 같이 가보고 싶어요."

"그럼요, 스님. 여행 한번 꼭 같이 가요."

해남 스님이 건강을 회복했다는 소식을 전해 들은 건 세계 일주 중 중간 정비차 다시 한국에 들어왔을 때였습니다. 도반 스님에게 연락을 했다가 해남 스님이 다시 건강을 회복하고 선원에 다니고 있다는 소식을 들었습니다. 안동의 어느 용하다는 의원에 찾아가 한 달 동안 매일같이 침을 맞았는데, 그게 인연이 되었는지 몸이 거의 정상 수준으로 회복되었다는 것이었습니다. 설사와 하혈을 멈추었고 몸무게도 정상 수준으로 회복되었다고 했습니다. 몸이 건강해졌으니 이제 당신이 원하는 대로 선원에서 수행할 수 있었습니다.

사실 우리는 선원에 살며 매일같이 같은 삶을 반복하는 수행승이었지만, 몸이 건강하지 않으면 이 평범한 수행의 삶도 불가능해지는 법입니다. 어찌 되었건 해남 스님이 다시 건강을 회복해 평범한 수행의 삶으로 돌아간 것은 참으로 다행이었습니다. 사실 해남 스님과 마지막으로 만났을 때 스님의 야윈 얼굴이 뇌리에서 잊히지 않아 내심 걱정하고 있었습니다. 이제 해남 스님이 선원 수좌의 평범한 삶으로 돌아왔으니, 세계 일주를 마치면 기회를 봐서 해남 스님과 함께 여행하기로 한 약속을 지킬 수 있겠다고 생각했습니다. 교토에 고찰이 많으니 스님과 가까운 일본에 며칠 다녀오면 좋겠다고 계획을 세웠습니다. 다행이었습니다. 해남 스님이 다시 건강해져서 참으로 다행이라 생각했습니다.

제가 세계 일주를 마치고 한국에 들어오기 열흘 전, 해남 스님은 죽었습니다. 선원에서 정진하는 도반들과 사형들 그리고 해남 스님의 은사 스님이 부산에서 진행된 장례에 참여했다고 합니다. 그런데 사인이 전혀 예상 밖이었습니다. 뇌종양이었습니다. 장과 관련된 원인 모를 병으로 오랫동안 고생하다가 가까스로 나았더니, 그 몇 달 후 뇌에서 종양이 발견된 것이었습니다. 생각해보면 예전에 건강이 어떠냐고 물었을 때 해남 스님은 가끔 머리가 아픈 것 빼고는 괜찮다고 말했습니다. 장 문제 때문이었는지 두통은 그다지 대수롭지 않게 여겼던 것입니다. 그런데 정작 장 문제가 해결되자, 뇌종양이 발견

되었습니다. 문제는 종양이 뇌 속 깊은 곳에 있어서 수술도 불가능한 상태라는 것이었습니다. 아마도 그즈음이었는지 모릅니다. 해남 스님은 이미 마음의 결정을 하고 있었습니다. 장 출혈과 관련된 병으로 몇 년간 고생을 하다 보니, 악성 뇌종양이 있다는 말을 듣고서도 크게 동요하지 않았다고 합니다. 스님은 죽음을 받아들이기로 결심했던 것입니다.

제거 수술을 하지 못하니 종양은 계속 커져만 갔습니다. 암 투병을 하느라 이제 절에서 기도하며 지내는 것도 힘들어졌습니다. 해남 스님은 하는 수 없이 부산의 한 아파트로 옮겨 사형 스님의 간호를 받으며 지냈습니다. 수술하지 않은 채 시일이 흐르니 왼쪽 눈 위쪽으로 혹이 올라왔습니다. 그렇게 커진 종양이 결국 시신경을 치게 되었고, 해남 스님은 점차 눈이 멀어갔습니다. 도반 스님들이 해남 스님의 문병을 갔을 때는 이미 눈이 보이지 않는 수준이었습니다. 해남 스님은 손으로 도반 스님들의 손과 얼굴을 만지면서 스님들을 느끼셨다고 합니다. 그럼에도 평온함과 미소를 잃지 않으셨습니다.

눈이 멀어가며 점차 죽음으로 다가서고 있는 해남 스님을 바라보는 도반 스님들의 마음은 착잡하기 그지없었습니다. 암의 부작용이 심해지면서 몸은 점차 마비되어갔습니다. 나중엔 간병을 해주는 사형의 도움 없이는 아예 거동조차 하지 못했습니다. 그로부터 몇 달 동안 고생을 하시다 해남 스님은 결국 영원히 눈을 감아버렸고 아픈 몸에서 자유로워졌습니다. 그때가 2014년의 9월 31일, 제가 세계 일주를 마치고 한국으로 돌아오기 꼭 열흘 전이었던 것입니다.

해남 스님을 생각하면, 이상하게도 항상 영화 〈바벨〉의 한 장면이 떠오릅니다. 영화에서 브래드 피트가 아내를 수술실에 들여보내고는 집에 있는 아들에게 전화하는 장면이 있습니다. 아들은 아빠에게 집게벌레에 물렸는데 피가 나지 않았다는 말을 합니다. 이 아무렇지 않은 이야기를 들으며 브래드 피트는 수화기를 붙들고 오열합니다. 어찌 보면 저에게도 그렇습니다. 〈바벨〉이라는 영화를 보았냐고 질문하는 해남 스님의 조심스러운 목소리가 여지껏 선명하게 기억됩니다. 나중에 저와 함께 여행을 가고 싶다던 해남 스님의 그 맑은 눈빛이 제 마음속에 깊이 박혀 떠나질 않았습니다. 미안했나 봅니다. 그것도 아주 많이 미안했나 봅니다. 해남 스님이 〈바벨〉을 봤냐고 물어봤을 때 그냥 같이 재미있게 이야기할 걸 하는 깊은 후회가 남아서 지금도 미안한가 봅니다. 그래선지 저는 지금도 〈바벨〉이라는 두 글자만 보아도 가슴 한편이 찡하게 아립니다. 아직도 잘 모르겠습니다. 제 일생에 이 영화를 다시 한 번 볼 날이 오게 될지 말입니다.

그럼 해남 스님에 대한 기억을 이렇게 정리하며, 끝은 수행승 가풍 따라 간결히 맺도록 하겠습니다.

법명은 해남海南, 2005년 송광사로 출가해 스님이 되었다.
이후 선원에서 정진을 했고 2014년 가을, 고요함으로 들어갔다.
향년 37세.

어머니의 꼭감

세계 일주 후 저의 삶에 이렇다 할 변화는 없었습니다. 세계 일주도 다녀왔으니 많은 사람이 이제 제가 다른 일을 시작하리라고 예상했습니다. 아마도 세계 일주 책을 출간하는 것이 그 첫 번째 일이라고 생각했던 듯합니다. 실제로 여러 출판사에서 제가 그동안 월간 〈해인〉에 연재해온 글이며 블로그에 남긴 기록을 정리해 세계 일주기를 출간하자고 요청해왔습니다. 하지만 숙고 끝에 저는 그러지 않기로 결정했습니다. 다시 선원으로 돌아가 이전과 마찬가지로 수좌 생활을 이어가기로 마음먹은 것입니다.

세계 일주의 시작도 그러했거니와, 이것을 기록으로 정리함에 있어 가장 중요한 것은 사실 제 수행이자 공부였습니다. 저는 제 공부가 아직 안정화 단계에 이르지 않았다고 판단했습니다. 어떤 일을 시작함에는 기반이 중요한데, 그 기반이 되는 공부가 견고하지 못하면 안 된다고 판단한 것입니다. 그래서 저는 그 모든 출간 요청을 거절했습니다. 그러고는 아무 일도 없었다는 듯, 2년 전까지 해왔던 선원의 삶을 그대로 이어갔습니다. 긴 여행을 다녀와서였는지, 아니면 여러 형태로 고생을 해봐서였는지, 아니면 조금 더 나이가 들어 성숙해져서였는지는 모르겠으나 세계 일주 후 마음은 확연히 편해졌습니다. 세계 일주를 마친 한 달 뒤, 저는 송광사 정혜사로 동안거 수행을 들어갔습니다. 세계 일주를 마치고 한 달 남짓한 시간 동안 수도암 선원에서 정진했기 때문인지, 안거 수행에는 염려했던 것보다 쉽게 적응했습니다. 그렇게 저는 다시 평범한 수행의 삶으로 자연스럽게 돌아갔습니다.

그렇다고 세계 일주 후 제 삶에 변화가 없었던 것은 아닙니다. 가장 큰 변화랄 게 있다면 부모님과 정기적으로 연락을 하기 시작했다는 점입니다. 세계 일주를 시작하기 전인 2012년 봄, 저는 출가 후 처음으로 가족들을 만났습니다. 이후 저는 매년 추석 때마다 대전에 있는 본가로 찾아갔습니다. 출가 수행자라 하더라도 1년에 한 번씩은 부모님을 만나 뵙고 이야기를 나누는 게 좋다는 선배 스님들의 조언이 있기도 했는데, 그보다는 저 스스로 가족들을 대하는 마음이 편해졌기 때문에 매년 부모님 집을 찾아간 것입니다. 추석 전날 본가에 들어가 하룻밤을 보내고 추석 당일 아침에 차례를 지낸 뒤 다시 수도암으로 돌아왔습니다. 그렇게 가을 추석 기간을 가족들과 함께 보내고 난 뒤, 찬바람이 불기 시작하면 저는 여지없이 동안거에 들어가기 위해 짐을 꾸렸습니다.

동안거에 들어가면 언제나 그 중간에 새해를 맞이합니다. 세계 일주 후, 저는 가족 및 가까운 지인들에게 새해 기념으로 곶감과 한과를 보냈습니다. 절집에 살다 보니 아무래도 곶감이나 한과를 자주 먹게 되는데, 그중에서도 특히나 맛이 좋은 곶감과 한과를 기억해놨다가 나중에 택배로 보내드리는 것이었습니다. 송광사에서 동안거를 보내던 때에도 마찬가지였습니다. 그래도 부모님이기에 대전 본가에는 가장 크고 좋은 곶감을 보내드렸습니다. 그러던 어느 날이었습니다. 택배를 받은 어머님이 문자를 보내왔습니다.

'꼭감한과을잘받았습니다건강하셔요'

이렇게 딱 한 줄이었습니다.

오후 두 시 정진을 들어가기 직전에 저는 이 문자를 보았습니다. 그런데 이상했습니다. 좌복에 앉은 뒤에도 저 '꼭감'이라는 글자가 자꾸 눈에 치였습니다. 꼭감…. 꼭감이라…. 곶감이 아니고 꼭감이라…. 좌복에 앉았건만 이 꼭감이라는 글자만 자꾸 머릿속에서 떠돌아다녔습니다. 그렇게 오후 정진을 하다가 결국 저는 자리에서 일어났습니다. 그러고는 아무도 없는 어두운 욕실로 가서 한차례 울음을 터뜨리고야 말았습니다.

아주 오래전, 제가 중학생 때 일입니다. 학교를 다니며 줄곧 임원을 해온 탓에 어머니는 항상 어머니회의 호출을 받았습니다. 아들이 임원이라 어머니는 체면상 1년에 한 번은 어머니회 모임에 참여하셨지만, 어머니회 모임에 다녀온 날에는 어머니의 얼굴에 수심이 깊었습니다. 무슨 일이 있었느냐고 물어보면 어머니는 속상한 표정으로 눈길을 떨군 채 이런 말씀을 하셨습니다.

"어머니회 모임에 가면 다 배우고 똑똑한 엄마들밖에 없어서 주눅이 들어. 엄마는 배운 것도 없고 아는 것도 없어서 무슨 말을 꺼내야 할지 모르겠어. 다들 잘사는 집에, 잘나가는 엄마들인데, 글쎄 엄마 혼자만 시장에서 옷을 파는 것만 같아서 말이야…."

그제야 저는 어머니가 그토록 주눅 든 이유를 이해하게 되었습니다. 하지만 고개만 주억거릴 뿐 딱히 무어라 말하지는 못했습니다. 비록 어려운 시절이었다 해도, 그때는 대부분 그렇게 살았다 해도, 어머니는 당신이 초등학교만 나왔다는 사실이 당최 부끄러웠던 것입니다. 어머니회 임원분들이 어느 여고를 나왔냐며 서로 여상히 물어보는 인사가 당신에게는 여간 부담스러운 게 아니었습니다. 아마 그런 말을 들으면 어딘가로 숨어들고 싶으셨을 겁니다.

이후 대학생이 된 제가 여름방학을 맞이해 대전에 내려가 쉬고 있을 때였습니다. 하루는 어머니가 저에게 이상한 부탁을 해왔습니다.

"아들, 나 영어 좀 가르쳐줘."

"아니, 지금 나이에 영어는 뭐 하러 배우시게요?"

"길거리에 지나다니는 차 보면 그 뒤에 이름이 적혀 있잖아. 글쎄 나 빼고는 다 차 이름을 아는 거 같애. 나만 몰라. 그래서 사람들 대화에 끼지 못해서 속상해. 나도 영어 읽고 싶어. 남들처럼 차 이름

불러보고 싶어."

세상에는 영어를 배우려는 사람도 많고 배우려는 목적도 다양할 겁니다. 그런데 차 이름을 읽기 위해서라뇨. 대화에 끼고 싶어서라니요. 겉으로야 호탕하게 웃고 말았지만, 속으로는 먹먹해졌습니다. 아무렇지 않게 차 이름을 언급하는 우리들의 대화가 그 누구에게는 결코 아무렇지 않은 일이 아니었던 것입니다. 그렇다고 이런 고민을 누구한테 속 터놓고 이야기하는 것도 쉽지 않았습니다. 더구나 자신에게 영어를 가르쳐줄 마땅한 사람도 없었습니다. 그런데 마침 제가 대전에 내려와 있으니까 어머니는 영어를 배우기로 다짐한 것입니다. 차 이름을 읽을 수 있을 정도로만, 딱 그 정도만 말입니다.

돌이켜보면 일전에도 어머니가 영어를 몰라서 시장 아주머니들에게 무시당했다는 말을 들은 것 같기도 했습니다. 한번은 시장 아주머니들이 처음 듣는 말을 사용하더랍니다. 그 말은 바로 '살롱화'였습니다. 영어를 복수 전공한 저조차 모르는 단어였습니다. 어머니가 아주머니들에게 물었습니다.

"그런데 살롱화가 뭐래요?"

그러자 대화를 나누던 아주머니들이 어머니를 놀리듯 얘기하셨습니다.

"아니, 영어 모르세요? 살롱화, 구두가 영어로 살롱화잖아요."

이 소리를 듣고 제가 얼마나 웃었는지 모릅니다. 그때는 그 상황이 우스갯소리로만 들렸던 겁니다.

"살롱화 그게 무슨 영어라고요. 춤추러 다니는 살롱에다가 신발을 뜻하는 '화靴' 자가 붙은 건데요."

그러나 배우지 못했다는 이유로 주눅이 든 사람에게는 옳고 그름이 중요하지 않습니다. 배운 사람에게나 시비是非가 일어나는 것이지, 배우지 못한 사람에게는 막연한 소외감과 부끄러움만이 있을 뿐이었습니다. 당시에 저는 어머니의 소외감이나 부끄러움을 이해하지 못했습니다. 그저 시장 아주머니들 사이에서 일어나는 해프닝으로만 생각했던 것입니다. 하지만 이번엔 달랐습니다. 차 이름을 읽고 싶다는 어머니의 말에서 절박함이 느껴졌습니다. 그리고 어머니의 간절함을 이해하지 못한 채 웃기만 했던 제 자신이 부끄럽게 느껴졌습니다. 결국 저는 어머니에게 영어를 가르쳐드리기로 했습니다.

보름간 가르쳐드린 영어는 아주 기본적인 수준이었습니다. 빈 노트에 알파벳과 한글을 나란히 적어놓았습니다. A는 아, B는 ㅂ, M은 ㅁ, CH는 ㅊ, X는 ㅋ ㅅ…. 빈 종이 왼쪽에는 알파벳을 죽 써놓고 그 옆에는 한글 발음을 적어놓았습니다. 당시에 많이 보이던 차 이름도 적어놓았습니다. SONATA는 소나타, EXCEL은 엑셀, MUSSO는 무소, GRANDEUR는…, 음…. 아 몰라, 그랜저는 그냥 외우세요. 어머니는 제가 써준 영어 노트를 매일 시장에 가져가셨습니다. 그러고는 시장에서 일이 없을 때마다 그 노트를 보고 외우기를 반복하셨습니다. 시장에서 일을 마치고 돌아오신 뒤에는 제가 매일매일 공부를 체크했습니다. 그렇게 알파벳의 한글 발음을 외우는 데에 일주일 정도가 걸렸고, 차 이름을 생각하며 읽어내는 데에는 또다시 일주일 정도가 걸렸습니다. 그렇게 보름쯤 지나고 나니, 이제 차 이름을 더듬더듬 읽을 수 있는 수준이 되었습니다. 그리고 그로부터 1년 후, 어머니는 길거리를 지나면서 아무렇지 않게 차 이름을 불러대셨습니다.

그날 오후의 정진 시간이었습니다. 선원 좌복에 앉아 있는데 '꾹감'이라는 단어가 오래된 기억들을 한꺼번에 불러들인 것이었습니다. 중학생 때 어머니회에 다녀오신 뒤 어머니가 지으셨던 시무룩한 표정, 고등학생 때 살롱화를 알지 못해 부끄럽고 억울해하셨던 순간, 대학생 때 차 이름을 읽어봤으면 좋겠다며 내비친 그 간절했던 심경, 그 모든 기억이 이유는 모르지만 일시에 떠오른 것이었습니다. 어머니는 곶감의 철자를 모릅니다. 그냥 꾹감으로 발음하고 아마 꾹감으로 기억하실 겁니다. 꾹감이라…. 곶감이 아니고 꾹감이라…. 그렇게 깊은 한숨 몇 번 내쉬다 눈물이 떨어지는 바람에 저는 정진 도중 자리에서 일어나 아무도 없는 욕실로 가서 혼자 울고 나온 것이었습니다. 대학까지 나온 대부분의 사람에게 배움이란 아무렇지도 않은 과정일 것입니다. 하지만 가난이나 편견 때문에 학교를 다니지 못했던 우리 부모님 세대들에게 있어서 배움이란 너무나도 부러운 것이고 또한 동시에 부끄러움이었던 것입니다.

2019년 가을, 저는 《질문이 멈춰지면 스스로 답이 된다》라는 책을 냈지만 아마도 어머니는 그 책을 끝까지 읽어보지 못하셨을 겁니다. 그래도 아들이 절집에 들어가서 수행이라는 걸 하고 있으니 좋은 말들을 써놓았겠지, 라고 생각하실 겁니다. 책이 나름 좋은 평가를 받았으니 어머니가 다니시는 공주 동학사에 가서 스님 아들이 책을 냈다고 자랑이라도 하시라고 말씀드렸습니다. 절에 들어가기 전에도 워낙 무심한 아들이었는데, 절에 들어가서도 무심한 스님인 것은 마찬가지입니다. 아들 노릇도, 스님 노릇도 잘하지는 못하지만, 그래도 욕을 얻어먹지는 않을 정도로 그렇게 가끔 전화를 드리고 부모님의 안부를 여쭙고는 있습니다. 요즘엔 봄에라도 한 번 더 집에 들러 하룻밤 자고 올까 생각 중입니다. 그러면 어머니는 스님 아들이 온다고 좋아서, 또 제가 좋아하는 청국장을 끓여주시겠지요. 남녘에 벚꽃이 피기 시작했다는 소문이 들리는 걸 보니, 보름쯤 지나면 이 깊은 산골에도 하얀 벚꽃이 만개할 것 같습니다.

그즈음 가지요.

세계 일주의 의미

세계 일주를 다녀온 뒤, 간혹 이런 질문을 받기도 했습니다.

"그래, 스님 세계 일주를 마쳤는데, 세계 일주를 다녀온 소감이나 의미랄 것이 있는가요?"

대부분의 경우 저는 다음과 같이 대답했습니다.

"글쎄, 아직은 잘 모르겠습니다. 앞으로 10년 정도는 더 살펴봐야 하지 않을까 싶습니다."

물론 일생의 크나큰 과제나 경험과도 같았던 세계 일주를 마쳤으니 나름의 의미 규정이 필요하기도 할 것입니다. 그런데 무엇보다 '내 다시는 세계 일주는 하지 않겠다!'는 것이 저의 솔직한 심정입니다. '집 나가면 고생'이라는 말이 사실임을 세계 일주를 통해 분명하고도 뼈저리게 확인했으니 말입니다. 사람이란 이렇게 스스로의 경험을 통해서 가장 확실히 배우는 듯합니다.

솔직히 말하자면 저는 세계 일주가 도대체 저의 삶과 수행에 어떤 영향을 미쳤고, 무슨 의미로 잡혀가고 있는지 아직도 찾아가는 중입니다. 사실 세계 일주를 마쳤다고 해서 곧장 그 의미를 규정하는 것은 다소 섣부른 행동이라고 생각했습니다. 어떤 일을 마쳤다고 해서 그것의 영향이나 의미가 곧장 정의될 수는 없다고 생각했기 때문입니다. 그보다는 이 영향이나 의미가 앞으로 펼쳐질 삶의 순간순간에 다양한 방식으로 드러나고 확인될 것이라 믿고 있는 편입니다.

세계 일주라는 과업은 분명 저의 삶에 지대한 영향을 미쳤을 것이고, 여전히 미치고 있는 중입니다. 수많은 경험을 치러내면서, 세계 여러 나라의 다양한 사람을 만나면서, 부단히 번뇌하는 제 마음을 돌이켜보면서, 그리고 그 모든 과정이 나름의 의미와 안정을 얻어가면서, 세계 일주를 마친 지 6년이 지난 지금까지도 세계 일주가 여전히 그 의미를 찾아가고 있다고 생각합니다. 이런 과정 중에 있기에 저는 의미를 규정하지 않았습니다. 규정하면 고착되기 때문입니다. 다만 좀 더 살아가 보면서 그 의미가 오롯이 자리매김할 때까지 기다려보자고 생각하고 있습니다. 그런 의미에서의 10년입니다. 섣불리 의미를 규정하는 것에 대한 저 스스로의 의심도 있었지만, 세계 일주 이후 10년의 삶을 잘 살아내고 충분히 다지고 연마하며 그 의미를 제대로 살려내겠다는 뜻이 더욱 강합니다. 이런 믿음 때문에 저는 지금까지 세계 일주의 의미를 명확하게 정의하지 않고 있습니다.

그런데 세계 일주를 마치고 귀국하는 순간을 돌이켜보면, 그렇게 정의하지 않은 것이 참으로 다행이었습니다. 저는 마지막 이동으로 뉴욕의 JFK 공항을 떠나 열네 시간의 비행 끝에 드디어 인천 공항에 도착했습니다. 그런데 첫발을 내딛는 순간, 저는 크나큰 의문에 사로잡히고 말았습니다. 일생의 과업이었던 세계 일주를 원만히 마치고 오랜 시간이 흘러 한국에 돌아온 그 첫 순간이었건만, 아무런 생각이나 느낌이 일어나지 않았던 것입니다. 정말 이상한 일이었습니다. 세계 일주를 마쳤다는 사실에 대한 안도감이라든가, 일생에서 가장 큰 일을 이뤄냈다는 성취감 같은 것들이 당연히 느껴져야 할 텐데, 그 어느 것도 떠오르지 않았던 것입니다.

이게 도대체 뭘까. 나는 왜 이런 걸까. 공항 리무진을 타고 서울로 들어오는 와중에도 저는 이 의문에서 헤어나지 못하고 있었습니다. 다만 제가 경험하는 내용물들이 바뀌었다는 사실만 인식될 뿐이었습니다. 뉴욕 맨해튼의 높다란 마천루 대신 한국의 여러 아파트 단지가 보였습니다. 주변에서 익숙하게 들려오던 영어가 이제는 친숙한 한국어로 변해 있었습니다. JFK 공항을 떠난 오후 2시란 시각이 인천 공항에서는 오후 7시로 바뀌어 있었습니다. 모든 것이 바뀌었습니다. 그러나 '그 무언가'가 바뀌지 않았습니다. 바뀌지 않은 그 무언가를 찾느라고 저는 오랜 시간 의심에 사로잡혀 헤어나오질 못했습니다. 그리고 이런 의심 때문에라도 저는 세계 일주의 의미를 규정하는 데에 주저했는지 모릅니다. 그러다 시간이 흘러 충분한 인연이 익어갔을 무렵, 저는 바뀌지 않은 그 무언가를 찾아낼 수 있었습니다. 그것은 찾을 수도 없고, 떠날 수도 없으며, 얻을 수도 그렇다고 버릴 수도 없는 것이었습니다.

그것은 바로 눈앞이었습니다.

눈앞은 이미 오래전부터 찾아와 있었건만 눈으로도 볼 수 없고, 앞도 뒤도 없고, 말이나 생각으로도 가닿지 못하기에, 오히려 만나기가 힘든 것이었습니다. 이미 만났음에도 말입니다. 이후 저는 눈앞으로 살았습니다. 눈앞으로 살아가며 여러 인연에 익숙해지느라, 눈앞에 펼쳐진 삶의 일들을 온전하고도 분명하게 다져가느라, 이런 수행을 한답시고 약간은 더디게 세계 일주 책을 출간하게 되었습니다.

세계 일주를 정리하는 글을 쓰면서 저는 종종 만다라를 떠올렸습니다. 만다라는 우주의 사각 틀 안에서 온 법계에 두루 하신 부처님의 모습을 형상화한 불화佛畫입니다. 그런데 만다라에는 좀 특별한 점이 있습니다. 그것은 이 불화를 조성하는 재료가 물감이 아니라 모래라는 사실입니다. 티베트 스님들은 형형색색의 가는 모래를 아주 세심하게 흘려보내며 수행의 정신으로 만다라를 조성해갑니다. 그렇게 몇 달에 걸친 오랜 인내와 수행 끝에 완성되는 만다라는 그 자체로 장엄하면서도 경외로운 불공佛供이 됩니다. 하지만 이토록 성스러운 불공이라 할지라도 성주괴공의 진리 앞에서는 평등합니다. 부처님께 만다라를 올리는 의식을 마친 뒤, 스님들은 이 환희심 넘치고 장엄한 의미로서의 불공을 무심한 빗자루질로 쓱쓱 쓸어 담습니다. 그렇게 비질을 거친 뒤의 만다라는 별 볼 일 없는 한 줌의 모래로 변합니다. 그리고 스님들이 이 볼품없는 모래 한 줌을 흐르는 강물에 흘려보내는 것으로 의식은 끝을 맺습니다.

마치 만다라를 완성하는 듯한 노력으로 저는 몇 달간 세계 일주 글을 써왔습니다. 그리고 흐르는 강물에 한 줌 모래를 흩뿌리는 심경으로 이 글을 마칩니다. 글을 쓰는 과정이 어떤 때는 흥미롭다가도 어떤 때는 고민스러웠고, 자지러지게 웃다가 어떤 기억을 떠올리면 무척이나 힘들어 울기도 했습니다. 여행도 다사다난했지만, 이를 돌이켜 정리하는 글쓰기 역시 쉬운 일이 아니었습니다. 다만 절에서 살아가는 수행승의 입장에서, 동시에 이 시대를 살아가는 한 사람의 입장에서 저는 여러 이야기를 통해 저의 느낌과 생각, 경험의 기록들을 솔직하고 담백하게 드러내려고 노력했습니다. 그러한 노력이 사람들에게 어떠한 느낌과 생각으로 가닿을지 저는 알 수 없습니다. 그럼에도 이 모래 가루와 같은 말과 이야기들을 결국에는 강물에 흘려보내는 것은 이미 오래전부터 정해진 수순입니다. 글들은 그렇게 흐름이 됩니다. 저의 여러 이야기는 강물에 녹아들어 인연 따라 많은 곳에 가닿을 것입니다. 그러면 그 이야기들도 각자의 인연 따라 그만의 방식과 모습으로 새롭게 살아나기도 할 것입니다. 이것으로 충분합니다. 이쯤 되면 제 할 일은 거의 마쳤다는 생각이 듭니다. 이렇게 이야기라는 모래 가루를 다 흘려보냈으니 이제 저에게는 마지막 한 작업만 남았습니다. 사실 저는 이 글들을 쓰는 첫 순간부터, 이 이야기의 마지막이 어떠할지를 감지하고 있었습니다. 그리고 이 순간은 이렇게 분명히 찾아왔습니다. 거대한 흐름을 향해 이제 그 최종 작업으로서 저 스스로 발을 내디뎌야 할 바로 이 순간 말입니다.

그간 긴 글 읽어주셔서 감사했습니다. 그리고 수고하셨습니다. 그럼 유언과도 같은 마지막 말을 남기도록 하겠습니다.

"부디 눈앞으로 사시기를 바랍니다. 그러면서 적당히 건강하고, 또 적당히 행복하세요."

이상, 원제의 세계 일주 이야기였습니다.

세계 일주의 마지막 도시였던 뉴욕에서, 야경을 바라보며

다만 나로 살 뿐 2

1판 1쇄 발행 2020년 12월 18일 **1판 3쇄 발행** 2021년 11월 23일

지은이 원제
발행처 (주)수오서재 **발행인** 황은희, 장건태
책임편집 황은희 **편집** 최민화, 마선영, 박세연 **마케팅** 이종문, 황혜란, 안혜인
디자인 행복한물고기 **제작** 제이오
주소 경기도 파주시 돌곶이길 170-2 (10883)
등록 2018년 10월 4일(제406-2018-000114호)
전화 031)955-9790 **팩스** 031)946-9796 **전자우편** info@suobooks.com
홈페이지 www.suobooks.com
ISBN 979-11-90382-30-4 04810
979-11-90382-31-1 04810 (세트)

도서출판 수오서재守吾書齋는 내 마음의 중심을 지키는 책을 펴냅니다.